中國語言文字研究輯刊

五 編

許 錟 輝 主編

第 13 冊

小屯南地甲骨句型與斷代研究（下）

姚 志 豪 著

花木蘭文化出版社

國家圖書館出版品預行編目資料

小屯南地甲骨句型與斷代研究（下）／姚志豪 著 — 初版 —
新北市：花木蘭文化出版社，2013〔民 102〕
目 4+224 面；21×29.7 公分
（中國語言文字研究輯刊　五編；第 13 冊）
ISBN：978-986-322-516-4（精裝）
1. 甲骨文　2. 研究考訂
802.08　　　　　　　　　　　　　　　　102017817

ISBN-978-986-322-516-4

中國語言文字研究輯刊
五　編　　第十三冊　　　　　　ISBN：978-986-322-516-4

小屯南地甲骨句型與斷代研究（下）

作　　者　姚志豪
主　　編　許錟輝
總 編 輯　杜潔祥
出　　版　花木蘭文化出版社
發 行 所　花木蘭文化出版社
發 行 人　高小娟
聯絡地址　235 新北市中和區中安街七二號十三樓
　　　　　電話：02-2923-1455 ／傳眞：02-2923-1452
網　　址　http://www.huamulan.tw 信箱 sut81518@gmil.com
印　　刷　普羅文化出版廣告事業
初　　版　2013 年 9 月
定　　價　五編 25 冊（精裝）新台幣 58,000 元

小屯南地甲骨句型與斷代研究（下）

姚志豪　著

目

次

第四章　重要文例與詞彙討論

第一節　「酚」

　　「酚」在《屯南》祭祀卜辭是重要的祭祀類動詞[註1]，它們遍布在全部祭祀卜辭中，以周國正所定義的「甲、乙」兩大類祭祀動詞[註2]的例句來看，不管句子中是否附帶事由的陳述，「酚」字都是容許存在的，並沒有特定祭祀或事類範圍的限制。關於「酚」字句型，本文已在第二章、第一節〈祭祀卜辭句型分述〉談及，本節要討論的重點則在展現「酚」的字用情形，並以這種情形來決定它應有的詞義傾向，進一步再用這傾向來作正確的句讀，這對釋讀一條卜辭來說是非常重要的過程。

一、「酚」字句的使用型態與句讀

　　「酚」字的使用狀況，在祭祀卜辭中看來是繁複的。如：

　　屯 1118　　丁亥貞：辛卯酚河，袞三宰，沉三牛，俎牢？

〔註 1〕馬如森認為「酒、酚」有別，酚祭同於燎祭，彼此有消長關係。說見〈酒、酚辨〉，
　　　　《紀念殷墟甲骨文發現一百周年國際學術研討會論文集》頁 221，社會科學文獻出
　　　　版社，2003 年 3 月。

〔註 2〕周國正：〈卜辭兩種祭祀動詞的語法特徵及有關句子的語法分析〉，《古文字學論集
　　　　（初編）》香港中文大學編，1983 年。周氏將祭祀動詞分為二類：甲類是有明顯事
　　　　由的祭祀，如「袞生」之「袞」、「告龜」之「告」；另一類是不說明事由，動詞後
　　　　直接祖先神祇或祭牲的乙類。

屯 639　　　癸未貞：叀翊甲申酚？

屯 739　　　甲午貞：酚屮伐，乙未于大乙羌五，歲五牢？

屯 4324　　叀燮嚢，先酚，雨

「酚」字可以直接受祀先祖（神祇），也可以和其他動詞並列（酚屮伐、酚奉），又和時間副詞相關（翊甲申酚），或者以「先」字修飾，情況多樣。因此，陳佩芬以爲：「（酚）是單獨的祭名，也可以是多次祭祀中的一個環節。」〔註3〕又云：「它既可以是祭名，也可以是祭法，但絕大多數是指祭法。」〔註4〕的確看出了「酚」在語言形式上的兩種表現，而並沒去深入探討某些變異句型的緣由，這點可以再深入討論。

我們相信，同一時期的祭祀卜辭，其動詞用法會有一個總歸的大致傾向，「酚」字句群所表現的，不能單純視爲「酚」字的多樣用法，這樣看不到問題的中心，也作不好句讀的工作。以下我們先找出「酚」字使用的共同傾向，再談其他矛盾情況的合理解釋。

「酚」字的用法，常見「先酚」，或「先酚——迺酚」模式：

屯 639　　　叀歲，先酚？

　　　　　　叀嚢，先酚？

屯 651　　　叀岳先酚，迺酚五云？

屯 2265　　甲辰卜：大乙眔上甲酚，王受又？

　　　　　　先上甲酚？

屯 2359　　其桒年，□祖丁先酚，□雨？吉。

由此可知：「酚」與其執行的順序有密切的關聯，這種關聯通常是指對某位先祖作優先選擇與否（叀岳先酚、先上甲酚），至於屯 639 的「叀歲，先酚」、「叀嚢，先酚」則是「歲、嚢」的選擇，先行酚祭之外，略去了祖先名號。

另外一個「酚」字用法則是最普遍的，完全和日期相關。如：

屯 182　　　□亥貞：其又匸伊尹，叀今丁卯酚，三□？

〔註 3〕陳佩芬：〈繁卣、走馬鼎及梁其鐘銘文詮釋〉，出《上海博物館集刊》第二期，頁 15～16。

〔註 4〕同上。

屯 639　　　　癸未貞：叀翌甲申酉彡？

屯 1104　　　癸酉貞：甲申其酚，大知自上甲？

屯 2324　　　丁□卜：王其又大彡毓祖丁，叀乙□？大吉。

　　　　　　　叀丁巳酚，王受又？

　　　　　　　叀丁卯酚，王受又？

至於說另兩種「酚——先祖」、「酚——祭牲」文例模式，該如何解釋？是與以上所述傾向並存，或者可以說是該傾向的延伸？清查《類纂》句例，我們發現第一期卜辭「酚——先祖」、「酚——祭牲」兩類文例中，帶上或不帶時間副詞的例子都曾出現，不論在《屯南》或者《合集》中都如此。如：

合 1192　　　癸亥卜：酚上甲？

合 1864　　　貞：羽丁丑酚于祖丁？

合 21547　　乙亥，子卜：來己酚，羊妣己？

屯 4517　　　【𠂤組】

　　　　　　　（4）甲子卜：酚，大戊知？（三）

　　　　　　　（5）甲子卜：酚，卜丙知？（四）

　　　　　　　（6）甲子卜：酚，丁中知？（五）

　　　　　　　（7）癸未卜，犬：酚，知父甲？（一）（二）（三）

這時例子中的「酚上甲」、「酚于祖丁」就很難斷開，必須連讀。第四期文例則在句中往往緊接日期的紀錄，少有例外，不論在《屯南》或者《合集》中都如此。如：

屯 313　　　　（6）庚申卜：叀乙丑酚三羌、三牢？

　　　　　　　（7）庚申卜：于來乙亥酚三羌、三牢？

屯 974　　　　【歷組】

　　　　　　　（1）己亥貞：來乙其酚五牢？

屯 2336　　　（3）辛巳貞：叀乙酚伐？茲用。乙酉。

合 32124　　辛未卜，貞：酚大乙乙亥？

合 33273　　丙寅貞：于庚午酚于罢？

　　　　　　　丙寅貞：叀丁卯酚于罢？

這種情形在第四期十分明顯,這代表什麼涵意呢?從以下的例子看得出來,這兩種模式可以視爲完整模式的省略,在同版、同組卜辭中尤其如此。如:

> 合 672 正　　癸卯卜,㱿:羽甲辰酌大甲?
>
> 　　　　　　酌,河世牛,以我女?
>
> 　　　　　　酌,河五十牛?
>
> 　　　　　　貞:酌于河、匸?
>
> 合 1526　　丁亥卜:于羽戊子酌三豝祖乙?庚寅用。四月。
>
> 　　　　　　酌六豝于祖乙?
>
> 屯 1116　　(1)辛巳卜,貞:來辛卯酌河十牛、卯十牢,王夐夐十牛、
>
> 　　　　　　卯十牢,上甲夐十牛、卯十牢?(一)

這三版例子都是典型。合 672 正、合 1526 兩版都有完整的帶頭卜辭標示出日期(「羽甲辰酌大甲」、「于羽戊子酌三豝祖乙」),之後同組其他卜辭就相對省略,造成只見「酌——先祖」、「酌——祭牲」的文例模式。屯 1116 版則在同條句例中體現了互見繁省的分句句型,首先,「來辛卯酌河十牛」中「酌河」二字連讀,可以認爲是以下兩個排比句與第一小句形成的對比關係。如下:

> 河　　(夐)十牛、卯十牢
>
> 王夐　　夐　十牛、卯十牢
>
> 上甲　　夐　十牛、卯十牢

所以,以雙賓語句的說法來看,「河」不是「酌」的賓語,而是「夐十牛、卯十牢于河」語序調整後「夐」的間接賓語(O2)[註5],結構是「V——O1——于——O2」轉爲「V——O2——O1」,換句話說,「酌——先祖」、「酌——祭牲」的文例可能是省略後的結果。

二、「酌」字的語法特徵

我們可以瞭解:「酌」與其執行的時間、日期有密切的關聯,這是掌握「酌」字用的中心傾向,這是早期、晚期卜辭都沒有的特徵。因此,作句讀之前,要先觀察「酌」字與句中時間副詞的關聯。「酌」字與時間副詞的緊密關係,使得

〔註 5〕參張玉金:《甲骨文語法學》頁 199「(二)祭祀動詞雙賓語句」一節,上海·學林出版社,2001 年 9 月。

它不能與「受祀先祖」、「祭牲」二者形成真正的「動──賓」句型，表面上的「酭──先祖」、「酭──祭牲」實際上只是省略句而已。這種特徵也使得「酭」字必須成為獨立執行的儀式，無法與其他祭祀動詞連綴使用，或者修飾其他動詞。周國正說：「……酭祭雖然亦是用以助成甲類祭儀，但卻往往先於他祭儀而獨立施行，所以具有與"裸、出、酭、卯"等乙類詞不同的特徵。」〔註6〕是合理的判斷。

第二節 「在云」、「壱云」、「若干云」

一、「在云」的使用狀況

　　云，甲骨文作「ᔑ、ᔑ」（合 11407、合 27435）〔註7〕等形。卜辭中的「云」字常作為雲雨之「雲」來使用。例如：

　　合 10405　　王固曰：有希。八日庚戌，出各云自東冒母。昃亦有出虹，自北飲于河。

　　合 13386　　庚寅貞：茲云，其雨？

　　合 13392　　貞：茲云，征雨？

　　合　13405　　□王□賓□云各自□自北唐□
　　正

　　合 21022　　各云，不其雨？允不啓。

這些「云」字，在句中皆與「雨」字相關。《說文》云：「雲、山川气也。從雨、云，象雲回轉形。云，古文省雨。ᔑ，亦古文雲。」〔註8〕基本上，把云字作為雲來解釋，是甲骨文中的一種普遍用法，沒有疑問。

　　《屯南》1493 版另有一條「在云」的辭例，相當特殊：

　　屯 1493　　癸卯貞：旬亡壱？在云。

　　《合集》中另有兩種用法不同的「○云」例，第一種句例如下：

〔註6〕參〈卜辭兩種祭祀動詞的語法特徵及有關句子的語法分析〉，《古文字學論集（初編）》香港中文大學編，1983 年。

〔註7〕本文以「合」代表《甲骨文合集》，行文中使用《合》。

〔註8〕許慎著，徐鉉等校定：《說文解字》，中國書店，1997 年 5 月。

　　合 33375　　甲□毕兕？允在云。

　　合 11407　　貞：夠于云，不□？

前二辭言「在云」，後一辭作「于云」，云字在這個位置，一般狀況下作為地名解，但實際情況有例外。卜辭中也有類似「在」字後可能不接地名的例子：

　　合 22668　　□至于□毓亡巷？在㕬。

　　合 23035　　□王□祭于祖丁□亡巷？在㕬。

　　合 6089　　□方出，不隹𢀠我？在㕬。

　　合 33273　　庚午：壴于岳，又从？在雨。

　　　　　　　　壴于岳，亡从？在雨。

㕬字字形作「囚」，與同期卜辭「亡田（禍）」之田相同，暫隸為「㕬」。「在雨」、「在㕬」中，「雨、㕬」作為地名來看待〔註9〕，是有疑問的。合 33273 是第四期卜辭，我們從「又（亡）从？在雨。」這樣的句型去推求，發現第一期卜辭有平行例：

　　合 12828　　戊申卜：今日衆，舞，屮从雨？

　　合 12830 反　乙未卜□舞，今夕屮从雨，不□？

　　合 12831 正　辛巳卜，賓貞：乎舞，屮从雨？

　　合 12841 正甲　貞：勿舞，亡其从雨？

第四期卜辭「又从」、「亡从」對貞，在武丁卜辭中用作「屮从」、「亡从」，句型相同，抽離加註的標點，發現這樣一個規律：

　【一期】　　　　【四期】

　屮从雨　→　　又从在雨

　亡其从雨　→　　亡从在雨

使我們非常懷疑「在雨」兩字的文法關係。很明顯地，此處雨字不作為地名較好，上舉云字也是如此，依然作為「雨、雲」之意來說較通達，而「在」字在語義上則暫時無法作出合理解釋。另方面，從文意看，有了「在雨」，對於壴祭

〔註9〕云作為地名，饒宗頤曾表示火：「云奠者，陳氏讀云為妘，祝融之妘姓（《綜述》葉 308）。竊謂云應為邧字，與鄖通（《左傳・定四年》若敖娶于邧《釋文》本亦作鄖），《春秋》衞地名有鄖《左・哀十二年》傳：『衞侯會吳子於鄖。』以之當『云』地較合。」見《殷代貞卜人物通考》615 頁。

自然形成妨礙（合 33273 「叀于岳，亡从在雨。」）；同樣地，「在云」也就對於上舉（合 33375 甲□中兒？允在云。）例之「中兒」造成了妨害；至於說《屯南》1493 版的：

　　　癸卯貞：旬亡禍？在云。

這個例子的「在云」，究竟造成了旬日以來王的行止如何的妨害，就耐人尋味了。

　　所以「亡田？在云。」相當於「亡巷？在咼。」、（合 22668）、「亡从？在雨。」（合 33273）這樣的模式，它們之間句型、事類上都是相同的。可以初步推定，「在云」的「云」字不作爲地名。

二、「巷云」、「若干云」的使用狀況

　　《屯南》還有「巷云」句例，以現代漢語習慣來看相當費解：

　　屯南 2105　庚午貞：河巷云？

　　　　　　　　隹高祖亥巷云？

後二辭的云字則應從「先祖跎○」這樣的句型來觀察：

　　乙 920　　　河巷雨？

　　　　　　　　河弗巷雨？

　　粹 11　　　隹河巷禾？

　　　　　　　　隹夒巷禾？

「巷」字形上從止、下從它，郭沫若《粹編考釋》云：「卜辭恒用爲患害義，每見『亡巛』之成語，與『亡尤』、『亡巛』等同意。」〔註 10〕是對的。前舉例證先祖所害者是稻禾、雨水，那麼「巷云」和「巷雨」同類，仍然表示一種有害的降雲現象，整句意義是負面的、有害于人事的判斷。李亞農以爲「巷雲」：「當系形狀或色彩怪異之云，殷人以爲預兆有災禍降臨，故稱之爲『巷雲』，即降禍之云。」〔註 11〕似乎是更爲延伸的解釋，其關於「形狀或色彩怪異之云」的描述並無確據，應予保留，不宜遽下論斷。

　　還有某些「叀（燎）若干云」這樣型式的句例：

〔註10〕見《郭沫若全集》考古編第四卷，科學出版社，2002 年 10 月。

〔註11〕李亞農：《欣然齋史論集》〈殷代社會生活〉篇，554 頁。上海人民出版社，1962 年 9 月。

合 33273　　癸酉卜：又燎于六云六豕，卯羊六？

合 33273　　癸酉卜：又燎于六云五豕，卯五羊？

屯 1062　　　癸酉卜：又燎于六云五豕，卯五羊？

《屯》1062 與《合》33273 同文。依上例可知，「燎若干云」也可以省為「燎云」、「燎于云」：

合 1051 正　　己丑卜，爭貞：亦呼雀燎于云犬？

合 13400　　乙卯卜，殼□：燎于云？

合 13401　　燎于四云？

合 21083　　□燎云，不雨？

屯 770　　　燎于云，雨？

沒有「燎」字，依文義，以下例子仍屬同類型卜辭：

合 12484　　戊戌□云豕，又豚？

從《合集》13400 與 13401 版對照，我們可以相信「燎若干云」與「燎云」、「燎于云」所指的是同一類型的事；也可以說，「燎云」應為「燎若干云」之省文。在第一期卜辭中，「云」字後還經常說明使用祭牲及數量，如五羊、六羊、五豕、六豕、犬等等。

「若干云」是曾被討論的節點。過去在殷墟卜辭中出現了「三云」〔註 12〕（林 1.14.18）、「四云」（合 13401）、「六云」（合 33273）等數量不同的云，《屯南》另出現了「五云」（屯南 651），這些計數牽涉到整個詞組的解釋。于省吾以為：「六云、四云、三云，謂雲之色也。」〔註 13〕，其說在經典、音韻上有根據，下詳。溫少峰、袁庭棟以為這些計上了數量的「云」中，「四云」或即「四方之雲」，「六云」就是「四方上下之云」猶如「六合之云」〔註 14〕說法過度比附巧飾，《屯南》出現「五云」（屯南 651）一版，若是以此類說法解之，則再難通達，硬要曲解，恐怕就要講成「四方與中央之云」了，不可取信。另外，

〔註 12〕「三云」原版見《龜甲獸骨文字》1.14.18，溫少峰等著《殷墟卜辭研究——科學技術篇》136 頁引之作「貞……燎于二云？」，「二云」即「三云」之誤。

〔註 13〕《釋林》頁 8。

〔註 14〕《詁林》1147 頁。

郭沫若以爲「『六云』殆人名」〔註15〕，其說不合平行辭例，則不再討論。值得注意的是，這些「若干云」句例，與「帝云」例句法相同：

　　續 2.4.1　袤于帝云？

「帝云」之「帝」應是上帝之意，不會是「禘祭」之帝。合起來看，「六云、五云、四云、三云」雖說即爲某種雲雨之雲，但很難再詳解下去。它們都是可以燎祭的對象，或許「帝云」可以和「若干云」延伸出一些合理的推測空間，比如說「云」也可能被視爲一類神祇，與上帝是相關的；特別的是它還可以數詞來修飾，表明了此一神祇不是專稱、專屬一位，而是容許有五至六位以上的。

　　另外，還有「三嗇云」這樣的詞彙出現，與上舉「袤若干云」例相關：

合 13399 正　乙亥卜，永貞：翌庚子酚□？王占曰：茲隹庚雨。卜之□
　　　　　　　雨。庚子，酚三嗇云，𤔔〔其〕☒既示孔啓？

溫少峰等以爲：

《說文》：「嗇，愛濇也。从來从𠨞。來者𠨞而藏之，故田夫謂之嗇夫。」是嗇之本義爲收藏穀物之禾堆，即所謂𠨞、稟。「三嗇云」者，三圍其狀如禾稟之云也，當即後世之「囷云」。《史記・天官書》：「蜀云如囷倉」。《隋書・天文志》：「蜀云爲囷」。此辭之「三嗇云」正與之相當。〔註16〕

說法使用稼穡之字形本義。依《說文》，嗇字與倉廩之藏有關，引申而有寶藏、愛惜（嗇；濇）之意。溫氏等依嗇字本身音義出發，在形義關係推論上也相當順當，其說可以備參。

　　另一種方面，于省吾先生則是讀「嗇」爲「色」，以爲「三嗇云」即「三色雲」〔註17〕，在詞性上也言之成理。《屯南》有「五云」之例：

　　屯南 651　叀岳先酚，迺酚五云，又雨？大吉。

這是個相當好的輔證，辭中明白表示酚祭對象由「岳」先開始，之後才祭「五云」，可見「五云」與「岳」兩者殷人認知爲同類祭祀對象，而「五云」地位接近「岳」。確定這個基調，才進行下開的討論。

〔註15〕《通纂》頁 55 上。

〔註16〕《詁林》1146 頁。

〔註17〕于省吾《甲骨文字釋林》頁 8：「三嗇云謂三色之云也。」

《屯南・釋文》隨順于氏之說，以爲「……五云當爲五色雲。西乡云『乃祀云之典禮』」〔註18〕于氏曾引《周禮・保章氏》：「以五雲之物，辨吉凶水旱降豐荒之祲象。」鄭注：「物，色也，視日旁雲氣之色。」作爲典制上的佐證，相當通情達理。〔註19〕但是「嗇、色」之間典籍上通借的證據並不直接，《燕》2該版卜辭斷句未明，又是孤證，因此，五色雲的說法，在這個推論環節上較爲薄弱。

「若干云」指雲色的這個說法列入了《詁林》中，姚孝遂按語曰：

> 《周禮》五雲即指五色之雲。然則卜辭「二云」、「三云」、「四云」、「六云」當指雲色言之，于先生已詳論之。據此，則「三嗇雲」當以讀作「三色雲」爲是。〔註20〕

說法承于氏，具有一定影響力。

李孝定先生在《集釋》中按語云：

> 卜辭言三云、四云、六云，于氏以三色云、四色云、六色云解之。
> 說雖可通，然未免有增字解經之嫌，存之以備一說，可也。〔註21〕

但是，于氏說「于云言燎言彭，乃祀云之典禮。」則是個謹慎的判斷。因此，「燎（彭）若干云」這類句例，確是典型的祭祀類卜辭，「云」字也就可能作爲神祇，類同「岳」這類自然神來看待，只是有個難以疏通的徵結：神祇爲何也有數量詞加以修飾？它是否不是神祇，而是燎祭所用的牲畜？

要解決這樣的問題，我們擬用相關句例作描述，來勾勒出「若干云」的詞意規模。首先檢視「云」的身分，由「燎祭」的所有對象與祭牲去觀察，也許對我們的判斷有幫助。例如：（數量取最高紀錄）

對象	云	先祖	黃尹	東母	蛀	東	西
祭牲	六羊 六豕 犬	十牢 十小牢 百牛	六牛 二羊 四豕	九牛 三豕 三豠	羊 豕 豚 （皆不	五羊 三豕 五犬	四羊 四豕 一犬

〔註18〕《釋林》頁8：「于云言燎言彭，乃祀云之典禮。……商代于雲有祀典，則雲氣之占，由來尚矣。」

〔註19〕饒宗頤亦主此說，見《通考》353頁。

〔註20〕《詁林》1148頁。

〔註21〕李孝定：《甲骨文字集釋》第十一卷，3463頁。中央研究院歷史語言研究所出版。

		六羊 百犬、豕			著數量）	一牛	十牛

從這樣的祭牲用量、種類看來，對「云」祭祀的隆重程度相當于「蚰」或「東、西」二者，與先公先王比較並不和稱。

之前提到，「𡒊云」、「𡒊于云」是相通的句式，如果把「云」字改換成先公先王或者「岳」、「河」情況也是相同的。「𡒊○」、「𡒊于○」之間，在實際句例中也沒有分別，與「云」字句的模式等同。卜辭中「𡒊」字之後接的如果是先祖神靈，神靈下會序列祭牲與用牲方式。例如：

合 32674　丁巳卜：又𡒊于父丁百犬、百豕，卯百牛？

合 34172　□未卜：□𡒊于父丁五宰，卯五牛？

屯 935　丙寅貞：丁卯，酻𡒊于父丁四牢，卯□？

與前述《合》33273 版：「癸酉卜：又𡒊于六云五豕，卯五羊？」句型完全相同；換個面向說，「𡒊」字之後接的如果是祭牲，那麼在該句之中必然會交代奉祀的先公先王及主要祭典。如：

合 801　貞：桒于大甲，𡒊一宰、二豕，卯□？

合 32302　貞：其又于高祖，𡒊九牛？

合 32329正　庚申貞：今來甲子酻王，大禦于大甲，𡒊六小宰、卯九牛，不遘雨？

根據這兩類例子看，我們可以肯定「𡒊云」、「𡒊于云」、「𡒊若干云」所指的云，是接受祭祀的神祇，不會是祭牲。

三、結　語

云作爲神祇，卜辭內容中又與「𡒊、酻」相涉，這兩種祀典都需要好天氣來燒柴火。《說文》：「𡒊，柴祭天也。」又「槱，積火燎之也。……禉，柴祭天神，或从示。」《說文》槱祭應即甲骨之「酻」，又有「𡒊于云，雨？」（屯 770）這類例子，使我們相信，云作爲𡒊（或酻）祭對象，是原始雲義的引伸，爲人格化的雲神，或者說是殷人崇拜的自然物神。

我們擱置處理的只有「若干云」的語義邏輯問題。希望未來能有更多相關辭例的出現，協助釐清這個難點。因此，我們總合起來，發現甲骨文中的云字，

以作爲雲氣之雲義最爲普遍，如上舉「茲云」、「壱云」等例；其次，則爲人格
化的雲神，如「夏于云」、「夏若干云」、「酌云」；最後才是「在云」，云字不作
爲地名。「在云」一詞的實際意義，以及「在」字是否固定作爲關於地方處所前
的介詞等問題，都需要進一步研討，「云」仍作爲雲字解釋，這個立場，《甲骨
文字詁林》中姚孝遂按語也是一樣的：

> 卜辭皆用爲「雲雨」字，均爲本義。〔註22〕

引證上不曾提及「在云」辭例，很值得玩味，如果全面地確認所有卜辭「云」
字皆有雲雨之雲義，那麼就不得不質疑「在云」之云作爲地名的可能。

第三節　「于之若」

「于之若？」是一個問卜語，意爲「于此允諾否？」〔註23〕。它的出現年
代、運用形式都相當具有特色。《屯南》中有以下數版：

屯210	（2）禱豈，征父己、父庚，王受又？
	（3）弜征，于之若？
屯2345	（1）癸☐？
	（2）弜聶，于之若？
屯2429	（1）☐〔于〕小乙、子公，于之若？
	（2）☐多父，于之若？

部分學者將「于之若」句讀斷開，讀成「于之，若？」〔註24〕也是合理的，不
會影響本節討論的立場。上舉各例都是康丁卜辭，「于之若」在《屯南》的適
用事類都在祭祀方面，從「禱豈」、「征」、「〔于〕小乙、子公」等等關鍵詞看
得出來。

《合集》中所見的「于之若」例，都在第一期與康丁朝出現，第二、四、
五期及廩辛朝則非常罕見，情形類同於《屯南》，整理如下表：

〔註22〕《甲骨文字詁林》1148 頁。

〔註23〕陳夢家以爲「若是允諾，王作邑與出征，都要得到帝的允諾。」（《綜述》頁 567），
屈萬里云：「若，讀爲諾，謂許可也。」（《甲編考釋》頁 376）。

〔註24〕例如朱師歧祥：《殷墟花園莊東地甲骨校釋》H3：2、5、7、26、37、206、356、
467 各版釋文，東海大學中文系語言文字研究室，2006 年 7 月。

《合集》所見「于之若」例整理表

	分　期	句例數量	片　　號	備　註
于之若	一期（賓組）	5	6、811 正、7242、7267 反、16397	
	一期附	1	21582	子組卜辭
	二期	1	23721	
	三期	16	27083、27124、27144、27202、27370、27553、27769、27972、27987、28087、28157、28260、30574、30575、30623、31080	無廩辛期例
	五期	1	36824	

表中全部 24 例，很清楚地說明「于之若」例以在康丁期與武丁王卜辭（賓組）出現爲常態，其他時期或分組出現的都是孤例。以句型表現來看，這 24 個「于之若」例至少有九例〔註25〕是否定句型。如：

合 21582　庚午，子卜貞：弜酚，于之若？　　【一附】（子組）

合 27124　弜鄉，于之若？　　　　　　　　　【三】

合 27202　貞：弜祖乙袽用，于之若？　　　　【三】

合 27370　弜巳秦，于之若？　　　　　　　　【三】

合 27972　戌其徣，毋歸，于之若？戈羌方？　【三】

合 30574　弜賓，于之若？　　　　　　　　　【三】

合 36824　其徣，于之若？　　　　　　　　　【五】

合 27972「戌其徣，毋歸，于之若」與合 36824「其徣，于之若」兩版可以互文相足，建立關聯而確認同爲否定句型，其相配的肯定句問卜語多爲「王受又」，如合 27370「弜巳秦，于之若？」相應肯定句爲：「其秦，王受又？」。

　　值得一提的是，新出花園莊東地甲骨也有「于之若」文例出現，共有八版（H3：2、5、7、26、37、206、356、467），去其同文例，擇要列出：

〔註25〕其他例子多有殘泐，文辭中可能另有否定詞。

H3：2　　（1）戊子卜，在麗：子其射，若？

　　　　　（2）戊子卜，在麗：子弜射，于之若？

H3：5　　（1）乙亥卜：戠，于之若？

H3：26　　（9）戊子卜：子奠俎一，于之若？（一）

　　　　　（10）戊子卜：子奠俎二，于之若？（一）

H3：206　（1）丁丑卜，在🌿京：子其叀舞戉，若？不用。

　　　　　（2）子弜叀舞戉，于之若？用。多万又巛〔註26〕，弘🪶。

「于之若」在《花東》甲骨卜辭的適用事類擴大到祭祀（奠俎、舞戉）、田獵（在麗：子其射）兩方面。「于之若」在花東例句中的表現有明顯特徵：當正反對貞情形出現時，否定對貞句以「于之若」作問卜語；而在肯定句中則省略為「若」，對應這一點，《屯南》也有相似的表現。再看看《屯南》例中有正反對貞關係的二例：

　　　　屯210　　（2）禱名，征父己、父庚，王受又？

　　　　　　　　　（3）弜征，于之若？

　　　　屯2345　（1）癸☒？

　　　　　　　　　（2）弜聂，于之若？

肯定句的「王受又」對照否定句的「于之若」，可以確定《屯南》、《花東》和上舉《合集》九例有共同語法邏輯：「于之若」用在對貞句中否定的一方。《花東》與《屯南》這種同一文例、不同形式的差別表現，正好突顯了不同時代對同一批制式語言的使用實況。另一個角度來說，「于之若」的出現與使用關係，使《屯南》康丁卜辭向上聯結武丁賓組與花東子卜辭的文例，也同時造成它與武乙、文丁卜辭的分隔。

第四節　「若咎」

　　「若、咎」兩字連綴使用，是《屯南》引人注目的文例關係，例如「若咎〔于〕學」（662）、「若咎于升」（822）、「若咎，子至」（766）等，這些短句是少見的，「若」字的詞位也不尋常，需要進一步探討。

〔註26〕即「災」字，《屯南》卜辭常作「𢁜、𢁝、𢦔」諸形。

在過去的研究中，吳其昌、李孝定對「咠」字都不作明確解說〔註27〕，孫
海波則云：「卜辭之咠，殆祭名。」。〔註28〕社科院考古所（《屯南》編者）也持
「祭名」之說。考古所說：

> 咠，《說文》：「言之訥也」在卜辭中爲祭名，可能爲祝禱或獻歌。若
>
> 咠相連可能爲獻歌舞之祭。

祭名之說較爲寬泛，不成疑問；但以「若」字也有歌舞之祭義，則需要詳細申
說，以下我們會逐一說明。

「若、咠」兩字的合併使用，是康丁期卜辭特有的現象，在此之前，只在
第二期出現過使用「咠」字的句例。如以下兩例：

合 23395　　凷☒于妣辛咠歲，其至凡☒祖？四月。

合 23717　　甲申卜，出貞：羽☒子弓，其凷于妣辛咠歲，其☒？

這兩句有共通的句型：「凷于祖妣咠歲」，對比同型句例：

合 27149　　王其又大乙、大丁、大甲，叀弓歲公？

「凷于祖妣咠歲」與「又于祖妣弓歲」是平行例證，「咠」字依語序應與祭祀
動詞「弓」地位相當，當然，「咠」字也就確認爲一種祭祀動詞。「若、咠」二
字連綴使用後，較讓人困擾的反而是常見的「若」字，其字用與定義要重新評
估。

「若咠」二字相連，「若」字的可能用法之一是與「咠」並立，同爲祭祀動
詞；或者是作爲名詞，居主語位置。討論之前，先把代表例〔註29〕排列出來：

合 27110　　若咠祖乙召，王受又？

合 27200　　其若咠祒祖乙，又正？

合 27313　　于祖丁畐咠餗，弜若即于宗？

合 31003　　己酉卜：王其則，其☒咠，旋〔註30〕亡戈？

〔註27〕吳其昌：《殷墟書契解詁》頁368，藝文印書館，1959年6月。又李孝定云「其義
　　　　不明」《集釋》頁0691。

〔註28〕《考古學社社刊》四期十七頁。引自《詁林》頁2056。

〔註29〕《類纂》中「咠」字共十七例。其中前三例爲第二期卜辭，後十四例爲第三期卜
　　　　辭。

〔註30〕「旋」《類纂》隸作「旋」，案該字从旂形、从止，隸爲「旋」較得宜。

懷 1399　　丁酉卜：王其又☐❏，若❏在☐？

這些全都是康丁期卜辭，「若❏」一詞位置在「召、畐、嗽、則」諸祭祀動詞間，並且常有「若❏于（在）某地」套語出現，這情形在《屯南》中尤其明顯。上舉五例中，合 27200 版「其若❏祒祖乙」的「❏祒」皆爲祭祀動詞，「若」應爲主語；合 27313 版「于祖丁畐❏嗽，弜若即于宗」的「畐❏嗽」皆應爲祭祀動詞，而「若」字進入下一分句，也爲主語，「弜若即于宗」即「若弜即于宗」。《屯南》出現「若❏」例子則有六版，我們配合同版例來看：

屯 110　　　（2）☐❏冊十卤又五卤？

屯 662　　　（1）丁酉卜：今旦万其幽？吉。

　　　　　　（2）于來丁迺幽？

　　　　　　（3）于又寏幽？吉。

　　　　　　（4）若❏〔于〕幽？吉。

屯 766　　　（4）禱新❏，若❏，子〔註31〕至，王受又？

　　　　　　（5）弜子至？

屯 822　　　（1）叙𤔲？

　　　　　　（2）其召𤔲小乙，王受又？

　　　　　　（3）于妣庚，王受又？

　　　　　　（4）召妣庚，若❏于升，王受又？

屯 2393　　 （2）若❏于升，受又＝？

屯 4066　　 （2）☐〔若〕❏于☐，母𤔲☐彡興，于之受〔又〕？

這些也全都是康丁期卜辭。「若❏于○」型句中，「學（❏）、升」都是指廳堂處所之名。

　　單單看「若」字的語序，不容易得出它的使用義，換個角度看人物、氏族同版關係，可能有幫助。合 31003 版云「旐亡戋」，牽涉到了「旐」這個氏族。配合其他版文辭的互見關係，合 31003 版「❏」字之前也應有「若」字，「若」與「旐」氏同版出現，「若」作爲氏族名就有了可能。我們還需要更多旁證。

〔註31〕字作「❏」，釋「子」。案花園庄東地卜辭「子」字繁體作此形。如花東 17（1）「甲辰，歲祖甲一牢，子祝？」（2）「乙巳，歲祖乙一牢，❏祝？」知「子、❏」實同字異體。

商代金文族氏徽號對「若」字與「旌」有很好的聯繫關係，《集成》5937
亞若癸尊、7308 亞若癸觚、9887.1 亞若癸方彝、11114 亞若癸戈等例，都可見
在亞形框架中嵌入多個複合氏族符號的情形，這些相關氏族是：「若、旌、受、
𦣞」，其中「若、旌」二氏在《集成》11114 亞若癸戈銘中更是單獨相關，正反
兩面分別是「若癸」、「旌乙」，顯示出在軍事行動上，兩個氏族有更親密的關聯，
不論它們是並立結構，或者是主從、分支結構。〔註32〕

所以，「若」應該是氏族名號，與「旌」緊密相關，「咠」的確是祭祀類的
動詞，「若咠」兩者是「主詞＋動詞」的單純結構。

應該補充說明的是，上舉例子中的「旌」氏，卜辭中的出現年代分布於武
丁、康丁、武乙期，沒有第二期以及廩辛卜辭雜糅其中，這與「若咠」的年代
相容。

第五節 「叀○祝」

《屯南》部分卜辭有「叀王祝」、「叀𡥈〔註33〕（子）祝」、「叀臾祝」這樣
的套語出現，刻寫年代分布在「康丁、武乙、文丁」三朝；近年出土的花園莊
東地甲骨卜辭也有類似的「𡥈（子）祝」文例，年代卻在武丁時期。「𡥈祝」
這種文例在其他斷代與分組中都不曾出現，我們感到它具有明確的時代特徵與
關聯線索，因此以「叀𡥈（子）祝」為中心，討論「叀○祝」一型文例對於《屯
南》分組斷代具備何等意義。

一、「叀○祝」的使用狀況

《說文》云：「祝，祭主贊詞者。从示，从人、口。一曰从兌省。《易》曰
『兌為口為巫。』」卜辭「叀王祝」、「叀子祝」應就是指殷王或「子」來主持祝
告的儀式。我們需要整理卜辭句例來描述「叀○祝」的適用背景及斷代功能。

先依照年代順序來談，《合集》第一、二兩期都有少量的「叀王祝」文例，

〔註32〕參筆者撰：《商金文族氏徽號研究》頁 171，逢甲大學中文研究所碩士論文，2002
年。

〔註33〕同上註，與屯 766「子至」例同。花東甲骨 H3：29、291 諸版同組卜辭有「𡥈、
子」二型並列，可證。

如：

    合 15278　　貞：叀王祝？　　　　　　　　　　　　【一期】

    合 22917　　乙巳卜，喜貞：祖乙歲，叀王祝？　　　【二期】

    合 24132　　辛巳卜，夨貞：叀王祝，亡卷？　　　　【二期】

由第二期的兩個例子看，「叀王祝」一語與「歲祭」是相關的。這種情形在花東卜辭中尤其明顯。例如：

    H3：17　　（1）甲辰：歲祖甲一牢，子祝？（一）

            （2）乙巳：歲祖乙一牢，𥎊祝？（一）

    H3：29　　（2）庚寅：歲祖□牝一，𥎊祝？（一）（二）

            （3）庚寅卜：叀子祝？不用。（一）（二）

    H3：220　（3）甲申：歲祖甲牡一，𥎊祝？用。（一）（二）

    H3：280　（2）癸巳：歲妣庚一牢，𥎊祝？（一）（二）

    H3：291　（1）庚辰：歲妣庚小牢，子祝？在麗。（一）

            （4）乙酉：歲祖乙小牢、牡，祁卷一，子祝？在麗。

            （二）（三）（四）

全部都是歲祭卜辭。花東子卜辭之後，跳過祖庚、祖甲時代，「𥎊（子）」參與或主持祝告儀式的現象在廩辛時期又開始出現，但僅一例：

    合 30632　　癸丑卜，狄貞：𥎊至，叀祝？

不過在文字形式上並不寫作「叀𥎊祝」或「𥎊祝」。常態的「叀𥎊祝」文例在「康、武、文」三朝才出現：

    屯 3240　　叀𥎊祝？　　　　　　　　　　　　　【康丁】

    屯 16　　　叀𥎊祝？　　　　　　　　　　　　　【四期】

    合 33425　　叀𥎊祝？　　　　　　　　　　　　　【四期】

    合 27653　　□□卜：其又歲于伊尹，叀𥎊祝？茲□。【康丁】

    合 32418　　庚子貞：其告壴于大乙六牛，叀𥎊祝？　【四期】

除了「叀子祝」，同時期也存在著「叀王祝」、「叀夨祝」文例：

    屯 1154　　叀夨祝？　　　　　　　　　　　　　【四期】

    合 32671　　（3）叀王祝？

（4）丙申貞：又匚于父丁，叀𡙕祝？【四期】

屯 774　　　甲子卜：叀王祝？　　　　　　【四期（文丁）】〔註34〕

「𡙕」可以作爲氏族名，該氏族領袖亦以此作爲稱謂，是武乙卜骨骨面記事刻辭常見的人物。他在這些材料裡和「王、子」同樣具有主持祝告儀式的權能，地位應該不低。

二、「叀○祝」的分期關聯

「叀」是卜辭一種用於特殊人物的發語詞，用以突出主語及強調賓語，朱師歧祥曾云：

> 然而無論它是作爲突出主語「王」的本身，抑或是強調移前的賓語，如先公神祇或受命大臣，以至修飾句首的時間和地望，叀字句的主語都是指殷王。這反映出「叀」字在甲骨文的用法可能有一特殊化、專門化的傾向——它代表著卜辭中對於時王稱謂的一種特殊的、專用的語詞。〔註35〕

這個推論方向是對的，我們擴充其內涵，認爲：凡某些重要氏族領袖在卜辭中也能主持祝告儀式，包含花東卜辭的「子」，以及第四期特見的「𡙕」，在卜辭中他們也作爲「叀」字句的主語。這些人物在早期非王卜辭、中期卜辭都能同時存在，但在武丁王卜辭、祖庚祖甲卜辭則僅容許「王祝」的存在，顯示出中期「康、武、文」卜辭與花東卜辭在這類儀典制度上的相似。

《屯南》「康丁、武乙、文丁」卜辭是王卜辭，而有「叀王祝」、「叀𢀛祝」、「叀𡙕祝」同時存在，表示「王、𢀛（子）、𡙕」都能主持祝告儀式；而第一、二期僅有「叀王祝」例，沒有其他人物主持祝告儀式。配合花東「𢀛（子）祝」例來看，給了我們「康丁、武乙、文丁」卜辭在祭祀制度上傾向非王系統的印象，而這與前面章節所談「字形、行款、句型」等角度得到的結論是一樣的：《屯南》卜辭與非王體系卜辭（子卜辭）有明顯的相關，而這種相關程度高過於武丁王卜辭。同時，也由於這樣的相關排除了「𠂤、午」兩組非王卜辭，更加肯定了「康、

〔註34〕　《屯南·釋文》確認爲文丁卜辭。

〔註35〕　參朱師歧祥著：〈釋叀〉，收入《甲骨學論叢》頁 189，台灣學生書局，1992 年 2 月。

武、文」卜辭在這條文例上的統一性，使歷組卜辭提前的說法增添了困難。

第六節 「夕」與「暮（莫、蟇）」

本節，筆者要談《屯南》祭祀卜辭中「夕、暮（莫、蟇）」二字的使用情形，這個討論角度在祭祀卜辭的範圍中，特別能看出中期卜辭的用語習慣，同時也可以看得出三、四期卜辭與第一期雖然同派，但歷時的語言演變卻造成不得不然的分隔。

「夕、暮」二者作爲時間副詞〔註36〕，在祭祀卜辭中修飾祭祀動詞，所表現的句法隨著不同分期而有不同特徵。以下，筆者將分別敘述「夕、暮」的句中表現模式，並探討它們的早期來源。最後總合，歸結「夕、暮」二者在中期卜辭句中表現出何種特徵，以及該特徵的意義。

一、「夕」的使用狀況

夕，用在第一期祭祀卜辭有兩大類別，區分極爲清楚。如下：

【今夕】

合293　　壬子卜，賓貞：更今夕用三白羌于丁，用☒？

合460　　己亥卜，貞：今日夕棄母庚？六月。

合2874　　丁卯卜，穀貞：今日夕出于兄丁小宰？

【夕○；○夕】

合672　　多夕二羊、二豕，俎？

　　　　　多夕二羊、一豕？

合1922　　夕出于丁二牛？

合15834正　貞：夕福〔註37〕，亡囚？

從形式來看，「夕○；○夕」類並不能確認是「今夕」類的省略，它們在句型上完全不同：「今夕」類都具備完整前辭，命辭中確切交代受祀先祖，是賓組祭祀卜辭的特徵；「夕○；○夕」類都傾向簡化前辭，也時常略去受祀先祖，甚至祭

〔註36〕于省吾以爲祭祀卜辭的「夕」即「腊」，云「以腊脯爲祭品」（《甲骨文字釋林》頁35），與筆者不同。下文詳之。

〔註37〕「福」从示，即「畐」字繁體。

牲。除此之外，兩者配對的祭祀動詞並不相稱（羍、屮→彡、屮、福）。種種條件看來，這兩類形成賓組卜祭祀卜辭的兩種發展傾向，「今夕」類和具備周祭的第二、第五期卜辭相近：例如：

合 22721　　甲戌卜，尹貞：王賓大乙彡夕，亡囚？【二期】

合 22817　　戊午卜，行貞：王賓雍己彡夕，亡囚？【二期】

合 35677　　甲戌卜，貞：王賓祖乙彡夕，亡尤？　　【五期】

合 35567　　己卯卜，貞：王賓大庚夕，亡尤？　　　【五期】

而「夕○；○夕」類則多爲非王卜辭。例如：

合 19798　　庚戌卜，犬：夕屮般庚伐，卯牛？

合 20115　　丁亥卜，犬：夕召？二月。

合 22065　　甲子卜：夕屮歲父戊？

中期「康、武、文」卜辭與之相近，以《屯南》爲例：

屯 261　　　叀今入自夕畐，酓，又正？　　　　　　　　　【康丁】

屯 642　　　叀今夕其又歲？　　　　　　　　　　　　　　【康丁】

屯 1031　　癸酉卜：父甲夕歲，叀牡？　　　　　　　　　【康丁】

屯 2148　　戊辰卜：今日雍己夕，其乎轼工？大吉。　　　【康丁】

屯 2391　　丙寅卜：畐夕歲一牢？　　　　　　　　　　　【武乙】

《屯南》文丁期沒有例子。明顯地，中期卜辭「夕歲」、「夕畐」例的句型是由上文所述第一期「夕○；○夕」類句型而來。

「夕」字的涵義，《屯南‧釋文》曾援引于省吾說，以爲：

夕：祭名。于省吾謂即典籍之昔或腊「甲骨文言夕羊、夕豚，夕作動詞用，謂殺羊豕而乾其肉，以腊脯爲祭品也。」（《釋林》35 頁）

〔註38〕

這個解釋能夠符合「夕」在卜辭詞位的邏輯，當「夕」字位在祭牲祭品之前時，這個說法是合宜的。比如說：

合 672　　　彡夕二羊、二豕，俎？

〔註38〕《屯南‧釋文》頁 850。

　　　　　　　　彡夕二羊、一豕？

但我們如果再看看周祭卜辭中「彡夕」的完整句型，就會產生懷疑：

　　合 22721　　甲戌卜，尹貞：王賓大乙彡夕，亡囚？

　　合 22817　　戊午卜，行貞：王賓雍己彡夕，亡囚？

　　合 35677　　甲戌卜，貞：王賓祖乙彡夕，亡尤？

賓迎乙名先王時，就在甲日之夕進行「彡夕」，賓迎己名先王時，就在戊日之夕進行「彡夕」，很明顯地，「夕」是指前一天晚上某個時段，楊樹達已明言。

〔註39〕再看看《屯南》康丁期卜辭的例子：

　　屯 2383　　　（4）蟇往夕入，不耩雨？

　　　　　　　　　（5）王其省盂田，蟇往凩入，不雨？

　　屯 2483　　　（2）于入自日酉彡，王受又？

　　　　　　　　　（3）于入自夕畐酉彡，王受又？

這是極爲清楚的反證，屯 2383 是田獵卜辭，「蟇往夕入」與「蟇往凩入」形成對比，「暮、夕」時刻緊接。另外，屯 2483 是祭祀卜辭，它句中的「入自日酉彡」與「入自夕畐酉彡」也形成對比，「日、夕」時刻相映。從上引兩版看，「夕」字都不能作爲祭名來處理，與「腊脯」也沒有關係。筆者對于氏說法保留，仍以爲祭祀卜辭中的「夕」字多數應代表晚間之義。

二、「暮（莫、蟇）」的使用狀況

　　代表日暮之意的暮字，卜辭中常寫作「莫、蟇」兩種字形。暮字作爲時間副詞，使用在祭祀卜辭中的情況，只存在於第二、三、四期，不含廩辛朝，其實也就是《屯南》主體卜辭所在的「康、武、文」時期。以下，分段敘述它們的發展狀況。

　　第二期祭祀卜辭中的「暮」，與「夕」字句不同，它們從未在五種周祭卜辭中出現，使用時修飾祭祀動詞「歲、酉彡」。例如：

　　合 23148　　貞：蟇酉彡？

　　合 23207　　丙午卜，行貞：羽丁未父丁莫歲牛？

───────────────

〔註39〕楊樹達云：「先夕之祭蓋豫祭，而當日之祭則正祭也。」見《積微居甲文說》頁 52，
　　　　新華書店，1954 年 5 月。

合 23326　　貞：妣庚歲，叀莫酚，先日？

懷 1016　　丁未卜，王曰貞：父丁莫歲，其弘三牢？茲用。

可以看到，二期「暮」字句同上一段的「夕」字例，也有簡化前辭，省略受祀先祖的第二類傾向，這傾向也形成中期祭祀卜辭的特色。

第三期康丁祭祀卜辭，明顯看到部分第二期卜辭的承接痕跡，使用時修飾祭祀動詞「歲、酚、召」，也和二期例子相合。例如：

合 26996　　☑莫伐五人，王受又＝？

合 27275　　□卯卜：祖丁莫歲二牢？

合 27396　　其又父己，叀莫酚，王受又＝？

屯 628　　　莫召，又羌，王受又＝？

第四期則有少量的例子。如：

合 32485　　丙午卜：谷叀餗☑子酚莫？

合 33743　　其莫？

合 33744　　其莫叀？

可以看出武乙期的特徵字例出現，如「餗、谷」。大體上可以視爲康丁卜辭的延伸。

三、結　語

　　從以上「夕、暮」兩個時間副詞的使用形態看，「夕」由第一期賓組卜辭、非王卜辭的發展序列下來，與「暮」字由第二期部分祭祀卜辭延續下來，兩者到了康丁期融合爲一，句型相同，它們都屬於祭祀卜辭中結構較爲鬆散的一類，由於它們和非王卜辭有關，因此不妨稱呼爲乙類祭祀卜辭，而甲類則是走向第二、第五期「新派」卜辭的路線上去。但不論是甲類、乙類祭祀卜辭，我們認爲，兩類當初在第一、第二期卜辭中蘊釀時，應視爲同批卜辭的同時演進，而不是代表說它「另有一個系統」，這現象在賓組卜辭中就表現得非常明白，這一批王卜辭本身，在開頭就蘊含著兩種派別的演進序列。我們從「夕、暮」兩個副詞的使用形態，可以得到這一個結論。這個結論，與「殷

墟卜辭兩系說」主張由「𠂤賓間組」、「𠂤歷間組」〔註40〕分軌而形成的兩系發展是不同的。

第七節 「入自夕畐」

一、「入自夕畐」的使用狀況

「入自夕畐」，是純粹的康丁期慣用文例。本節希望用對比的方法去尋求這段文例的正確涵義，以及它的功能性意義，當然，也要涉及它的淵源，作細部探討，這些都和文例的斷代功能有關。

「入自夕畐」在《屯南》卜辭中常見。如：

屯 261　　　　叀今入自夕畐酚，又正？

屯 1442　　　妣癸于入自夕〔福〕酚？

屯 2483　　　（2）于入自日酚，王受又？

　　　　　　　（3）于入自夕畐酚，王受又？

屯 4240　　　叀入自夕畐酚？

先從內容看，「酚」雖是獨立行使的儀式，但在這四版例子中卻強烈表明「入自夕畐」與「酚」在祭祀程序上前後相配，不可或缺。

對比屯 2483（2）、（3）兩辭，發現「畐」這個儀式是在晚間舉行的。「入自日」與「入自夕」相對，當卜辭云「入自日」時，句中無「畐」字；言「入自夕」時則有「畐」字。《合集》康丁卜辭另有一例頗能說明這個關係：

合 27522　　　其又妣庚，叀入自己夕畐，酚？

「己」是己日，本辭專以侑祭妣庚，卜問「畐、酚」儀式在庚日前夕舉行之可否，辭文不但說明「畐」這個儀式在晚間舉行，也很清楚地提示：「畐」與祭祀動詞「彡」一樣，也須在祖妣干日名之前一天晚上來進行。因此也可以推知，屯 1442「妣癸于入自夕〔福〕酚？」一辭中的「夕」，就是「壬夕」，也就是在癸日之前的晚上。我們以同版關聯去看《屯南》兩版句例，情況也能相合：

────────────

〔註40〕「𠂤歷、𠂤賓」兩系並不完全是分流關係，「歷、賓」兩組之間也有聯繫，見林宏明：〈歷組與賓組卜辭同卜一事的新證據〉，《2004 年安陽殷商文明國際學術研討會論文集》頁 74，社會科學文獻出版社，2004 年 9 月。

屯 261　　　　（1）弜祝于妣辛？

　　　　　　　（2）其祝妣辛，叀翊日辛酚？

　　　　　　　（3）弜翊日辛酚？

　　　　　　　（4）叀今入自夕畐酚，又正？

屯 2483　　　（1）王其又□己，叀□各日酚，王受又？

　　　　　　　（2）于入自日酚，王受又？

　　　　　　　（3）于入自夕畐酚，王受又？

　　　　　　　（4）王其又彳父己牢，王受又？

　　　　　　　（5）牢又一牛，王受又？大吉。

屯 261 版這組卜辭卜問祝妣辛事，問到是否在翌日辛行酚祭，或者在今（庚日）夕行「畐酚」；屯 2483 問侑祭父己事，問到在「入自日」行酚祭，或是「入自夕」行畐酚祭，此外，「□各日」也是在卜問何時進行酚祭。這三段時刻相應而有別，都提供了不同的時間選擇。

　　再從結構上看，「入自夕」、「入自日」前都有虛詞「叀」或「于」，「叀」字是專用於強調時間或祭牲的發語詞，具有提示占卜主（王、子）地位的作用；「于」字則是用在時間或地名、處所的介詞。於是，「叀」、「于」兩者功能交集起來，「入自夕」、「入自日」本身就成為一個完整的時間副詞。「叀入自夕」應該是「王入自夕」之省，前文已提到冠句首的「叀」字有提示主語「王」的作用，而「王入」之行動自「夕」之時間開始，以這樣的陳述句作為單一的時間副詞，是合理的，從詞位結構上看，它確實有這樣的功能。

二、「入自夕畐」的來源探究

　　「入自夕畐」的來源為何？我們先從第一期的「夕福（畐）」例看：

　　合 634　　　☑隹夕賓福？二告。

　　合 15834 正　貞：夕福，亡囚？

旁涉關聯不多，我們再看第二期相關文例？

　　合 25518　　庚□卜，逐貞：王賓夕福，亡囚？

「夕福」一詞進入了「王賓」結構中，並與第一期例子有明確的傳承關係。第三期廩辛卜辭也有「夕福」例，並且有另一種制式句型結構來約束：

合 27861　　丙寅卜，彘貞：王往于夕福，不遘雨？燕叀吉。

合 27862　　丁卯卜，何貞：王往于夕福，不遘雨？允衣，不遘□。

合 27865　　戊寅卜，何貞：王往于夕福，不遘雨？在五月。

廩辛卜辭以「王往于夕福」代替二期「王賓夕福」，我們知道「王賓」所對應的賓語是先王祖妣，「王往于」結構則略去了先王祖妣，那麼康丁期的「入自夕畐」當然是指「王入自夕畐」，受祀祖妣分別為同組其他卜辭所拈出。我們作出表格如下：

「夕畐」句分期結構變化表

分期或王年	版　例	主語、動詞	受祀祖妣	備　　註
第一期	合 634 合 15834 正	王	略	常態例應有祖妣。合634另一辭：「今癸卯王夕？」
第二期	合 25518	王賓	略	常態例應有祖妣
廩辛	合 27861 合 27862 合 27865	王往	略	
康丁	屯 261 屯 1442 屯 2483	略	妣辛 妣癸 父己	

這種句型前後縱線發展，至此已十分明白。這些期別的「夕畐」句型，其共同內涵是：

（1）主語是王。

（2）省或不省略，都應有受祀祖妣存在，

（3）用語變化過程為：「夕福」→「王賓夕福」→「王往于夕福」→「王入自夕畐」

如果我們懷疑廩辛「王往于夕畐」句與康丁「入自夕畐」的傳承關係，那麼以下兩版句例對照，將能令人釋然：

廩辛期	合 27863	己巳卜，何貞：王往于日，不遘雨？燕叀吉。允不遘雨。四月。
	合 27865	戊寅卜，何貞：王往于夕福，不遘雨？在五月。
康丁期	屯 2483	

	（2）于入自日酚，王受又？ （3）于入自夕畐酚，王受又？

兩期、兩種句型模式，它們對於時間副詞「日、夕」的對應關係是平行的。

因此，筆者以爲：「入自夕畐」專屬康丁期特殊文例，它的涵義並不深奧，與「王賓夕福」、「王往于夕福」相同，即殷王在「夕」（晚間）的時段進行畐祭之意。

第八節　「囗（禍）」

殷墟卜辭中，「又（有）禍」、「亡（無）禍」這一類問卜套語，看來是稀鬆平常的，但稀鬆平常之外，也帶著些微變化，有時是斷代極爲重要的標誌。

本節要談的，是《屯南》卜辭、也就是殷墟中期卜辭中擔任福禍之義的「禍」字，它通常寫作「𠂤（屯 713）、囚（屯 616）」等形，本論文將之隸定爲「囗」。探討角度在於中期卜辭在卜問「有禍」、「無禍」一類慣用套語時，表現出什麼樣的特徵？種種特徵又和《屯南》卜辭對前期卜辭的因革有何關聯？

一、「亡（又）囗」類問卜語的型態與背景

開始討論這個問題，先要來描述「亡（又）囗」類問卜語的型態，大約探求它出現的背景，討論中以「亡囗」來包含「亡囗、又囗」二者。在《屯南》材料中的「亡（又）囗」類問卜語，大致上分屬兩個大類。如下：

上列版號，全部都是武乙、文丁時期例。用語習慣上，除了使用「○亡囗」形式外，也使用以下四種變異形式，兼列全部例子版號如下：

（1）亡至囗：屯 643、742、871、1099、1253、2525、3744
（2）亡來囗：屯 2058

（3）亡壱在田〔註41〕：屯 1018

（4）不于一人田：屯 726

首先要談談「亡田」一詞出現的背景，《屯南》中有一定數量的「今夕亡田」、「今夕亡至田」例。列舉如下：

屯 56　　　　（1）庚〔午〕貞：今夕亡田？在迤。

　　　　　　（2）辛未貞：今夕亡田？在□。

屯 1099　　　（6）壬戌貞：岂以眾谷伐召方，受又？

　　　　　　（7）戊寅卜：今夕亡至田？（二）

屯 2436　　　丁巳卜，貞：今夕亡田？在🔲。

屯 3744　　　（3）戊辰卜：今夕亡至田？（一）

這些同版例，同時也都是同組卜辭。從這些例子我們看出兩點事實：

（1）「亡至田」與「亡田」意義相同，用法相同。

（2）從「在迤、伐召方、在🔲」等關係詞彙看，「今夕亡田」一類問卜語是用來卜問軍事、戰爭事務的。

再加上不含「今夕」一詞的例子，兼帶出同版例：

871　　　　　□韋□亡至田？

4516　　　　（3）乙亥卜：王韋倗今十月，受又？

　　　　　　（6）庚子卜：伐歸，受又？八月。（五）

　　　　　　（8）壬子卜，貞：步，臼亡田？（五）

　　　　　　（9）虫田？（五）

屯 4516 是武丁期臼組卜辭，它與「康、武、文」卜辭同批出土，卜問禍福之語也具有相同的特質。可以擴大來說，《屯南》「亡田」、「亡至田」一類問卜語是用來卜問軍事、戰爭事務的。另外，《屯南》「亡來田」、「又來田」僅有二例，和以上的舉例、推測結論是相同的：

2058　　　　（1）又來田自北？

　　　　　　（2）□田□？

〔註41〕關於「亡壱在田」的概念合於「亡田」的推測，本論文在第本章第二節「在云、壱云、若干云」已有陳述，茲不贅。

（3）乙酉卜：亡來〔田〕▢？

2446　　（1）癸酉貞：旬又希，自南又來田？

　　　　（2）癸酉貞：旬又希，自東又來田？

「自北」、「自南」、「自東」，也是軍事可能相關的詞彙。再從「人事亡田」的分類去看，結果也仍然合理，兼帶同版例來看：

32　　　　㞢亡田？

247　　　（2）乙巳貞：雀亡田？（二）

580　　　（1）亞𡧿征，弗至庚？

　　　　（2）庚寅卜：其告亞𡧿，往于丁今庚？（一）

　　　　（3）癸卯貞：王亡田？（一）

1054　　（1）乙亥貞：魚？（二）

　　　　（3）乙亥貞：魚亡田？（二）

附12　　（1）辛▢入▢王▢？（二）

　　　　（2）辛酉卜：在入，戊又田？（二）

受到問卜及關連的人員有「㞢、雀、王、亞𡧿、魚、戊」他們之間的聯結也和軍事曾經相關。從這麼多角度看，「亡田」、「亡至田」一類問卜語的確是用來卜問軍事、戰爭事務的。

二、「亡（又）田」類問卜語的歷時地位

《屯南》卜辭「亡（又）田」類問卜語，從「亡田」的常態形式，到變異形式「亡至田」、「亡來田」，都表現出與第一期性質迥異的背景，它以卜問軍事戰爭事務為重，和第一期兼重祭祀與軍事的「亡田」語背景不同。

由上文瞭解，「亡至田」即是「亡田」，「亡至田」、「亡來田」都不是第一期卜辭的形式；同時，在問卜「期日亡田」的概念上，第一期也沒有出現過「隔日亡田」這樣的形式，《屯南》例如下：

194　　　（1）丙辰貞：丁亡田？（一）

　　　　（2）□□貞：己亡田？（一）

　　　　（3）己未貞：庚亡田？（一）

　　　　（4）庚申貞：辛亡田？（一）

（5）辛酉貞：壬亡田？（一）

562 　（1）□□貞：乙亡田？

　（2）乙丑貞：丙〔亡〕田？

741 　（6）壬寅貞：癸亡田？（一）（一）

2186 　（3）庚寅貞：辛亡田？（一）

　（4）辛卯貞：壬亡田？

　（5）壬辰貞：癸亡田？（一）

　（6）癸巳貞：甲亡田？（一）

這些都是《屯南》，也就是中期卜辭的特徵。

　　然而，有少數相關的變異形式的確是前有所承，為第一期所同見的。上文「不于一人田」、「亡巷在田」例即是，《屯南》726 辭云：

屯 726 　（1）壬寅貞：月又戠，王不于一人田？（一）

　（2）又田？（一）

　（3）壬寅貞：月又戠，其又土，煑大牢？茲用。

「不于一人田」用在祭祀卜辭的場合。而《合集》第一、第四期中也有同類例子，不一定用在軍事行動中：

合 557 　　貞：其于一人田？　　　　　　　　　　　　【一期】

合 4978 　乙亥卜，爭貞：王束出希，不于□人田？【一期】

合 4981 　□□卜，貞：□鳴，不□一人田？　　　　【一期】

合 34086 　癸未貞：六旬又希，不于人田？　　　　　【四期】

「不于人田」可能是「不于一人田」之省，或者奪漏。這些例子都在第一期少量出現。「亡巷在田」例在第一、第二期中都出現過，但形式稍變：

【一期】

合 6088 　　貞：舌方出，不隹田我，在田？

合 2940 　丁亥卜，内貞：子商亡𡆥，在田？

【二期】

合 22668 　□至于□毓，亡□在田？

合 23035 　□王□祭于祖丁□，亡□在田？

可以看出，第一期以「在囚」爲共通型，第二期出現與中期相同的「亡卓在囚」
〔註42〕例，到了第四期《合集》出現了關鍵例子，可以說明將「在囚」之囚解
爲地名的不妥：

　　　合 32778　　辛酉卜：又囚在囚？

　　　英 2466　　　丁未卜，貞：亡囚在囚？

「亡卓在囚」的反面是「又卓在囚」，與上段例子「亡囚」對照「又囚」、「亡至
囚」對照「又至囚」、「亡來囚」對照「又來囚」模式是相同的，筆者推測，「亡
卓在囚」其實也是「亡囚」的變異形式之一，意義是相同的。

　　經過以上的討論，可以提出兩個確定說法：

　　1.《屯南》「亡（又）囚」類問卜語多用在軍事場合上，和第一期兼重祭祀
與軍事的「亡囚」語背景不同。

　　2.《屯南》「亡（又）囚」類問卜語，其變異形式有「亡（又）至囚」、「亡
（又）來囚」、「亡（又）卓在囚」數種，而這些變異型，多數是武乙、文丁期
內的現象，與第一期關係較遠。

第九節　結　語

　　在本章中，筆者揀選了「酌」、「在云、卓云、若干云」、「于之若」、「若咎」、
「叀○祝」、「夕與莫」、「入自夕畐」、「囚（禍）」等八組文例作爲討論項目。八
組文例的共同特徵是文辭用義疑議較大，並且明顯具備「康丁、武乙、文丁」
相關斷代表現。其中，各期卜辭共用的「酌」、「囚（禍）」、「夕與莫」三組文例，
在《屯南》卜辭句型中使用方式特殊，例如「酌」與「彡歲」、「彡伐」的緊密
聯繫，「在囚」的使用，「夕與莫」在三、四期的并見與對舉，都是在語法使用
上有特徵的文例；另外，「在云、卓云、若干云」、「于之若」、「若咎」、「叀○祝」、
「入自夕畐」各組則本身就已成爲「康丁、武乙、文丁」的特徵文例，它們不
見或罕見於其他各期。在文義推索上，「在云、卓云、若干云」、「若咎」、「入自
夕畐」等組有著相當大的難點，筆者先以文例在句中的相對位置、語序關係作
鋪排，以爲討論的開端，之後，利用整段命辭已確定部分的語義，對照待解文

─────────────

〔註42〕「亡卓在囚？」斷句爲「亡卓，在囚？」也是容許的，不違反句意的表達。

例，謹慎推估該文例的語言功能以及確實語義，這就是筆者在本章解釋特殊文例的構想與手法。

根據上述的構想與方法，筆者得出以下幾點結論：

（一）「酚」字的使用，與施祭的「時間」有著緊密關係，包含干支日與一日之早晚。

（二）「云」字在卜辭中仍作爲「雲雨」之「雲」的本義來用；「在云」的用法中，「云」字並不作地名使用。

（三）在對貞句中，「于之若」常與省略型「若」對舉：「若」用在肯定句，「于之若」用在否定句。

（四）「若凸」中的「若」宜爲氏族名，而「凸」字確爲祭祀動詞。

（五）「叀王祝」、「叀子祝」、「叀臾妃」的出現，展現了舊派卜辭與非王卜辭在祭祀制度上的相似性。

（六）「夕」、「莫」對前期承襲來源不同，「夕」來自武丁卜辭，「莫」來自二期部分祭祀卜辭，兩者到康丁期，形成了同期并見的狀態。

（七）「夕畐」一類句型的共同內涵是：（1）主語是王。（2）省或不省略，都應有受妃祖妣存在。（3）用語變化過程爲：「夕福」→「王賓夕福」→「王往于夕福」→「王入自夕畐」。而「入自夕畐」專屬康丁期特殊文例，它的涵義並不深奧，與「王賓夕福」、「王往于夕福」相同，即殷王在「夕」的時段進行畐祭之意。

（八）《屯南》「亡（又）囚」類問卜語多用在軍事場合，「亡（又）巻在囚」其實與「亡（又）至囚」、「亡（又）來囚」一類文例相同，只是「亡（又）囚」的變異形式。

第五章 結 論

　　我們順著論文章節的次序，來鋪敘《小屯南地甲骨》在句型、文例研究上
具備的意義，以及本文的討論方向與成果。

　　在研究動機上，過去學界對《屯南》的基本態度十分明顯，都將它視為斷
代的重要參據，尤其是針對歷貞（組）卜辭的斷代討論。相對地，將《屯南》
視為一個整體，引為基礎材料，予以專題探討的論著幾乎是沒有的，這與當初
內地學界在八〇年代持續進行斷代問題探討的熱潮，是脫不了關係的。〔註1〕在
這樣的態度下，《屯南》只成為斷代研究的材料之一。為了斷代，引用《屯南》
進行討論的角度局限在出土地層、刻辭字形、以及部分內容如相關人名出現的
討論上，《屯南》本身在材料上的多樣特徵，如：多用骨版、刻寫習慣、行款文
例、年代相對集中（康丁、武乙、文丁三朝刻辭成為一個整體，並且嚴密相關）
等等都被忽略，至為可惜。因此，我們才有了這一個構想，希望將《屯南》這
批材料純粹以「語言對比」、「歷時描述」的角度進行研究，真正落實單坑出土
甲骨的語言研究。

　　首先，就從《屯南》卜辭的事類來觀察，

〔註 1〕早期，日本有貝塚茂樹、伊藤道治提出〈甲骨文斷代研究法的再檢討〉（甲骨學第
　　　三號，1954 年）；台灣地區也有嚴一萍著《甲骨斷代問題》（藝文印書館，民 80 年
　　　元月）、〈歷組如此〉（中國文字新八期，1983 年）加入討論。

利用分析事類的機會，我們觀察了「康、武、文」三朝卜辭的史實紀錄是否前後有因襲之處。我們知道，武乙、文丁卜辭（歷組）有部分人名與事類和武丁相同，構成該期卜辭年代提前的理由，但我們相信，細緻的事類分析，配合文例（包含辭彙、句型的使用）去觀察，會發現武乙、文丁卜辭都和康丁相承接的明顯痕跡，也可以發現武乙、文丁卜辭與武丁卜辭「似同而實不同」、表現在句型結構的一面。

其次，是從《屯南》卜辭的文字特殊寫法來觀察的。

本節討論就是藉由字形的比對分析來考見《屯南》甲骨部分字體結構的獨特性。不但由縱線的歷時角度去觀察《屯南》甲骨本身字體的流變，同時也由橫面的共時立場檢討《屯南》與其他殷墟甲骨是否存在著某種特定的別嫌條件。我們以辭例相同作為特殊寫法的選取標準，同時也由字形的對比過程中不斷反芻、檢討在《屯南》這批材料中，所謂的「書寫特徵」應該如何適當地作為甲骨分類斷代的檢驗尺度。最終，我們以為字體分類並不適用於《屯南》甲骨部分字體結構，某些特殊寫法甚至凌駕分組、分類，成為《屯南》本身獨特的書寫品類，根本無法為「早晚期寫法」固定的成說所囿。主張武乙、文丁卜辭提前至武丁晚期、祖庚早期的學者，其實是先提前了斷代，才依字體去分組的，在「兩系說」的大氛圍中，《屯南》甲骨文字無論出現了什麼形體，都將被歸類為武丁卜辭的第二個系統。因此筆者提出特殊寫法，希望可以由細微的書寫習慣中，建立每一批單坑卜辭的文字特性。

正式進入語言探討，從《屯南》卜辭的句型全體整理結果看，以「『王賓』形式的失落」來定位《屯南》祭祀卜辭，以「『王田』形式的解散」來定位《屯南》田獵卜辭，是較為恰當，合於實況的。這兩者，我們認為是由新派（第二、第五期）的反動而來，「王賓」、「王田」形式，是新派卜辭在語言上的制式框架，卸下了這個框架，就容易看出中期卜辭的變異背景，除了董作賓先生所說「復古」觀念外，還有一個重要的、無法擺脫的淵源，就是來自於第二期制式語言的裂解。

「康、武、文」三朝卜辭既是前後連貫、息息相關的，也是因革過程明顯、有跡可尋的，所以，作好了《屯南》內部句型演變的整理工作，就能幫助我們對其他卜辭句例的斷代更準確地作出區別。不但如此，我們還將藉著區分「康丁、武乙、文丁」的句型差異，比對第一期王卜辭、非王卜辭，嘗試作出彼此

關聯與語言傾向，這同時也可以幫助我們對學界一般常提的「歷組時代提前」
〔註2〕、「殷墟甲骨分期兩系說」〔註3〕等等論題，有更深刻的認識。

從附屬小屯西地甲骨來看，中期非王卜辭不僅存在，而且呈現部分特徵，
聯繫了《屯南》中期主體卜辭與第一期非王卜辭的關係。從小屯西地十版卜骨、
濟南大辛庄甲骨的句型、文例著手，配合全體殷墟卜辭，觀察各項條件的五期
分布情形，得出武丁（包含非王卜辭）、康丁、武乙、文丁等朝卜辭都具備相同
語言特徵的結論，而小屯西地卜辭是一條重要的聯繫紐帶。

從大結構上來說，是第一期與「康丁、武乙、文丁」卜辭具備某些相同語言
特徵。但藉由「冎豕」、「吳」氏的出現，顯示出康丁朝卜辭與第一期非王卜辭更
加親密的關係。這也同時相對說明康丁、武乙之間仍有區別，武乙、文丁對武丁
王卜辭的「繼承」關係更加密切，因此董作賓先生才說出「文武丁復古」的推測。

之後，在第三章我們提及斷代相關的議題，以及新見的行款與說法。

首先，「歷卜辭」在句型、文例方面，甚至事類，完全與武乙、文丁卜辭相
同，兩者應爲同批卜辭。所有關於「歷卜辭」的語言特徵包含前辭形式、命辭
句法與文例表現，都指向「武乙、文丁」這個時期，與陳夢家當年純依字形判
斷所見，略有延伸。全體「歷組」卜辭年代當爲第四期。

L 形行款卜辭是「康丁、武乙」兩代卜辭文辭體例一貫的證據之一。筆者
發現這項特徵專屬於胛骨骨版，因著胛骨骨版的自然特徵、鑽鑿型態而出現。
董作賓先生曾就卜辭新舊派的考察角度說過：「起初這種觀察，是以兩派曆法的
差異爲依據的，後來又考驗一切禮制，皆有差異。」〔註4〕占卜時用甲用骨的差
別，在當日也必然是有區別、有時代特徵的，加上鑽鑿型態等種種改變，L 形
行款卜辭就在特定的背景下產生。這種行款，不能認爲是禮制上的要求，但可
以說是無意間透露出，具有研究意義的刻寫習慣。確認了「康丁、武乙」卜辭
刻寫行款上有一定承繼關係，則歷貞（歷組）卜辭年代提前的說法，恐怕就要
再作商榷。

〔註2〕見裘錫圭：〈論「歷組卜辭」的時代〉《古文字研究》第六輯，1981 年 11 月。

〔註3〕見李學勤：〈殷墟甲骨分期的兩系說〉《古文字研究》第 18 輯，北京中華書局，1992
年 8 月。

〔註4〕《甲骨學六十年》頁 104。

在「祭祀卜辭的『又、彡、歲、伐』」一節中，我們以實際操作的概念，對一組關係密切的祭祀動詞作聯繫討論。《屯南》祭祀卜辭平均分布於康丁、武乙、文丁三朝，也就是《屯南》全體刻辭的主要年代斷限。該類卜辭動詞繁複、語序靈活，往往表現出同一祭祀活動的因果與層次關聯。我們認為，「又彡歲」、「又彡伐」經由對照關係顯示，它們都具有同一種省略關係。落實來說，「又歲」句只使用一種畜牲祭祀，而「又彡歲」句則與「伐羌」常相結合；「又伐」句也只使用一種人牲，「又彡伐」句也與「歲祭牲」常相結合，雜揉情形普遍。「彡」字在句中似乎可能造成「歲、伐」兩種手段合用，人牲與畜牲也同時相配合的祭祀模式。

回歸到本論文的主軸。董作賓先生「新舊派」的卜辭分期研究新法，是一個可行的、寬容的基本法則。董作賓、陳夢家、李學勤三代學者，表面上斷代分組理論不同，但所想要解釋的現實背景是一樣的，包含：

甲、歷組（武乙、文丁）卜辭內容、事類和武丁大量相同

乙、「𠂤、子、午」三組非王卜辭與「賓、歷」組各有關涉

董氏據此作出新舊派的分判，穩定分期架構；而李學勤等則依材料相同點，對「𠂤、子、午」組與歷組調整年代，以求合於實際。董作賓先生的「新舊分派」基本立場仍然是合理的，我們可以在這大的指導方向下作細節的描述、調整，而不需離析殷墟卜辭的發展歷程，大量更動原有的分組與斷代。

最後在第四章，我們從重要的八項詞彙、文例「酚」、「在云、㞢云、若干云」、「于之若」、「若㐭」、「叀○祝」「夕、暮」「入自夕畐」「𡆥（禍）」）中，不斷地得出相同的結論：不論這些詞彙、文例是否為《屯南》獨有，它們都強烈地提示了中期「康丁、武乙、文丁」三朝卜辭有其獨特性，這特性用以聯繫三朝卜辭的一貫傳承過程；另一方面，也透露出《屯南》主體卜辭與武丁期非王卜辭的關聯。可以總結地說，《屯南》與第一期卜辭同屬舊派，但更傾向於非王系統。

對「歷組卜辭」，我們放下了分組、分類的爭議，不因為歷組卜辭具有早期特徵，而牽動全體卜辭的固有分期；對「殷墟卜辭兩系說」也不全然否定，因為兩系說的主張的確是看出了第四期卜辭具備早期特徵，才作出它應歸屬早期的推論。

　　在此，我們要有必要談到研究材料與推論理則的關係，作為結束。在論題中，全體殷墟卜辭都是材料，材料表現出什麼特性，研究者就必須以這現實狀況去描述，材料表現出早期卜辭的特徵，就必須表述「這批材料有早期的特徵」，而不是判斷它就是早期，否則，驚動全體卜辭的分期次序，要求全部材料遷就部分的共通特徵，甚至違逆地層數據，以為晚期地層皆有可能出現早期遺物，難免就會遇上例外出現，造成說法全盤推翻的結果。

引用論著

甲、論著書目

一、傳世文獻

1. 許慎著，徐鉉等校定：《說文解字》，中國書店，1997 年 5 月。

2. 清嘉慶二十一年阮元重刊宋本十三經注疏：

《周易正義》，魏王弼、韓康伯注，唐孔穎達等正義。

《尚書正義》，漢孔安國傳，唐孔穎達等正義。

《毛詩正義》，漢毛公傳、鄭玄箋，唐孔穎達等正義。

《周禮注疏》，漢鄭玄注，唐賈公彥疏。

《儀禮注疏》，漢鄭玄注，唐賈公彥疏。

《禮記正義》，漢鄭玄注，唐孔穎達等正義。

《春秋左傳正義》，晉杜預注，唐孔穎達等正義。

《論語注疏》，魏何晏等注，宋邢昺疏。

《爾雅注疏》，晉郭璞注，宋邢昺疏。

《孟子注疏》，漢趙岐注，宋孫奭疏，藝文印書館，1997 年 8 月版。

3. 孫詒讓：《周禮正義》王文錦、陳玉霞點校本，中華書局，2000 年 3 月。

二、現代著作

1. 于省吾：《殷契駢枝全編》藝文印書館，1975 年 11 月。

2. 于省吾：《甲骨文字釋林》中華書局，1979 年 6 月。

3. 于省吾編：《甲骨文字詁林》 中華書局，1996 年 5 月。

4. 中國社會科學院歷史研究所：《甲骨文合集》，中華書局，1978 年 10 月至 1980 年 12 月。

5. 中國科學院考古研究所:《小屯南地甲骨》上、下冊,中華書局,1980 年 10 月（上冊）、1983 年 10 月（下冊）。

6. 中國社會科學院考古研究所:《殷周金文集成》,中華書局,1984 年 8 月至 1994 年 1 月。

7. 中國社會科學院考古研究所:《甲骨文編》,中華書局,1996 年 9 月。

8. 中國社會科學院考古研究所:《殷墟花園莊東地甲骨》雲南人民出版社,2003 年 12 月。

9. 王宇信、宋鎮豪編:《紀念殷墟甲骨文發現一百周年國際學術研討會論文集》社會科學出版社,2003 年 3 月。

10. 王宇信、宋鎮豪、孟憲武編:《2004 年安陽殷商文明國際學術研討會論文集》社會科學文獻出版社,2004 年 9 月。

11. 王國維:《觀堂集林》,世界書局,1991 年 9 月。

12. 方述鑫:《殷盧卜辭斷代研究》文津出版社,1992 年 7 月（1990 年四川大學博士論文）。

13. 史語所:《慶祝蔡元培先生六十五歲論文集》上冊,中央研究院歷史語言研究所專刊,1933 年 1 月。

14. 白于藍:《殷墟甲骨刻辭摹釋總集校訂》福建人民出版社,2004 年 12 月。

15. 朱歧祥:《殷墟甲骨文字通釋稿》,文史哲出版社,1989 年 12 月。

16. 朱歧祥:《殷墟卜辭句法論稿——對貞卜辭句型變異研究》,學生書局,1990 年 3 月。

17. 朱歧祥:《甲骨學論叢》,學生書局,1992 年 2 月。

18. 朱歧祥:《甲骨文研究》,里仁書局,1998 年 8 月。

19. 朱歧祥:《甲骨文字學》,里仁書局,2002 年 9 月。

20. 朱歧祥:《殷墟花園莊東地甲骨校釋》,東海大學中文系語言文字研究室,2006 年 7 月。

21. 吉林大學古文字研究室編:《于省吾教授百年誕辰紀念文集》,吉林大學出版社,1996 年 9 月。

22. 吳其昌:《殷墟書契解詁》,文史哲出版社,1971 年 1 月。

23. 吳俊德:《殷墟第三、四期甲骨斷代研究》藝文印書館,1999 年 1 月。

24. 李孝定:《甲骨文字集釋》中央研究院歷史語言研究所專刊之五十,1991 年 3 月。

25. 李孝定:《讀說文記》中央研究院歷史語言研究所專刊之九十二,1992 年 1 月。

26. 李學勤、彭裕商:《殷墟甲骨分期研究》,上海古籍出版社,1996 年 12 月。

27. 李學勤、齊文心、艾蘭編:《英國所藏甲骨集》,中華書局出版,1985 年 9 月。

28. 李學勤:《殷代地理簡論》,科學出版社,1959 年 1 月。。

29. 沈 培:《殷墟甲骨卜辭語序研究》,文津出版社,1992 年 11 月。

30. 沈建華、曹錦炎:《新編甲骨文字形總表》,中文大學出版社,2001 年 12 月。

31. 貝塚茂樹編著:《京都大學人文科學研究所藏甲骨文字》,京都大學人文科學研究所印行,1959 年 3 月。

32. 宋鎮豪:《夏商社會生活史》,中國社會科學出版社,1996 年 1 月。

33. 屈萬里:《殷墟文字甲編考釋》,聯經出版社,1984 年 。

34. 松丸道雄、高島謙一:《甲骨文字字釋綜覽》,東京大學出版社,1994 年。

35. 金祥恆:《金祥恆先生全集》,藝文印書館,1990 年。

36. 姚孝遂、肖丁:《小屯南地甲骨考釋》,中華書局,1985 年 8 月。

37. 姚孝遂、肖丁編:《殷墟甲骨刻辭摹釋總集》,中華書局,1988 年 2 月。

38. 姚孝遂、肖丁編:《殷墟甲骨刻辭類纂》,中華書局,1998 年 4 月。

39. 胡厚宣主編:《甲骨文與殷商史(第二輯)》,上海古籍出版社,1986 年 6 月。

40. 胡厚宣主編《甲骨文合集釋文》中國社會科學出版社,1999 年 8 月。

41. 香港中文大學編:《古文字學論集(初編)》中文大學出版社,1983 年。

42. 唐　蘭:《古文字學導論、殷虛文字記》,學海出版社,1986 年 8 月。

43. 容　庚著:張振林、馬國權摹補:《金文編》,中華書局,1985 年 7 月。

44. 島邦男著:李壽林、溫天河譯:《殷墟卜辭研究》鼎文書局,1975 年 12 月。

45. 常玉芝:《商代周祭制度》,中國社會科學出版社,1987 年 9 月。

46. 張永山主編:《胡厚宣先生紀念文集》,科學出版社,1998 年 11 月。

47. 張玉金:《甲骨卜辭語法研究》,廣東高等教育出版社,2002 年 6 月。

48. 張玉金:《甲骨文語法學》,學林出版社,2001 年 9 月。

49. 張秉權:《中國考古報告集之二·小屯第二本·殷墟文字丙編》1997 年 5 月。

50. 許進雄:《甲骨上鑽鑿形態的研究》,藝文印書館,1979 年 3 月。

51. 許進雄編　:《懷特氏所藏甲骨集》加拿大 Hunter Rose company 印行 1979 年。

52. 郭沫若:《殷契萃編》,《郭沫若全集·考古編》第三卷,科學出版社 2002 年 10 月。

53. 郭沫若:《殷契萃編考釋》,《郭沫若全集·考古編》第四卷,科學出版社,2002 年 10 月。

54. 郭錫良:《漢字古音手冊》,北京大學出版社,1986 年 11 月。

55. 陳年福:《甲骨文動詞詞匯研究》,學林出版社,2001 年 9 月。

56. 陳煒湛:《甲骨文田獵刻辭研究》廣西教育出版社,1995 年 4 月。

57. 陳煒湛:《甲骨文論集》,上海古籍出版社,2003 年 12 月。

58. 陳夢家:《殷虛卜辭綜述》,中華書局,1992 年 7 月。

59. 彭裕商:《殷墟甲骨斷代》中國社會科學出版社,1994 年。

60. 黃天樹:《殷墟王卜辭的分類與斷代》台北文津出版社 1991 年 11 月(1988 年北京大學博士論文)。

61. 楊郁彥:《甲骨文合集分組分類總表》,藝文印書館,2005 年 10 月。

62. 楊逢彬:《殷墟甲骨刻辭詞類研究》花城出版社,2003 年 9 月。

63. 楊樹達:《積微居甲文說、卜辭瑣記》新華書店,1954 年 5 月。

64. 董作賓:《中國考古報告集之二·小屯第二本·殷虛文字乙編》,中央研究院歷史語言研究所,1953 年 12 月。

65. 董作賓：《中國考古報告集之二・小屯第二本・殷虛文字甲編》中央研究院歷史語言研究所，1976 年 11 月。

66. 董作賓：《甲骨學六十年》，藝文印書館，1974 年 4 月 。

67. 裘錫圭：《文字學概要》，萬卷樓圖書有限公司，1994 年 3 月。

68. 裘錫圭：《古文字論集》，中華書局，1992 年 8 月。

69. 詹鄞鑫：《漢字說略》，遼寧教育出版社，1997 年 4 月。。

70. 管燮初：《殷虛甲骨刻辭的語法研究》，中國科學院出版，1953 年 10 月。

71. 趙　誠：《古代文字音韻論集》北京中華書局，1991 年 11 月。

72. 鄭慧生：《甲骨卜辭研究》頁 182，河南大學出版社，1998 年 4 月。

73. 嚴一萍：《甲骨斷代問題》，藝文印書館，1991 年。

乙、期刊論文

1. 丁　驌：〈三期與武乙卜辭之區別〉《中國文字》新十二期，1988 年。

2. 于省吾：〈商代的穀類作物〉，《東北人大人文科學學報》1957 年 1 期。

3. 于秀卿、賈雙喜、徐自強：〈甲骨的鑽鑿形態與分期斷代研究〉《古文字研究》第六輯，1981 年。

4. 中國科學院考古研究所安陽工作隊：〈1973 年安陽小屯南地發掘簡報〉，《考古》1975 年 1 期。

5. 石璋如：〈「扶片」的考古學分析〉，中央研究院歷史語言研究所集刊第 56 本第 3 分。

6. 朱歧祥：〈論子組卜辭一些同版異文現象——由花園庄甲骨說起〉，《第十一屆中國文字學全國學術研討會論文集》58 頁　2000 年 10 月。。

7. 朱歧祥：〈論子組卜辭的一些特殊字例〉　《第五屆中國訓詁學全國學術研討會論文集》47 頁，　2000 年 12 月。

8. 朱歧祥　〈釋讀幾版子組卜辭——由花園庄甲骨的特殊行款說起〉中央研究院歷史語言研究所「第一屆古文字與出土文獻學術研討會」論文　2000 年 11 月。

9. 朱歧祥：〈由省例論卜辭的性質〉《甲骨文研究》，里仁書局，1998 年 8 月。

10. 朱歧祥：〈甲骨字表〉，法國社會科學院編《甲骨文發現百周年國際會議論文集》，2001 年。

11. 李先登：〈關於小屯南地甲骨分期的一點意見〉，《中原文物》1982 年 2 期。

12. 李學勤：〈小屯南地甲骨與甲骨分期〉，《文物》1981 年 2 期。

13. 李學勤：〈殷墟甲骨分期的兩系說〉《古文字研究》第十八輯，中華書局，1992 年 8 月。

14. 李學勤：〈評陳夢家《殷虛卜辭綜述》〉，《考古學報》1957 年 3 期。。

15. 李學勤：〈論婦好墓的年代及有關問題〉，《文物》1977 年 11 期。

16. 李學勤：〈關於自組卜辭一些問題〉，《古文字研究》第三輯，1980 年。

17. 李亞農：〈殷代社會生活〉，收入《欣然齋史論集》。上海人民出版社，1962 年 9 月。

18. 肖　楠：〈安陽小屯南地發現的“自組卜甲”——兼論自組卜辭的時代及其相關問題〉《考古》1976 年 4 期。

19. 肖　楠：〈略論“午組卜辭”〉，《考古》1976 年 6 期。

20. 肖　楠：〈論武乙、文丁卜辭〉，《古文字研究》第三輯，1980 年。

21. 宋鎮豪：〈甲骨文「出日」、「入日」考〉《出土文獻研究》，文物出版社，1985 年 6 月。

22. 周國正：〈卜辭兩種祭祀動詞的語法特徵及有關句子的語法分析〉，《古文字學論集（初編）》中文大學編，1983 年。

23. 林　澐：〈小屯南地甲骨發掘與殷墟甲骨斷代〉，《古文字研究》第九輯，1984 年 1 月。

24. 林小安：〈武乙文丁卜辭補證〉，《古文字研究》第十三輯，1986 年。

25. 林宏明：〈歷組與賓組卜辭同卜一事的新證據〉，《2004 年安陽殷商文明國際學術研討會論文集》頁 74，社會科學文獻出版社，2004 年 9 月。

26. 金祥恆：〈論貞人扶的分期問題〉，《董作賓先生逝世十四周年紀念集》1981 年。

27. 姚志豪：〈談祭祀卜辭的「又、彡、歲、伐」〉，《第十七屆中國文字學全國學術研討會論文集》頁 50。聖環圖書公司，2006 年 5 月。

28. 范毓周：〈論何組卜辭的時代與分期〉收入《胡厚宣先生紀念文集》頁 87～95，科學出版社，1998 年 11 月。

29. 馬如森：〈酒、酻辨〉，《紀念殷墟甲骨文發現一百周年國際學術研討會論文集》頁 209，社會科學文獻出版社，2003 年 3 月。

30. 張永山、羅琨：〈論歷組卜辭的年代〉，《古文字研究》第三輯，1980 年。

31. 張永山：〈小屯南地一版卜骨時代辨析〉《考古與文物》1989 年 1 期。

32. 張光直：〈殷禮中的二分現象〉收入《中國青銅時代》，中文大學出版社，1982 年。

33. 張光直：〈論王亥與伊尹的祭日並再論殷商王制〉，收入《中國青銅時代》，中文大學出版社，1982 年。

34. 張秉權：〈甲骨文所見人地同名考〉，《慶祝李濟先生七十歲論文集》，中央研究院歷史語言研究所編，1965 年 6 月。

35. 徐寶貴：〈甲骨文“象”字考釋〉，《考古》2006 年 5 期。

36. 曹定雲：〈論武乙、文丁祭祀卜辭〉，《考古》1983 年 3 期。

37. 曹錦炎：〈說“大甲師珏”〉《紀念殷墟甲骨文發現一百周年國際學術研討會論文集》頁 188，社會科學文獻出版社，2003 年 3 月。

38. 許進雄：〈區分第三期與第四期卜骨的嘗試〉，《中國文字》新九期，1984 年。

39. 許進雄：〈第三期兆側刻辭〉，《甲骨文發現一百周年學術研討會論文集》（台北）1998 年 5 月。

40. 許進雄：〈讀小屯南地的鑽鑿形態〉《中國語文研究》第八期，1986 年。

41. 郭沫若：〈安陽新出土的牛胛骨及其刻辭〉，《考古》1972 年 2 期。

42. 郭振祿：〈小屯南地甲骨綜論〉，《考古學報》1997 年 1 期。

43. 陳佩芬：〈繁卣、走馬鼎及梁其鐘銘文詮釋〉，《上海博物館集刊》第二期，1983 年 7

月。

44. 陳煒湛：〈歷組卜辭的討論與甲骨文斷代研究〉《出土文獻研究》1985 年。

45. 彭裕商：〈也論歷組卜辭的時代〉《四川大學學報》哲學社會版，1983 年。

46. 彭裕商：〈非王卜辭研究〉，《古文字研究》第十三輯，1986 年。

47. 董作賓：〈甲骨文斷代研究例〉《慶祝蔡元培先生六十五歲論文集》上冊，中央研究院歷史語言研究所專刊，1933 年 1 月。

48. 董作賓：〈爲《書道全集》詳論卜辭時期之區分〉，《大陸雜誌》14 卷 19 期 1957 年 5 月。

49. 裘錫圭：〈讀《安陽新出土的牛胛骨及其刻辭》〉，《考古》1972 年 5 期。

50. 裘錫圭：〈論「歷組卜辭」的時代〉《古文字研究》第六輯，1981 年 11 月。

51. 裘錫圭：〈釋「求」〉，《古文字研究》第十五輯，1986 年 3 月。

52. 裘錫圭：〈論殷墟卜辭"多毓"之"毓"〉，《中國商文化國際學術討論會論文集》，中國大百科全書出版社，1998 年 9 月。

53. 詹鄞鑫：〈釋甲骨文「久」字〉，《中國語文》1985 年 5 期。

54. 趙誠：〈甲骨文虛詞探索〉，《古文字研究》第十五輯，1986 年 6 月。

55. 趙　誠：〈花園莊東地甲骨意義探索〉，東海大學中文系《甲骨學國際學術研討會論文集》，2005 年 11 月。

56. 劉一曼、曹定雲，〈殷墟花園庄東地甲骨卜辭選釋與初步研究〉《考古學報》1999 年 3 期。

57. 劉　桓：〈試釋彡祭與"某某祈其牢"〉，《殷都學刊》2001 年 1 期。

58. 龍宇純：〈甲骨文金文䇂字及其相關問題〉，《中央研究院歷史語言研究所集刊》第三十四本下冊，1963 年 12 月。

59. 謝　濟：〈試論歷組卜辭的分期〉，《甲骨探史錄》1982 年。

60. 謝　濟：〈祖庚祖甲卜辭與歷組卜辭的分別〉，《甲骨文與殷商史》第二輯，1986 年。

61. 謝　濟：〈甲骨斷代研究與康丁文丁卜辭〉，《甲骨文與殷商史》第三輯，上海古籍出版社，1991 年。

附錄一：甲金文書名簡稱表

甲骨文部分（簡稱與排序依《甲骨文字詁林·著錄簡稱表》）

簡稱	書名全稱	編著者
鐵	鐵雲藏龜	劉鶚
前	殷虛書契前編	羅振玉
菁	殷虛書契菁華	羅振玉
餘	鐵雲藏龜之餘	羅振玉
明	殷虛卜辭	明義士
戩	戩壽堂所藏甲骨文字	姬佛陀
林	龜甲獸骨文字	林泰輔
簠	簠室殷契徵文	王襄
拾	鐵雲藏龜拾遺	葉玉森
福	福氏所藏甲骨文字	商承祚
燕	燕京大學所藏甲骨卜辭（殷契卜辭）	容庚、瞿潤緡合編
通纂	卜辭通纂	郭沫若
續	殷虛書契續編	羅振玉
佚	殷契佚存	商承祚
鄴	鄴中片羽	黃濬
庫	庫方二氏所藏甲骨卜辭	方法斂　摹
柏	柏根氏所藏甲骨文字	明義士
七	甲骨卜辭七集	方法斂　摹
天	天壤閣甲骨文存	唐蘭
金	金璋所藏甲骨卜辭	方法斂　摹

誠	誠齋殷虛文字	孫海波
安	河南安陽遺寶	梅原末治
攈	殷契攈佚	李旦丘
甲	殷虛文字甲編	董作賓
乙	殷虛文字乙編	董作賓
攈續	殷契攈拾續編	李亞農
寧	戰後寧滬新獲甲骨集	胡厚宣
南	戰後南北所見甲骨錄	胡厚宣
掇	殷契拾掇	郭若愚
京津	戰後京津新獲甲骨集	胡厚宣
存	甲骨續存	胡厚宣
綜述	殷虛卜辭綜述	陳夢家
京都	京都大學人文科學研究所藏甲骨文字	貝塚茂樹
丙	殷虛文字丙編	張秉權
甲考	殷虛文字甲編考釋	屈萬里
合集	甲骨文合集	郭沫若主編、胡厚宣總編輯
屯南	小屯南地甲骨	中國社會科學院考古研究所
英藏	英國所藏甲骨集（上冊）	李學勤、齊文心
懷特	懷特氏所藏甲骨集	許進雄
粹編	殷契粹編	郭沫若
集釋	甲骨文字集釋	李孝定
通考	殷代貞卜人物通考	饒宗頤
釋林	甲骨文字釋林	于省吾
屯考	小屯南地甲骨考釋	姚孝遂、肖丁
詁林	甲骨文字詁林	于省吾主編，姚孝遂按語
通釋稿	殷墟甲骨文字通釋稿	朱歧祥

金文部分

簡稱	書名全稱	編著者
集成	殷周金文集成	中國社會科學院考古研究所
大系	兩周金文辭大系圖錄考釋	郭沫若
銘文選	商周青銅器銘文選	馬承源
通考	商周彝器通考	容庚

詁林	金文詁林	周法高主編
詁林補	金文詁林補	周法高
考古	考古圖	呂大臨
歷代	歷代鐘鼎彝器款識法帖	薛尚功
嘯堂	嘯堂集古錄	王俅
款識	鐘鼎款識	王厚之
西古	西清古鑑	梁詩正
積古	積古齋鐘鼎彝器款識法帖	阮元
恒軒	恒軒所見所藏吉金錄	吳大澂
愙齋	愙齋集古錄	吳大澂
陶齋	陶齋吉金錄	端方
善齋	善齋吉金錄	劉體智
筠清	筠清館金文	吳榮光
攗古	攗古錄金文	吳式芬
奇觚	奇觚室吉金文述	劉心源
綴遺	綴遺齋彝器考釋	方濬益
貞松	貞松堂集古遺文	羅振玉
三代	三代吉金文存	羅振玉

附錄二：《小屯南地甲骨》釋文及校案

【校案說明】

　　本校案依據《小屯南地甲骨・釋文》、朱師歧祥〈小屯南地甲骨釋文正補〉、姚孝遂等《小屯南地甲骨考釋・釋文》、姚孝遂〈讀《小屯南地甲骨》箚記〉各方意見，配合《小屯南地甲骨》原著錄圖版，依原書版序校正原釋文，並加案語，增補未釋文字。

　　為使釋文能眉目清朗、條款易於翻查，又兼顧校正、案語立即可尋之需要，茲以不同意見加註案語於當頁下方。

　　每頁釋文、校案皆以雙欄方式表現，期能節省篇幅，減少空白。

《屯南》甲骨釋文及校案

1　（1）癸□貞：□亡囚？
　　（2）癸巳貞：旬亡囚？

2　□其彡自上甲🜚大示，其□？

3　不🜚？

4　☑牢，王受又？

5　（一）

6　（1）☑今日戊王其田，不雨？
　　　　吉。
　　（2）吉。
　　（3）戊不征雨？

7　（1）丁酉☑？
　　（2）☑多射畋馬☑于斲？

8　（1）〔馬〕□先，王□每，〔雨〕？
　　（2）馬叀翊日丁先，戊，王兌
　　　　比，不雨？
　　（3）馬弜先，王其每，雨？

9　（1）癸卯貞：🜚至于☑？
　　（2）癸卯貞：射畋以羌，其用，
　　　　叀乙？
　　（3）甲辰貞：射畋以羌，其用
　　　　自上甲🜚至于☑？
　　（4）丁未貞：🜚以牛，其用自
　　　　上甲🜚大示？
　　（5）己酉貞：🜚以牛，其用自
　　　　上甲三牢🜚？
　　（6）己酉貞：🜚以牛，其用自
　　　　上甲🜚大示，叀牛？
　　（7）己酉貞：🜚以牛，其□自
　　　　上甲五牢🜚，大示五牢？
　　（8）庚戌□：🜚□牛□叀□？

10　（1）（三）
　　（2）壬午卜：其𦎫🜚？（三）
　　（3）壬午貞：叀弗其𦎫🜚？
　　　（三）

11　〔癸〕卯貞：酌彡歲？

12　☑日☑？吉。

13　叀☑？

14　不用。

15　□□貞：□〔亡〕囚？

16　叀子〔註1〕祝？

17　〔弜〕〔註2〕眔？

18　（1）甲申卜：☑？
　　（2）二牛，王受又？
　　（3）三牛，王受又？
　　（4）☑王☑？

19　（1）庚〔寅〕□：令□中人北？
　　（2）〔叀〕汕或啓，用若？

20　（1）丙申卜：祖丁莫歲二☑？
　　（2）〔貞〕〔註3〕：王受又？

21　吉。

22　（1）☑用☑？
　　（2）叀庚🜚？

23　（1）（二）
　　（2）☑召☑在　☑？

24　弗麟☑隻？

25　叀乙巳用伐？

26　☑妣壬眔？

〔註1〕子，原作「🜚」，爲子字繁體。花東甲骨「子祝」語例甚多，部分作繁體若此。

〔註2〕《釋文》作「□眔□」，「弜」未釋出。

〔註3〕貞字依朱師〈正補〉補，《甲骨學論叢》頁243。

27　（1）隹☑？
　　（2）乙☑酚☑小乙☑日力〔註4〕
　　　　〔亡尤〕？〔註5〕

28　（1）（一）
　　（2）（一）
　　（3）（一）
　　（4）乙丑卜，貞：王其田，亡𢦏？

29　（1）甲申卜：令以示先步？
　　（2）弜先〔註9〕兹王步？

30　（1）甲寅卜：☑？
　　（2）弗坒，其每？

31　（1）丁亥〔卜〕：先酚大☑自☑？
　　　　　（二）
　　（2）乙未卜：又于公？（二）

32　竝亡囚？

33　〔幸〕禾于☑？

34　（1）☑〔祭〕戠又歲于祖辛？
　　　　　　〔註10〕兹用☑。
　　（2）☑〔戠〕又歲于祖乙？兹
　　　　用乙☑。

35　☑𣩵甲叀☑？

36　（1）叀羊用？
　　（2）□牢□？
　　（3）其至于☑？

　　（4）□羊□？

37　（1）庚寅卜：屰〔註6〕自毓桒
　　　　年，王☑？
　　（2）自上甲桒年？

38　丙子貞：令比率〔註7〕召方桒？
　　（一）

39　（1）不□？
　　（2）不雨？
　　（3）其雨？
　　（4）翊日辛不雨？
　　（5）辛〔註8〕其雨？
　　（6）壬王其田敝，不雨？弘吉
　　（7）壬其雨？吉
　　（8）☑雨？
　　（9）兹钟。

40　（字殘）

41　□□卜：祖丁歲二牢？

42　（1）弜田，其菁大雨？
　　（2）自旦至食日不雨？
　　（3）食日至中日不雨？
　　（4）中日至昃不雨？

43　兹〔用〕。

〔註4〕即「劦、魯、召」諸文之省。

〔註5〕「力（劦）亡尤」釋文未釋出。

〔註6〕案屰（逆）有違逆祀序之意。卜辭習言「自上甲至于多毓」，本辭「毓」即多毓。
　　　其對貞關係言不以上甲居首桒年，即逆序自多毓先桒年。同理參見屯2557版：（1）
　　　屰自父甲？（2）先祖丁，于□又正？大吉。

〔註7〕率，字作「彳行」。依朱師歧祥釋，見〈正補〉，《甲骨學論叢》頁244。

〔註8〕《釋文》「辛」字後加逗號斷句，筆者以為語氣不接攏，故不用，下同。

〔註9〕《釋文》作「弜先，兹王步？」，案「兹」字為族（人）名，晚商銅卣銘有「小臣兹」。
　　　「先○步」為先字句常例，若釋作「兹王步」，「兹」反須作動詞，殊不辭。

〔註10〕《釋文》作「祖辛，兹用□？」，（2）辭例同。案筆者以為「兹用」小句為驗辭，
　　　　不宜使用問號，問號宜在「祖辛（乙）」之後。

44　☑沉牛〔組〕〔註11〕☑？

45　（三）

46　不〔戉〕？

47　（1）癸亥☑？
　　（2）彳霍祟？

48　（1）壬子卜：王往田，亡戈？
　　（2）乙卯卜：王往田，亡戈？

49　□□卜：翊日乙王□迍于🍃，
〔註12〕亡戈？

50　（1）☑束鬯，王受又？
　　（2）☑〔麟〕〔禾〕于河？吉。

51　（1）丁卯貞：己巳聶〔註14〕，
　　　　隹于祖辛罙父丁？茲用。
　　（2）癸酉貞：又歲于大乙羌二
　　　　十？
　　（3）□酉貞：☑？
　　（4）己卯卜：不雨？

52　（1）叀甲午酚？
　　（2）于甲辰酚甗？
　　（3）甲雨？
　　（4）不□？
　　（5）（一）

53　□日戊王其田頹貝、宂、叀又
　　麋？

54　（1）易☑？
　　（2）☑㮚？

56　（1）庚〔午〕貞：今夕亡囚？
　　　　在迣。
　　（2）辛未貞：今夕亡囚？在□。
　　（3）癸酉貞：今夕亡囚？
　　（4）甲戌貞：今夕亡至屜？
　　（5）□寅□：今夕□至屜？

57　（1）叙祟？
　　（2）叀牛？
　　（3）其牢？

58　大吉。

59　（1）□令□？
　　（2）其桒于亳〔註13〕土？

60　（1）弜🏳？〔註15〕
　　（2）入〔註16〕叀癸🏳？
　　（3）于𝅺〔註17〕🏳？
　　（4）于祖丁旦🏳？
　　（5）于宙旦🏳？
　　（6）于大㠠🏳？

61　（1）辛巳☑？
　　（2）其雨？
　　（3）（一）

62　（1）翊日□不雨？
　　（2）其雨？

63　（1）庚寅卜：叀㕣戉我？
　　（2）叀汕或戉我，用若？
　　（3）壬辰于大示告方？

〔註11〕「組」，《釋文》未釋出。《考釋》有，但隸作「𥂁」。

〔註12〕🍃，疑爲「𣎴」字初文。地名。

〔註13〕亳，考釋作「膏」。案該字下方不從肉（月），宜爲亳字。屯665版有亳字，更爲
　　　清晰。

〔註14〕字從豆、下從廾，隸作「聶」，即典籍「蒸祭」之蒸。《屯南》卜辭常見「蒸邕」、「蒸
　　　米」。

〔註15〕「🏳」，依唐蘭釋「尋」。

〔註16〕入，字作「𠓓」，當爲人名，暫依形近而隸定。

〔註17〕疑爲「𝅺」字省體，地名。

55　三牢？茲〔用〕。

64　（1）茲用。
　　（2）不雨？

65　（1）戊戌□：王〔令〕竪〔田〕
　　　　□？
　　（2）戊戌貞：辛亥令㺅□？
　　（3）乙卯貞：丁巳其倲？〔註19〕

66　（一）

67　（1）甲子卜：毓祖乙召〔註20〕？
　　　　（一）
　　（2）□征□？

68　（1）弜𩵋？〔註22〕
　　（2）弜又？
　　（3）丙申卜：聶奻，酚祖丁罘
　　　　父丁？
　　（4）聶〔奻〕□聶□？

69　□用王雨？

70　壬辰卜：祝至□？

71　吉。

72　乙巳卜：□？

73　（1）其又父己于來日，王受□？
　　（2）叙㸚。

74　（1）癸亥貞：旬〔亡〕囚？
　　（2）□□□：〔旬〕□□？

76　（4）□〔咢〕〔註18〕？

76　（1）癸□？
　　（2）俎牢又一牛？
　　（3）三牢？
　　（4）癸巳卜：其俎勾牛？
　　（5）弜勾？
　　（6）□〔勾〕牛？

77　□高祖乙□

78　辛巳卜：尋劦〔註21〕于罖？

79　（1）辛□？
　　（2）十人，王受又？

80　（1）乙卯貞：自上甲宀□？
　　（2）王弜伐？

81　（1）丁卯貞：王比沚□伐召方，
　　　　受□？在祖乙宗卜。五
　　　　月。茲見。（一）
　　（2）〔弜〕□？（一）
　　（3）辛未貞：王比沚或伐召方
　　　　□？
　　（4）丁丑貞：王比沚或伐〔召〕
　　　　□？

82　（1）□午貞：王步自𢼸〔註23〕
　　　　〔于〕𥎿？〔註24〕
　　（2）辛巳□？

83　（1）叀羊？

〔註18〕咢，上從目、下從口形。

〔註19〕字從朿、從卅，不從食。爲倲字武乙時期寫法。

〔註20〕字從力、下從口，從一力與三力同，釋劦。

〔註21〕字作「ナ」，亦釋爲劦。

〔註22〕字從𠬞、從中，隸爲「𩵋」。

〔註23〕字上從非、下從𥎿。

〔註24〕字或隸作「彎」，上從叀，下方連體作系形。

75 （1）即日？
（2）其又公〔註25〕父？
（3）即日？

84 （1）乙卯卜：叀☒？
（2）弜？
（3）叀𪓐？

85 弜又？

86 □寅卜：王其射[illegible]白狐，湄日亡𢦏？

87 （1）甲戌卜：烄，雨？（一）
（2）甲戌卜：今日雨？不雨？（一）
（3）甲戌□：今日〔雨〕？

88 （1）叀☒？
（2）叀柳，王受又＝？

89 □□卜：〔桒〕☒三牛，丁卯☒？

90 （1）吉。
（2）允雨。
（3）茲用。

91 （二）

92 ☒于二畐〔註27〕用，王☒？

93 （1）乙巳貞：其桒禾于伊，俎？
（2）壬子貞：其桒禾于河，尞三小宰，沉三？
（3）□子貞：□〔桒〕禾□〔河〕，尞☒〔宰〕☒俎☒牢？

94 （三）

（2）叀小宰，大吉

叀㲋，王受又？
（6）叀羊？

96 （1）☒〔貞〕〔註26〕：雨？
（2）（一）

97 （1）（一）
（2）（一）

98 （1）叀乙□？
（2）弜又？

99 □□卜：☒？

100 （1）辛巳卜：今日雨？
（2）壬午卜：今日雨？允雨。
（3）不雨？
（4）癸未卜：今日雨？
（5）不雨？
（6）甲申卜：烄于㝵妨？
（7）于兮烄？
（8）于[illegible]烄？
（9）于[illegible]烄？
（10）不雨？

101 庚辰卜：兄☒？

102 （1）☒尹圣田于〔京〕？〔註28〕
（2）☒〔于〕父丁牛一？

103 （1）乙卯☒？

〔註25〕公，字作「[illegible]」，从八、从「□」形，不从口，暫隸爲公。

〔註26〕貞字殘，但仍可依武丁卜辭例補之，如合11865「貞：其雨？」合12887「貞：不雨？」見朱師岐祥〈正補〉《甲骨學論叢》頁244。

〔註27〕畐，字作「[illegible]」，朱師岐祥云：「晚期卜辭用爲地名。」見《通釋稿》頁363。

〔註28〕〔京〕字，僅見上半，與「高」字同。合33209「乙丑貞：王令圣田于京？」可證非高字。本版與屯4251版同文，京字字形并闕下半部。

95　（1）辛☑？

　　（2）叀羊，王受又？

　　（3）己卯卜：王賓父己歲叔，
　　　　王受又？

　　（4）弜賓？

　　（5）王其又于父甲、公、兄壬，

104　（1）□□貞：〔旬〕亡田？

　　（2）□□貞：旬亡田？

　　（3）□□貞：旬亡田？

　　（4）癸□貞：旬亡田？

　　（5）癸卯貞：旬亡田？

　　（6）癸丑貞：旬亡田？

　　（7）癸亥貞：旬亡田？

　　（8）□□□：旬□田？

105　大吉。

106　（1）叀〔鄉〕〔註29〕□比，亡
　　　　戈？

　　（2）叀戓犬比，亡戈？

107　（1）壬辰卜：☑？

　　（2）☑牛？

108　（1）丙寅卜：其乎〔雺〕〔註30〕
　　　　☑？

　　（2）其雺，方又雨？

　　（3）其雺于兮旬，又雨？

　　（4）其雺于茧京，又雨？

　　（5）丁卯卜：今日方又雨？

　　（6）☑日☑又雨？

109　（1）甲子卜：雨？

　　（2）允雨。

　　（3）不雨？

　　（4）乙丑貞：雨？

　　（5）其雨？

　　（6）☑雨？

（2）□□貞：☑？（四）

111　（1）□□貞：☑？

　　（2）戊辰貞：辛王☑？

112　（1）乙亥貞：☑？

　　（2）乙亥☑？

113　（1）（一）

　　（2）（一）

114　吉。用。

115　（1）癸卯貞：旬亡田？

　　（2）癸丑貞：旬亡田？

　　（3）□□□：旬亡田？

　　（4）□□□：□亡田？

116　（一）

117　（1）王其田盂，湄日不雨？

　　（2）其雨？

118　（一）

119　（1）叀☑用？（二）

　　（2）師叀建〔註31〕用？（二）

120　（1）癸酉貞：旬亡田？（一）

　　（2）癸未貞：〔旬亡〕田？（一）

　　（3）癸卯貞：旬亡田？（一）

121　（1）癸☑？（二）

　　（2）□酉貞：☑？

　　（3）□□□：旬亡田？

122　（1）（一）

　　（2）（一）

　　（3）癸〔亥〕貞：旬亡田？

〔註29〕鄉，字殘右下部，依朱師〈正補〉補之，見《論叢》頁245。

〔註30〕字從雨從舞，郭沫若謂即「雺」之異構，見《粹編考釋》頁112，第848片。

〔註31〕律字從彳、從止，與今律字從彳形義近同。

110　（1）叀廿□六卣？

　　　（2）□臽〔註32〕冊十卣又五
　　　　　卣？

125　（1）其徝？

　　　（2）叀溽麓〔註34〕，卒？

　　　（3）□菁雨？

126　丁丑卜：□于殷〔註35〕，亡囚？

127　弜又？

128　（1）卯五〔牢〕，亡戈？

　　　（2）□卯貞：大庚劦？〔註36〕

129　（1）戊午卜：父戊歲，叀□？

　　　（2）叀牛？

　　　（3）戊午卜：父戊歲，王〔受〕
　　　　　〔註37〕又？

130　（1）癸酉貞：遣邑元？在茲。

　　　（2）□〔遣〕邑元？

131　戊子，夬乞寅骨三。

132　（1）至□王受□？

　　　（2）高夆，王受又？

133　（1）癸□貞：□亡□？（三）

　　　（2）癸丑貞：旬亡囚？

　　　（3）（三）

　　　（4）（三）

　　　（5）（三）

123　杏〔註33〕一牢？

124　丁卯貞：□？（二）

136　王叀翊日乙田，〔湄日〕亡戈？

137　□言其□？

138　其雨？

139　（1）庚子卜：祖辛歲□？吉。
　　　　　不用。

　　　（2）叀羍？

　　　（3）叀幽？

　　　（4）〔叀牽〕？

140　吉。

141　叀□？

142　（1）□眉奇其陟？用。

　　　（2）羽日辛卯？

143　庚子□？

144　（1）（三）

　　　（2）（三）

145　（1）丁丑□：出雨？

　　　（2）不出雨？

　　　（3）癸酉貞：□其衾？

146　□來□大吉。

147　（1）壬午卜：癸未？

　　　（2）串？

〔註32〕字從内，下從口。釋文以爲祭名。

〔註33〕字從木，下從丁形，暫隸爲杏，非今之杏義，祭祀動詞之一種，參見本文〈句型
　　　總述〉節。

〔註34〕字從鹿首形，下不從比，從林，通麓字，右從攵。依此而隸爲「麓」。

〔註35〕字上從宀，下從殷，地名。

〔註36〕劦，《釋文》作「彡」。案此字三斜筆均有折彎處，與彡字常態寫法不類，而應視
　　　爲劦字之缺筆。

〔註37〕王受，《總集》作「王牛」，殊不可解，依文例應作「王受又」。

134　（1）庚子貞：☒？

　　　（2）令✿子妻？

　　　（3）叀妻令？

134　（1）庚子貞：☒令☒叀☒？

　　　（2）辛巳貞妻叀告，令□乘？

　　　（3）叀祗名昏望乘？

　　　（4）于大甲告望乘？

　　　（5）□未貞：亥以☒聶？

149　（1）□子貞：牧告〔敝〕☒？

　　　（2）☒〔舟〕泳，王聶眾，受☒？

150　吉。

151　辛卯卜：翊日壬王其田☒？

152　（1）祝☒？

　　　（2）祝上甲？

153　（1）弜賓？茲用。

　　　（2）辛丑卜：公父壬〔註38〕歲，□□王受□？

154　（1）丁酉卜：戊雨？

　　　（2）□丑卜：今日雨，〔註39〕至壬雨？

155　（1）甲〔申〕☒？

　　　（2）茲用。

156　不雨？（一）

157　□□貞：□□囗？

158　（1）叀☒？

　　　（2）叀羋？茲用。

159　□未卜，貞：王其田，亡𢦔？

160　☒〔人〕毋收☒？

148　（1）弜癸，雨？

　　　（2）庚寅卜：旁岳，雨？（二）

　　　（3）庚寅卜：旁岳，雨？

　　　（4）辛卯卜：癸𠕋，雨？

　　　（5）辛卯卜：□□日壬辰癸𠕋，雨？（二）

163　〔雨〕𠕋？，雨？（二）

　　　（6）壬辰□日□（二）

164　壬子卜：今日壬☒？

165　（1）丁巳☒？

　　　（2）☒？

166　☒又羌☒？

167　（一）

168　（1）庚□卜：☒？

　　　（2）（三）

　　　（3）（三）

　　　（4）（三）

　　　（5）（三）

　　　（6）（三）

169　乙酉卜：其取，庚〔禋〕☒？

170　（1）其雨？（一）

　　　（2）癸酉貞：☒？

171　（1）癸〔未〕貞：〔叀〕乙酉征方？

　　　（2）癸未貞：于木月征方？

　　　（3）□〔酉〕□：〔今〕日〔歲〕于□丁？

〔註38〕「公父壬」爲一名詞組，「公」字本身在《屯南》亦作名詞用，如屯31「乙未卜：又于公？」、屯75「其又公父？」、屯3960「其劦于公？」其爲受祀先祖，或稱「公父」，或簡稱「公」。《合集》亦有其例，如合27494「□巳卜：三公父下歲，叀羊？」可證。

〔註39〕《釋文》云：「今日雨？至壬雨？」逗號作問號，今改之。

161　▨乙六〔牛〕▨？〔註40〕

162　（1）二牢？

　　（2）叀羍？

173　（1）癸亥▨？

　　（2）弜即祖丁歲祔？

　　（3）父甲夕歲引？

　　（4）叀奠〔註41〕用？

　　（5）其豊在下丫，北鄉？茲用。

　　（6）弜？

　　（7）于丁▨？

174　□〔申〕卜：祖辛祭又戠▨牛？茲用祭戠。〔註43〕

175　▨其又歲于祖戊，叀〔羌〕？

176　（1）癸□□：旬□□？（三）

　　（2）癸巳貞：旬亡囚？（三）

　　（3）旬亡囚？（三）

　　（4）□□貞：旬亡囚？

177　癸□貞：□亡囚？

178　（1）辛亥卜：告于父丁一牛？（三）

　　（2）二牛？

181　（1）▨三牛？

　　（2）乙丑卜：河卯三牛？

182　武乙〔註42〕

　　（1）□亥貞：其又匸伊尹，叀今丁卯酉彡三▨？

　　（2）▨十宰？

183　（1）弜又？

　　（2）以又奭？

　　（3）弜以奭？

　　（4）三牛？

　　（5）奭二羊？

　　（6）己卯貞：▨乙酉▨歲？（二）

　　（7）弜酉彡？

184　〔牛二〕

185　吉。

186　（一）

〔註40〕《釋文》分兩條，作：「（1）▨祖乙▨？（2）▨牛▨？」案本版讀法宜由左而右，見「乙六牛」三字。本句應即對先王某乙（大乙、祖乙、小乙）用六牛祭祀之意，釋文誤「乙六」二字爲「祖乙」，並拆解行款分爲二條，今正之。本版宜爲武乙時期 L 型行款大字卜辭之殘片尾段，故句讀由左而右。詳論見本文第五章第三節。

〔註41〕奠字從阜、從尊，卜辭用爲「奠俎」之奠，見筆者著：〈說奠俎〉，東海大學中文系主編：《甲骨學國際學術研討會論文集》。

〔註42〕本版可與屯215綴合，由乃俊廷所提出。綴後宜作（1）癸亥貞：其又匸伊尹叀今丁卯三彡▨？（2）□□貞：▨〔匸〕□孽眔酉彡十宰？

〔註43〕本條卜辭《考釋》分兩條作「（1）…申卜且辛祭又戠（2）…牛幺用祭戠」案《釋文》合爲一條，作法正確（如本釋文），「祭戠」之後有接祭牲例。如合23000「▨祖辛祭戠牛，亡尤？」亦有以「茲用」爲驗辭者。如屯34「▨〔祭〕戠又歲于祖辛？茲用▨。」是以本版卜辭不宜分作兩辭看待。

179 （1）甲午卜：在▨▨？
　　（2）▨〔祖〕甲？

180 （1）癸卯卜：其夆于▨？
　　（2）比▨多▨？
　　（3）□〔眾〕以省高？
　　（4）（二）
　　（5）（二）
　　（6）（二）

190 （1）丙子卜：今日希召方卒？
　　（2）其雨？（一）
　　（3）庚辰卜：不雨？（一）
　　（4）庚辰卜：令王族比酓？（一）
　　（5）弜追召方？
　　（6）〔弜〕▨？
　　（7）弗受又？

191 甲戌卜：其▨？

192 □戌貞：又彡歲▨？

193 （1）弜又？
　　（2）一牛？
　　（3）▨牢？

194 （1）丙辰貞：丁亡囚？（一）
　　（2）□□貞：己亡囚？（一）
　　（3）己未貞：庚亡囚？（一）
　　（4）庚申貞：辛亡囚？（一）
　　（5）辛酉貞：壬亡囚？（一）
　　（6）（一）
　　（7）戊□貞：己亡囚？（一）

195 己丑▨？（一）

196 （1）不雨？
　　（2）其雨？
　　（3）甲▨？

187 （1）癸亥▨？
　　（2）弜祝？
　　（3）庚祝？

188 （1）▨以羌父丁？
　　（2）▨省高？

189 （1）弜▨日彗▨肜▨？
　　（2）辛亥貞：其聶米于祖乙？
　　（3）□□貞：□于高▨〔辛〕巳？

200 （三）

201 二牢？

202 其夆于▨〔二〕〔註44〕牛，雨？

203 □丑卜：帆□其若？吉。

204 （1）己丑卜：令▨省高？
　　（2）▨〔叀〕犬百▨十牢？

205 ▨〔其〕逃于向，亡□？

206 （1）▨牛三〔註45〕，〔受〕▨？
　　（2）▨受▨？

207 （1）吉。
　　（2）吉。

208 （1）翊日辛不雨？
　　（2）其雨？
　　（3）翊日辛不雨？
　　（4）其雨？
　　（5）今夕雨？

209 ▨射▨？吉。

210 （1）牢□一牛，王受又？
　　（2）禱邕，征父己、父庚，王受又？
　　（3）弜征，于之若？

211 既▨？大吉。

〔註44〕《釋文》缺「二」字，補之。

〔註45〕「三」，《釋文》作「王」，今依《考釋》正之，作三。

197 （1）庚〔子〕☐霾☐？（三）
（2）庚子卜：辛雨，至壬雨？

198 茲用。

199 （1）丁丑〔卜〕：☐？
（2）王其田于□，其𠜳于大甲脉，又正？
（3）其〔𠜳〕□小宰，又正？
（4）☐牢？

212 （1）辛丑卜：翊日壬王其逓于向，亡𢦏？引吉。
（2）于喪亡𢦏？
（3）于盂亡𢦏？
（4）于宮亡𢦏？
（5）☐〔亡〕𢦏？

213 （1）叀☐卯☐？
（2）于乙酌劦？
（3）☐叀□丁劦□酌？

214 癸未卜：今羽〔註46〕〔受〕□？

215 （1）癸☐？
（2）□□貞：☐〔匚〕☐夸罘酌☐？

216 臭乞寅骨三。

217 （1）弜田盅〔註47〕□□？
（2）叀門田，不雨？
（3）弜田門，其雨？
（4）王其田盅？在●。

218 辛□卜：叀興𩰫？

219 □□骨三，㘝。

220 （1）丁卯卜：今日☐？
（2）叀枚☐？
（3）癸巳卜：又羌□〔註49〕一牛？茲用。
（4）（一）

224 （1）戊辰卜，貞：王其田，亡𢦏？
（2）辛未卜，貞：王其田，亡𢦏？
（3）□□卜，□：〔王〕其□，□𢦏？

225 甲申卜：其三朋？

226 （1）丁巳卜：翊日☐？
（2）𣪕𣊭。
（3）戊不雨？
（4）其雨？
（5）☐王其田獸〔註48〕，亡𢦏？

227 （1）壬戌☐？
（2）叀丁酌上甲，卯，又正，王☐？

228 （1）己未貞：又祖辛牢又一牛？（二）

〔註46〕「今羽」不詞，疑刻寫失誤。案本類卜辭命辭開端通常爲「今日○」、「羽（翌）日○」（○爲天干），言「今羽」則誤兩者爲一。

〔註47〕字从皿从𠘧，釋爲「盅」。

〔註48〕案「獸」字作地名、氏名用。卜辭有多例「王其田獸」、「王往涉獸」者，如合28771「王其田獸，亡𢦏？」、合10602「丁亥卜，賓貞：王往涉獸？」屯1009亦見「辛卯貞：比獸盧射？」可爲資證。

〔註49〕《釋文》作「癸巳卜：又羌一牛？茲用。」案「羌□」爲是，羌下殘泐，□字應爲甲。羌甲，亦見於他版。如屯1094「其征羌甲，戠？」羌字字形亦同於本版。

〔註50〕「隹」字下半清晰可見，《釋文》不見該字。

221　（1）癸未貞：旬亡囚？
　　　（2）癸巳貞：旬亡囚？

222　弱？

223　庚戌貞：𡆥以〔牛〕〔註51〕囗？

231　（1）庚戌卜：叀今夕〔告方〕
　　　　　〔註53〕囗？
　　　（2）叀白牛黃？（三）
　　　（3）（三）

232　癸丑卜：王令𠂤田于京？

233　吉。

234　〔辛〕酉貞：其奉囗？

235　（1）于辛丑彫？
　　　（2）于辛亥彫？
　　　（3）三牛？
　　　（4）囗？

236　（1）癸巳卜：其歷壹？
　　　（2）弱辰？
　　　（3）癸巳卜：壹弱歷其奠？
　　　（4）壬寅卜：妣癸歲叩，
　　　　　〔註54〕彫翌日癸？
　　　（5）囗彫囗日囗？

237　（1）茲用。（一）
　　　（2）茲用。（一）

238　叀囗自囗？

　　　（二）
　　（2）己未貞：〔隹〕〔註50〕又〔以〕
　　　　我囗雨？（二）

229　（三）

230　壬寅卜：王步，囗〔註52〕〔卯〕
　　　易日？

243　（1）癸未貞：王令囗？
　　　（2）弱爯方？
　　　（3）癸未貞：王令𡆥爯方？茲
　　　　　用。（二）
　　　（4）癸未貞：王令子妻爯？（二）
　　　（5）甲申卜：于大示告方來？
　　　（6）壬辰囗：囗令囗？
　　　（7）弱令？

244　（1）奉其〔至〕夒，囗〔受〕
　　　　　囗？
　　　（2）弱？
　　　（3）奉其至河，王受又？
　　　（4）〔弱〕？

245　吉。

246　（1）一牢？
　　　（2）二牢？
　　　（3）甲午卜：其祝歲于畐？

247　（1）丁酉囗：王囗內囗？（二）
　　　（2）乙巳貞：雀亡囚？（二）

248　貞：又彡伐合，〔彡〕？

249　（1）弱以万？

〔註51〕《釋文》作「庚戌貞：囚以盅？（二）」

〔註52〕「卯」前宜有一「癸」字，今殘。案

〔註53〕「告方」，《釋文》不見，〈正補〉作「叀今夕出囗亡囗？」案本版爲武乙卜辭，舊
　　　　釋之「出」字形體僅存上部作「中」，配合「方」字殘文，此宜作告字解。

〔註54〕「卩」，朱師岐祥云與「阝又」意同爲「奴」，祭祀人牲用，見《通釋稿》頁51。「祖
　　　　妣──歲──祭牲」爲歲字句之常態例，如此則「彫」字宜歸下一句讀爲「彫翌日
　　　　癸」意爲在翌日（癸日）彫祭。

239　□亥卜：其疾？〔註55〕

240　☑翌日戊王其田，湄日亡弐？

241　（1）癸□貞：□亡□？
　　　（2）癸酉貞：旬亡囚？

242　□卯貞：又昌☑古昌☑？

250　（1）己☑王☑？
　　　（2）己卯卜：于五示卲王？
　　　（3）其⺆卲？
　　　（4）□巳卜：☑王☑上甲？

251　（1）□又希？
　　　（2）☑亡囚？

262　（三）

263　☑秋雟☑？

252　弗雟？

264　☑〔⻗〕☑？

253　壬子卜：其用茲䕪？吉。

265　丁亥☑今日☑？

254　（1）乙雨？乙巳允雨。
　　　（2）丙雨？丙午允雨。
　　　（3）丁雨？丁未不雨。
　　　（4）戊雨？

266　☑上甲歲于父☑？

267　（1）丁酉☑？（三）
　　　（2）不？（三）
　　　（3）甲辰□：召方來□隹□？
　　　　　（三）

255　（1）□三牛？
　　　（2）☑？

256　（1）弜☑？
　　　（2）王其涉滴，射戲鹿，亡弐？
　　　（3）丁丑卜：翌日戊〔王〕異
　　　　　其田，弗每？亡弐？不
　　　　　雨？

268　（五）

269　□□〔貞〕：〔其〕☑？

270　（1）吉。
　　　（2）吉。

271　（1）庚☑？
　　　（2）于壬王迺田，亡弐？
　　　（3）辛王叀田省，亡弐？
　　　（4）其歗，亡弐？
　　　（5）比喪，亡弐？
　　　（6）比盂，亡弐？大吉。
　　　（7）比宮？吉。
　　　（8）大吉。

257　庚申卜？王其屯〔註56〕，叀翌日
　　　辛？
　　　（1）于宮亡弐？
　　　（2）不遘大風？
　　　（3）其遘大風？
　　　（4）翌日壬王其迌于喪，亡弐
　　　（5）于盂亡弐？
　　　（6）于宮亡弐？
　　　（7）不遘大風？

272　（1）弜□，其每？
　　　（2）翌日乙王其省田，湄日不
　　　冓雨？
　　　（3）其冓雨？

259　（1）癸酉卜：☑？
　　　（2）□□卜：王往田，亡弐？
　　　（3）今日☑？

273　戊子卜：辛其☑？

〔註55〕疾，《釋文》作「疒」，《考釋》作「疾」，案該字從人臥床之形，宜依《考釋》釋
　　　文作「疾」。

〔註56〕字作「叀」，朱師以爲屯字。

260　（1）丙辰卜：其又歲于祖丁，
　　　　　　叀羽☑？
　　　（2）☑來丁卯☑勺牛奠 [註57]
　　　　　　☑？

261　（1）弜祝于妣辛？
　　　（2）其祝妣辛，叀翊日辛酌？
　　　（3）弜翊日辛酌？
　　　（4）叀今入自夕冨酌，又正？

277　（1）弜□每？
　　　（2）王其田盂？
　　　（3）其雨？

278　（1）其遘？
　　　（2）☑犀？

279　☑雨☑？

280　（1）甲☑在☑？
　　　（2）戊辰貞：𨳿于大甲玭珏、
　　　　　　二牛？
　　　（3）（二）
　　　（4）（二）
　　　（5）（三）

281　己亥。

282　（1）癸□□，貞：□亡𡆥？
　　　（2）癸巳卜，貞：旬亡𡆥？

283　☑菁☑大乙☑？

284　庚戌卜：夐于夒三小宰？

285　吉。

286　（1）弜？
　　　（2）辛未卜：其又歲于妣壬羊？
　　　（3）☑宰？

287

274　丙☑？

275　（1）甲寅卜：〔其〕奉于毓？
　　　（2）甲寅卜：其奉于四示？

276　（1）（一）
　　　（2）（一）

290　（1）己〔丑〕☑告☑于☑示☑
　　　　　　〔衣〕☑月？（二）
　　　（2）不雨？（二）
　　　（3）（二）
　　　（4）庚申貞：其钔于上甲、大
　　　　　　乙、大丁、大□、祖乙？
　　　　　　（二）

291　甲示。

292　丙寅卜：☑？

293　（1）（二）
　　　（2）（二）

294　辛☑爿☑？

295　（1）弜弘，若㕭𠀒一牢？
　　　（2）三牢？茲用。（一）
　　　（3）（一）

296　（1）牢？
　　　（2）牢又一牛？
　　　（3）二牢？

297　吉。

298　□□貞：伐☑戈？

299　（1）吉。
　　　（2）吉。

〔註57〕　「𩰚」，釋作「奠」。見筆者〈說奠組〉，東海大學中文系編《甲骨學國際學術研討會論文集》，2005 年 11 月。

（1）弜？

（2）其召小乙薪宗？

（3）叀妣庚召？

（4）弜召？

288　五牢，王受□？

289　（1）☒于父丁？茲用。辛酉十牛。

　　　（2）☒雨？

304　（1）甲寅貞：其九？

　　　（2）甲寅貞：其十又五？

　　　（3）甲寅貞：其卅？

　　　（4）丁巳貞：其九？

　　　（5）丁巳貞：其十又五？

　　　（6）丁巳貞：其卅？

　　　（7）辛酉貞：叀甲子酚？

305　（1）弜賓，奉？

　　　（2）☒伊？

306　（1）乙☒我☒？（三）

　　　（2）乙卯卜：乙丑其雨？（二）

　　　（3）甲戌卜：乙亥易日？

　　　（4）（二）

　　　（5）（二）

307　（1）癸亥貞：王令黿人氒卷？（三）

　　　（2）弜氒？（三）

　　　（3）不大〔出〕？

308　（1）吉。茲用。

　　　（2）其雨？吉。

309　吉。

300　（1）弜行一☒？

　　　（2）丁丑貞：其區〔註58〕，卑？

　　　（3）弜區，卑？

301　☒貞☒？

302　（殘泐）

303　（1）☒翊日辛王其田，湄日亡□？

　　　（2）☒雨？

　　　（7）庚申卜：于來乙亥酚三羌、三牢？

　　　（8）☒我以方矢于宗？

　　　（9）弜矢？

　　　（10）□亥卜：ㄣ☒？

314　（1）☒辛未酚衆？

　　　（2）☒〔酚〕衆？

315　☒〔羽〕日戊☒？大吉。

316　☒�兒，叀辛亡□？

317　（1）☒高妣☒？

　　　（2）（一）

　　　（3）（一）

　　　（4）（一）

318　癸酉☒？

319　（二）

320　（1）甲午貞：王☒🐘奉于□？

　　　（2）☒一牛☒其☒？

321　（1）☒〔戠〕夕告上甲九牛？

　　　（2）（一）

　　　（3）（三）

〔註58〕區，作動詞使用，依前後文辭看，可能為一種田獵手段。金祥恆《續甲骨文編》
　　　　收入「區」字下（十二卷廿五頁下），《說文》：「區，踦區藏隱也。」以藏隱動作
　　　　為田獵手段，或說釋區而假為驅（《詁林》姚按），成驅趕之義，二者皆可參酌。
　　　　釋區可从。

310 （1）允啓？
　　（2）☑〔聶〕邑？

311 ☑戈？

312 己酉卜：攸亢告啓商？

313 （1）丁巳卜：雨又彡自成？
　　（2）丁巳卜：三羌、三牢于大乙？
　　（3）丁巳卜：五羌、五牢于大乙？
　　（4）丁巳卜：叀乙丑酚彡〔伐〕？（三）
　　（5）丁巳卜：于來乙亥酚？
　　（6）庚申卜：叀乙丑酚三羌、三牢？

324 （1）弜茲祝☑？
　　（2）岳〔註59〕其酉卹？
　　（3）弜卹？

325 （1）☑其☑？（三）
　　（2）己丑卜：其雨不？
　　（3）癸巳卜：不啓乙未〔註60〕？（三）
　　（4）□□卜：☑？
　　（5）癸巳卜：☑？（三）
　　（6）庚子卜：☑巳不☑？

326 （1）吉。
　　（2）弘吉。
　　（3）吉。
　　（4）吉。

327 叀〔示癸〕☑？

328 （1）丙戌卜：今日雨？
　　（2）不雨？

329 茲吉。

322 （1）吉。
　　（2）于喪亡戈？弘吉。
　　（3）于盂亡戈？弘吉。
　　（4）叀☑亡□？

323 （1）〔叀〕☑？
　　（2）叀大牢？
　　（3）其牢又一牛？
　　（4）壬辰卜：妣辛史，其征妣癸，叀小宰？
　　（5）叀牛？

335 （1）弜庚申，其雨？
　　（2）叀庚午秉于喪田，不遘大雨？
　　（3）弜庚午，其雨？
　　（4）☑于☑叀〔不〕遘☑？

336 （殘泐）

337 甲子☑？

338 （1）癸□貞：旬亡囚？
　　（2）（一）
　　（3）（一）
　　（4）（一）

339 （1）壬午卜：乙酉易日？（一）
　　（2）乙酉戍？（一）
　　（3）乙酉不戍？（一）
　　（4）壬辰卜：又大乙乙未？（一）
　　（5）壬☑？

340 （1）丙寅□：叀亞臿以人

〔註59〕字作「𡴪」，爲岳字異體。

〔註60〕不啓乙未，宜爲「乙未不啓」之移位句。《釋文》作「不戍，乙未？」斷句未碻。

330 　☑歲☑？

331 　癸亥卜，貞：旬☑☑？

332 　（1）☑〔岳〕☑？
　　　（2）壬子卜：又于伊尹？（一）
　　　（3）燊其入王家？（一）
　　　（4）丁巳卜：燊弗入王家？
　　　　　（一）

333 　（1）甲午卜：翊☑？
　　　（2）弜田，其每？

334 　（1）于喪亡戋？
　　　（2）于盂亡戋？
　　　（3）于宮亡戋？
　　　（4）不雨？
　　　（5）☑雨？

342 　（1）壬戌卜：叀岳先又？
　　　（2）叀河先又？
　　　（3）叀王亥先又？

343 　（1）其五羌？
　　　（2）癸酉貞：乙亥王又彡于☑
　　　　　祖乙十☑、卯三牛？
　　　（3）☑☑貞：☑王又☑伐于☑
　　　　　十羌？

344 　☑田，亡戋？

345 　（1）蠢出𢀛，受年？吉。
　　　（2）及茲月出𢀛，受年？大吉。
　　　（3）于生月出𢀛，受年？吉
　　　（4）叀丁卯出𢀛，受年？

346 　☑𡶥𤔲☑？

347 　〔庚〕辰卜：衁于☑？

348 　☑其乍豐叀祖丁劦日遘，王受
　　　又？

349 　（1）吉。
　　　（2）吉。

350 　（殘泐）

〔畓〕？（二）
　（2）叀自般以人？（二）

341 　（1）☑未卜：王令子尹立帛？
　　　（2）壬申卜：王令介以疒立于
　　　　　狄？
　　　（3）壬申卜：王令𧷤以子尹立
　　　　　于帛？
　　　（4）壬申卜：王令壹以束尹立
　　　　　帛？
　　　（5）☑乙☑？
　　　（6）于宜鄉？
　　　（7）甲戌卜：于宗鄉？
　　　（8）辛巳叟乞骨三。

357 　（1）☑田☑亡〔戋〕？
　　　（2）叀喪田省？

358 　□〔丑〕貞：王☑？

359 　（1）（一）
　　　（2）（一）
　　　（3）（一）

360 　☑巳☑？

361 　（一）

362 　（1）☑亡☑？
　　　（2）☑亡囚？

363 　甲申貞：其☑？

364 　〔癸〕丑□：旬☑囚？

365 　（1）丁未☑？
　　　（2）☑貞☑？

366 　☑丁鼎罪酓？

367 　（1）（一）
　　　（2）（一）

368 　叀☑牢☑？

369 　（一）

351 （1）（一）
　　 （2）（一）
　　 （3）（一）

352 □戌卜：其焚，〔吉〕。

353 （1）癸〔卯〕□：□□□？
　　 （2）癸〔丑〕貞：□□□？
　　 （3）癸亥貞：□亡囚？

354 （1）癸□貞：旬□？
　　 （2）□今日上甲□〔乙〕
　　　　〔註61〕、大丁、大甲□？

355 （三）

356 其□？

377 □不冓□？大吉。

378 癸卯貞：旬亡囚？

379 □酉□：日月□食□？

380 □亥卜□？

381 □？□月卜。

382 （二）

383 吉。

384 于且亡戈？

385 □止□？

386 □〔日〕〔註62〕雨？

387 吉。

388 （1）辛〔未〕□？
　　 （2）弜餗？
　　 （3）□餗□雨？

389 吉。

390 □午卜：翊□？

391 （一）

370 （一）

371 □日凩□？

372 （1）戊戌□？
　　 （2）不雨？
　　 （3）雨？（一）

373 大吉。

374 □涉滴〔其〕□？

375 □王受又？吉。

376 （1）（一）
　　 （2）（一）

402 大吉。

403 吉

404 （三）

405 （1）庚午□？
　　 （2）不易日？

406 （1）□未貞：□？
　　 （2）不□？（二）

407 （一）

408 茲〔用〕。大吉。

409 吉。

410 □〔貞〕：□亡□？

411 □酚□？

412 （1）戊辰卜：己巳步省？（三）
　　 （2）辛□雀□在□？

413 □〔茲〕□？

414 今日辛□？

415 （1）癸酉貞：旬亡囚？（二）

〔註61〕《釋文》「大丁」上無「乙」字，今補。

〔註62〕《釋文》「雨」字上無「日」字，今補。

392　（1）弗坐？
　　　（2）叀喪？
　　　（3）比盂？

393　戊午☑？

394　于壬田，湄日亡戋？

395　甲子卜：令眾田，若？（三）

396　（三）

397　（一）

398　□未卜：王其☑又＝？

399　（一）

400　☑？（三）

401　☑囚？

422　丁酉卜：王坐，其步？

423　（1）辛酉卜，貞：今戍〔註63〕
　　　　　受禾？
　　　（2）不受禾？
　　　（3）叀東方受禾？
　　　（4）□〔北〕□〔受〕禾？
　　　（5）癸亥☑酚刕〔自上甲〕？

424　（1）甲辰□：乙☑夊？
　　　（2）癸巳：叀甲午？
　　　（3）于乙未？
　　　（4）□□貞：☑告☑？允。

425　☑〔奠〕〔註65〕叀茲伐？〔註66〕

426　（1）〔癸〕□〔貞〕：□□□？
　　　（2）□□貞：旬亡囚？

　　　（2）癸未貞：旬亡囚？

416　吉。

417　（1）☑其卒餗？
　　　（2）（二）
　　　（3）（二）

418　□〔酉〕卜：其餗□乙未酚？

419　□未貞：王其〔令〕☑？

420　（1）☑〔王〕☑亡□？
　　　（2）辛丑卜：王往田，亡戋？

421　（1）庚午貞：王亡囚？
　　　（2）貞：王亡囚？
　　　（3）☑？

438　吉。

439　☑大乙☑？

440　（1）□□
　　　（2）癸亥貞：旬亡囚？
　　　（3）癸酉貞：旬亡囚？

441　（1）甲寅〔貞〕：乙卯又祖乙歲
　　　　　大牢，不□？（二）
　　　（2）弱又歲？
　　　（3）己未貞：其□祭自祖乙〔歲〕
　　　　　至父丁？
　　　（4）己未貞：又彳伐自上甲？
　　　（5）乙亥？
　　　（6）丁丑貞：今日又歲□父丁？
　　　（7）弱又歲？

〔註63〕戍爲歲字誤刻。《釋文》云：「今戍：即今歲？」

〔註64〕「牂」字釋作「將」，見朱師《甲骨字表》，法國社會科學院編《甲骨文發現百周年
　　　　國際會議論文集》頁195～222，2001年。

427　（1）◻丁于父丁奉？
　　　（2）癸未◻：㲋以◻人？允來。
　　　（3）◻鹵◻？

428　◻〔羌〕◻？

429　（1）癸未貞：旬亡囚？
　　　（2）癸巳貞：旬亡囚？（二）

430　（三）

431　茲◻。

432　◻酚◻？

433　乙巳卜：◻？

434　吉。〔註67〕

435　◻栚亡戈？

436　□□貞：□亡囚？

437　◻祖丁◻？

444　□□卜：甲□至乙〔雨〕？

445　（1）□酉卜：◻？
　　　（2）◻今日辛不雨？

446　◻日◻？

447　（1）〔乙〕丑◻？
　　　（2）◻毓妣◻？
　　　（3）◻？

448　（1）◻其又〔于〕◻？
　　　（2）◻又？

449　今日雨？允雨。

450　大吉。

451　壬辰□：今日征□？允□。

452　（殘泐）

453　◻戈？不〔冓〕雨？

454　◻〔叀猳〕？

（8）◻奉◻妣丙？◻宗卜。
（9）己卯卜：其肝〔註64〕玉壴
　　　于◻？
（10）弜〔肝〕玉壴◻？（一）
（11）己卯◻〔壴〕告于祖乙？
（12）己卯卜：叀◻玉壴？
（13）辛巳貞：其令□日鹵來？
　　　（一）
（14）辛〔巳〕貞：弜令卯日鹵
　　　來？（一）
（15）又祖乙歲宰？

442　（1）（一）
　　　（2）三牢？（一）
　　　（3）□午卜：◻不？

443　吉。

459　◻象◻？

460　（1）◻王◻？
　　　（2）弜◻？

461　◻令◻？

462　癸卯◻？

463　□卯卜：戍彳長钾◻？大吉。

464　◻邁◻？

465　弜◻？

466　□亥卜：◻？

467　吉。

468　吉。

469　（1）◻？
　　　（2）弜又？
　　　（3）◻〔歲〕◻毓◻奭，王受
　　　又？

470　吉。

〔註65〕《釋文》「叀」字上無「奠」字，今補。

〔註66〕字从宀从弋，與从二弋作「窀」者同。

〔註67〕《釋文》作「甲□至乙□雨」，案「乙、雨」兩字間無字，應刪□號。

455 大吉。

456 （1）〔叀〕〔註68〕茲□。
   （2）丙午卜：□俎〔註69〕□？

457 （1）癸□，□貞：旬□□？
   （2）癸巳，瑳貞：旬亡因？（一）
   （3）又因？
   （4）癸丑，瑳貞：旬亡因？
   （5）又因？
   （6）癸亥，瑳貞：旬亡？〔註70〕
   （7）（一）
   （8）（一）

458 受又＝？

479 □雨□？

480 （三）

481 （一）

482 □宀□？

483 □乙至丙雨？

484 （1）癸□〔貞〕：□□□？
   （2）癸丑貞：旬亡因？
   （3）癸亥貞：旬亡因？
   （4）癸酉貞：旬亡因？
   （5）癸未貞：旬亡因？
   （6）癸巳貞：旬亡因？

485 □伐〔註75〕方呂□？

486 乙丑卜：王于庚告？

471 癸雨？

472 □巳□？

473 （1）五□？
   （2）三□？

474 （1）□？
   （2）弜□庭〔註71〕□？

475 （殘泐）

476 □〔沉〕〔牛〕〔註72〕□？

477 （一）

478 □卯三〔牛〕？

495 （1）甲申卜：翊日乙王其省盂
      田，湄□？大吉。
   （2）□射又鹿，弗每？

496 □□卜：盧羽日力〔註73〕，晜□
   酘？

497 □用？

498 叀小宰？

499 （1）甲戌貞：王令剛坚田于喪？
      〔註74〕
   （2）甲戌貞：〔其〕告于父丁？

500 （1）□雨？
   （2）□□卜：王其乎□？

501 （1）丙不□？（一）

〔註68〕《釋文》「茲」上無「叀」字，今補。

〔註69〕俎，《釋文》作「宜」。參筆者〈說奠俎〉文。東海大學中文系編《甲骨學國際學術研討會論文集》，2005 年 11 月。

〔註70〕亡字後奪「因」字。案因字宜與（5）辭「又因」之「因」共用。

〔註71〕《釋文》作「辱」（頁 871）。按字從又在辰下，應隸作「晨」。

〔註72〕《釋文》無「牛」字，今補。

〔註73〕「𠂤」隸作力，爲啟、召等字省體。

〔註74〕喪，《釋文》直摹，從桒首之形、從口，此誤。

〔註75〕字省戈形，爲「伐」字省體。

487 癸巳貞：叀令☑畓，亡囚？

488 （1）癸巳貞：其又〔羌〕？
（2）乙亥貞：又彡歲自上甲，
　　冊，蕎上甲彡？
（3）乙亥貞：其又羌？
（4）☑？

489 （1）（一）
（2）辛未卜：執其用？
（3）〔叀〕☑大☑
（4）于甲用？
（5）☑用？

490 （1）（一）
（2）叀牢？

491 （1）王其正☑
（2）☑臺蕎眔☑？（二）

492 癸卯卜：其酉钔飃，卯☑？吉。

493 ☑罘疾于四方？

494 （三）

506 □□卜：今來戊☑？

507 □酉貞：其夆禾于☑？

508 戊寅貞：王令〔臭〕☑翊己卯步？
　　（三）

509 （1）辛☑？
（2）茲用。

510 吉。

511 ☑其☑羊廿又二？

512 茲用。（一）

513 于上甲？

514 （1）其〔雨〕（一）
（2）不〔雨〕？

515 （1）于喪亡戈？吉。
（2）弘吉。

516 （1）☑亡囚？
（2）☑喎？

517 大吉。

（2）其雨？

502 （1）丁☑？
（2）弜執？
（3）乙未貞：其令亞侯帚，叀
　　小□？
（4）☑〔帚〕？

503 （1）壬☑罪戈☑？
（2）其戈罪？
（3）令多射畓？
（4）癸巳卜：ナ于父丁犬百、
　　羊百、卯十牛？（三）
（5）甲午卜：ナ于父丁犬□、
　　羊百、卯□□？（三）
（6）叀犬百、卯□牛？

504 ☑罍十卤，卯☑？

505 （1）丁巳貞：于來丁丑將兄丁？
　　（三）
（2）丁卯貞：于上？（三）

525 （1）己酉貞：又☑？
（2）☑〔先〕□？
（3）□□貞：叀☑？

526 吉。

527 （1）癸卯貞：旬□□？
（2）癸丑貞：旬□□？

528 （1）□□卜：王其☑？
（2）弗其兌比，其蕎雨？吉。
（3）不蕎，弗卑？

529 （1）（三）
（2）（三）

530 ☑眾☑？

531 大吉。

532 （1）其ナ，大乙彡？
（2）☑〔又〕彡伐于伊，其☑？
（3）☑父丁？

533 （三）

518　（1）吉。
　　　（2）☒召☒？

519　（1）丁巳☒？
　　　（2）☒田□每？

520　（三）

521　（1）弜奉？
　　　（2）☒？

522　□戌卜：羽日辛□其〔省〕☒？
　　　大吉。

523　（1）于丁彡□乘□酉用于桒□
　　　〔羌〕卯牡？
　　　（2）癸□矢乞囧骨三。

524　（1）丙辰貞：丁巳又彡歲于父
　　　丁、大☒？
　　　（2）□□貞☒凰☒？

540　（一）

541　大吉。

542　☒十人☒？

543　☒一人凿☒？

544　（殘泐）

545　辛不雨？

546　其備大風？

547　（1）弜〔罟〕？
　　　（2）□〔寅〕貞：迨□囚？在
　　　□。

548　（1）甲寅☒？
　　　（2）茲用。
　　　（3）叀牝？

549　（1）☒迺☒？

534　（三）

535　☒〔歲牢〕〔註76〕☒？吉。

536　（1）☒十牛？
　　　（2）☒羌飮？

537　（1）辛又大□？
　　　（2）壬又大雨？

538　乙丑貞：☒？

539　（1）叀毚令省向？
　　　（2）叀竝令省向？
　　　（3）叀宁壴令省向？
　　　（4）叀馬〔註77〕令省向？
　　　（5）甲辰又祖乙一牛？
　　　（6）其又祖乙大牢？
　　　（7）辛酉卜：犬征以羌用自上
　　　甲？

555　☒又☒？大吉。

556　☒高祖五牛？

557　（1）丁丑卜：〔羽〕☒？
　　　（2）王其田，单？

558　雨？

559　□□卜：戊，王其田☒？

560　☒羌□卯牢？

561　（一）

562　（1）□□貞：乙亡囚？
　　　（2）乙丑貞：丙〔亡〕囚？
　　　（3）□寅☒？

563　（1）弜賓？
　　　（2）王其又父庚，王受又？

564　（一）

〔註76〕《釋文》無「牢」字，今補。

〔註77〕字作「𤝔」，象獸形有背髦、枝尾，應爲「馬」字異體。

（2）于喪亡戈？

（3）于盂亡戈？

（4）于宮亡戈？

（5）☑雨？

550 甲寅貞：在卜。〔註79〕又田？雨？

551 其奉〔禾于〕☑？

552 （1）癸□□，貞：☑？（一）

（2）貞？

（3）癸巳卜，貞：旬亡田？（一）

（4）癸未卜，貞：旬亡田？（一）

（5）癸卯卜，貞：旬亡田？（一）

553 一、一、一、一、二

554 （1）☑步☑？〔註80〕

（2）大吉。

572 （1）貞。

（2）て月。〔註81〕

573 （一）（二）（三）（四）

（一）（二）

574 ⊠。

575 弜？

576 （殘泐）

577 （1）象☑其即☑？

（2）于盂？

578 （1）☑其奉禾于河，其☑雨？

（2）☑〔奉〕禾于河？

579 史人屮告啓☑鯀？在宙卜。

565 （1）庚□□：剛☑？

（2）庚辰卜：剛大甲師〔註78〕，又羌□？（三）

（3）□□貞：辛未□茲征步，在□？（三）

566 ☑入商？

567 王其用羌方□，王受又？

568 （1）其〔獸〕？

（2）☑〔眾〕？

569 （1）甲辰□：亞其省？

（2）☑〔河〕？

570 （1）其五牢？

（2）□未卜：〔臿〕以〔眾〕舀□召？（三）

571 方〔受〕☑？

588 （1）壬戌☑？

（2）弜田來？

（3）☑宮田，出于盂，亡戈？

（4）弜出盂？

（5）王其田，不冓〔大〕風？

（6）☑冓☑？

589 □□卜：今日甲征？

590 丙申卜：父丁羽日，又啓，雨？

591 （1）十人屮☑？

（2）方其显于門？

（3）其显〔于〕戲？

（4）方不显于門？

（5）显☑？

〔註78〕師本作「&#xfffd;」，另作「&#xfffd;」，今作「&#xfffd;」。案依《屯南》1074：「戊辰貞：&#xfffd;一牛于大甲師珏？」，本版此字宜視爲「師（&#xfffd;、&#xfffd;）」字異體。

〔註79〕卜，地名。「在卜」兩字詞序提前。

〔註80〕《釋文》僅著「大吉」，步字殘筆可見，今補。

〔註81〕習刻，字不識。

580　（1）亞[字]征，弗至庚？
　　　（2）庚寅卜：其告亞[字]，往于
　　　　　丁今庚？（一）
　　　（3）癸卯貞：王亡囚？（一）
　　　（4）茲用。

580　□[字]貞□亞[字]□□至庚？

582　（2）庚子貞：酚[字]歲，伐三牢？
　　　（3）茲用卜，□？
　　　（4）□子貞：□囚？

583　不雨？

584　□酚□？

585　癸丑貞：□亡□？

586　甲午貞：[大]侯□？茲用大乙羌
　　　三、祖乙羌三、卯三牛？乙未
　　　酚。

587　□□卜：翊日辛王其田，湄日□
　　　□？大吉。

595　（1）□〔未〕貞：其召我祖？
　　　（2）茲用。（二）
　　　（3）（二）
　　　（4）甲申貞：又[字]伐于小乙羌
　　　　　五、卯牢？

596　（三）

597　□牢？

598　（1）戊寅卜：王其迺于向？
　　　（2）□〔其〕省向，翊日□射
　　　　　□〔鹿〕，[擒]？

592　（1）壬寅卜，貞：王其田，亡
　　　　　戈？（一）
　　　（2）戊申卜，貞：王其田，亡
　　　　　戈？（一）
　　　（3）辛亥卜，貞：王其田，亡
　　　　　戈？
　　　（4）壬子卜，貞：王其田，亡
　　　　　戈？

593　（1）辛酉貞：其禧于[字]囚，叀
　　　　　[字]？（三）
　　　（2）甲申禧？貞：王其田，亡
　　　　　戈？
　　　（3）（二）
　　　（4）弱至？（三）
　　　（5）癸□？

594　□午卜：羽日父甲裎競，祖丁
　　　冊，王受又？大吉。茲用。

603　（1）癸亥貞：乞酚□祝在八
　　　　　[註82]□？不用。
　　　（2）茲用。
　　　（3）□翊乙丑其酚，祝□？
　　　（4）□祝小乙、父丁？

604　（1）辛〔丑〕卜，犬：令[字]希
　　　　　方？（二）
　　　（2）□□卜，犬：□[字]□？
　　　（3）（一）

605　大吉。茲用。

〔註82〕《釋文》無「八」字，今補。見朱師〈正補〉頁249，即「在八月」之殘文。

599　（1）辛亥貞：生月令𢎥步？
　　　（2）□□卜；生月奉？
　　　（3）壬子卜：剛𡥀，受又？
　　　（4）壬子卜：束尹𡥀，受又？
　　　（5）茲用。
　　　（6）癸酉奉于大〔示〕？（一）
　　　（7）弜奉？
　　　（8）☒眾又工？
　　　（9）辛亥𡥂乞𡥃☒。

600　（1）𢎥于𢦏十，若？
　　　（2）☒在祖乙宗卜。

601　（1）辛未卜：奉于大示？（三）
　　　（2）于父丁奉？（三）
　　　（3）弜奉，其告于十示又四？
　　　（4）壬申卜：奉于大示？（三）
　　　（5）于父丁奉？（三）
　　　（6）癸酉奉于大示？
　　　（7）□〔奉〕〔令〕〔比〕𡥀？
　　　（8）〔弜〕奉，令比𡥀？
　　　（9）令小尹步？
　　　（10）辛〔未〕☒？

602　戊午☒？

609　（1）吉。
　　　（2）吉。
　　　（3）祖辛𡇬，卯牢□一牛，王
　　　　　□又？

610　（1）戊午卜：其餗妣辛牢？吉。
　　　（2）二牢？
　　　（3）三牢？
　　　（4）弜異酓，叀餗？隹召？
　　　（5）于父己祝，至？
　　　（6）父庚召牢？
　　　（7）牢又一牛？
　　　（8）吉。

606　（1）庚〔辰〕〔註83〕☒？
　　　（2）弜聂？
　　　（3）其聂在毓？
　　　（4）其高？〔註84〕
　　　（5）庚辰卜：其禶方以羌，在
　　　　　升，叀王受又＝？

607　（1）戊申卜，貞：王其田戲，
　　　　　亡𢦏？
　　　（2）☒田☒？
　　　（3）□巳卜，貞：王其田梌，
　　　　　亡𢦏？
　　　（4）戊寅卜，貞：王其田醽，
　　　　　亡𢦏？
　　　（5）□□卜，貞：王□田梌，
　　　　　亡𢦏？

608　（1）丁丑貞：又匚于高祖亥？
　　　（2）（一）
　　　（3）二牢？（一）
　　　（4）三牢？（一）
　　　（5）五□（一）
　　　（6）（一）
　　　（7）（一）
　　　（8）丁未貞：酌高祖匚，其牛
　　　　　高妣？

619　（1）王叀孟田省，亡𢦏？
　　　（2）叀喪田省，亡𢦏？
　　　（3）不遘小風？
　　　（4）其遘小風？
　　　（5）不遘大風？大吉。茲用。
　　　（6）其遘大風？

620　丁亥卜，貞：今龜受年？吉祏？
　　　吉。

621　（1）辛卯卜：王其田，亡𢦏？
　　　　　吉。
　　　（2）弜田，其每？

〔註83〕《釋文》無「辰」字，今補。

〔註84〕《釋文》「高」字後有「叀」字異體，朱師云該「叀」字宜入（5）辭「王受又＝」
　　　　前，作「叀王受又＝」，見〈正補〉頁250。

611 （1）乙巳貞：王來，乙亥又弓
　　　伐于祖乙，其十羌又五？
　　（2）其世羌？
　　（3）弜又羌，隹歲于祖乙？
　　（4）己巳貞：王又弓伐于祖
　　　乙，其十羌又五？（一）
　　（5）☑？

612 （1）〔癸〕☑？
　　（2）□丑□：旬□囚？

613 于祖丁歲，又正？王受又？

614 于乙不雨？吉。

615 叀羊，王受□？

616 （1）癸□貞：□亡〔囚〕？
　　（2）癸未貞：旬亡囚？（二）
　　（3）癸□貞：□亡□？（二）

617 辛卯卜，貞：王其田，亡戈？

618 （1）辛巳☑？
　　（2）叀癸禱黍，王受又？
　　（3）王其叒黍二升，叀各
　　　福酚？
　　（4）其叒黍祖乙，叀翊日乙酉
　　　酚，王受又？
　　（5）先叔二〔升〕酒各□祖乙，
　　　叒黍，王受又？

628 （1）弜又夕歲？
　　（2）莫召又羌，王受又＝？
　　（3）弜又羌？

629 （1）□子卜：☑？
　　（2）☑王往田比南，卑？
　　（3）庚寅卜：其區禱？
　　（4）弜區禱？

（3）王叀喪田省，亡戈？吉。
（4）☑田☑戈？

622 ☑〔燮〕岳，辛卯其讟酚，又大
　　雨？

623 大吉。

624 （1）辛亥卜：翊日壬旦至食日
　　　不□？大吉。
　　（2）壬旦至食日其雨？吉。
　　（3）食日至中日不雨？吉。
　　（4）食日至中日其雨？
　　（5）中日至聿兮不雨？吉。
　　（6）中日至□〔兮〕☑？

625 （1）丁丑卜：翊日戊王叀在牢，
　　　犬☑？大吉。茲用。
　　（2）叀在弓，犬人〔註85〕比，
　　　亡戈？卑？吉。
　　（3）叀在淒，中比，亡戈？卑？
　　　吉。
　　（4）☑迍□喪？
　　（5）于向？

626 ☑翊日戊王其田于虞，剝于河，
　　王受又？

627 戊午貞：辛〔酉〕☑？

（4）□□貞：蚕以牛，□用自
　　上甲五牢，□，大示五
　　牢？

637 庚寅卜：翊日辛王兌省魚，不冓
　　雨？吉。

638 庚戌乞冎于𠂤。

639 （1）弜〔聶〕？

〔註85〕字从人立於土上，釋文作「壬」。案仍應依文例釋「人」爲宜，「犬人」指犬族部
　　　眾，見朱師〈正補〉頁250。

·288·

630　（1）甲戌卜：今日雨？
　　　（2）□戌卜囗？
　　　（3）（一）
　　　（4）（一）

631　（1）祖乙〔歲〕牢？
　　　（2）弜牢？
　　　（3）丙辰卜：二牢，征歲于中丁？
　　　（4）弜征？

632　（1）乙巳卜：其示〔註86〕于祖丁，叀今丁〔未示〕？
　　　（2）囗示于妣辛于宗？

633　（1）（一）
　　　（2）弜征？（一）
　　　（3）（一）

634　（1）戊〔寅〕□，貞：□□田，□□？
　　　（2）辛巳卜，貞：王其田，亡戋？
　　　（3）乙酉卜，貞：王其田，亡戋？

635　乙卯其餗，不遘□？

636　（1）□□〔貞〕：射畣以羌，其用自上甲六，至于父丁，叀甲辰用？（一）
　　　（2）囗〔畣〕囗？
　　　（3）甲辰貞：射畣以羌，其用自上甲，六，至于父丁，叀乙巳用伐冊？

645　（1）囗亡戋？
　　　（2）茲冓小雨？

646　（1）丁未貞：今〔來〕囗？
　　　（2）不受禾？
　　　（3）辛亥貞：囗受禾？
　　　（4）□卯貞：今來戉受禾？

640　（1）其祝？
　　　（2）于祖丁日？

641　（1）□□卜：翌日壬王其田燊，乎西又麋，興王，于之牢？大吉。
　　　（2）囗射又麋，其每？

642　（1）丙寅卜：其囗？
　　　（2）其又歲，叀今夕？
　　　（3）一牛？
　　　（4）妣辛歲，叀王至？
　　　（5）囗牛？

643　（1）貞：大卩〔救〕鬲？不用。（一）
　　　（2）貞：卩　出 　？（一）
　　　（3）壬子貞：□〔 　〕？（二）
　　　（4）戊亡至囗？（一）

644　（1）丙寅貞：岳耂雨？（三）
　　　（2）弗它雨？（三）
　　　（3）戊辰貞：雨？（二）
　　　（4）戊不雨？（三）
　　　（5）乙巳囗？
　　　（6）不雨？
　　　（7）壬申貞：雨？
　　　（8）壬不雨？（三）

652　囗又歲于妣囗？

653　（殘泐）

654　（三）

655　囗 　王囗？

656　（1）戊辰〔卜〕：囗又？吉。
　　　（2）弜巳，告小乙？

〔註86〕「示」朱師釋爲「示」，見〈正補〉頁250。

647 （1）壬午卜：其戠〔註87〕，毓
父丁禷？

（2）☒牢？

648 （1）戊戌☒？

（2）辛丑卜，貞：王其田，亡
戈？（一）

（3）壬寅卜，貞：王其田，亡
戈？（一）

（4）乙巳卜，貞：王其田，亡
戈？（一）

（5）丁未卜，貞：王其田，亡
戈？（一）

（6）戊申卜，貞：王其田，亡
戈？（一）

（7）□亥卜，貞：〔王〕其田，
亡戈？（一）

（8）戊午卜，貞：王其田，亡
戈？（一）

649 （1）（一）

（2）（一）

650 ☒王弜令受爰旋里田于🔣？
〔註88〕

651 （1）叀三羊用，又雨？大吉。

（2）叀小宰，又雨？吉。

（3）叀岳先酚，迺酚五云，又
雨？大吉。

（4）☒五云☒酚？

659 辛酉卜：今日辛王其田，湄日亡
戋？大吉。

657 （1）甲辰卜：其聂彙于祖乙，
小乙眔？大吉？

（2）弜眔？

（3）祖乙卯牢？吉。

（4）牢又一牛？

（5）二牢？大吉。

（6）□牢？

（7）小乙其眔一牛？

（8）庚午卜：兄辛彙征于宗？
茲用。

（9）叀勺？

（10）弜勺？

658 （1）甲辰卜：王其省鼓，弗每？
吉。茲。

（2）叙埶。

（3）乙巳王其省鼓？吉。

（4）叙埶。

（5）〔即酒〕夐？吉。茲用。

（6）其先夐，迺省〔鼓〕？

664 （1）壬午□：在箕，癸未王陷，
隻？不隻。（一）

〔註87〕《釋文》作「其戠后父丁，禷？」。案戠字下宜句斷，戠爲處理祭牲法，不接祖妣
名之前。

〔註88〕「🔣」《釋文》云「地名」，香港中文大學中國古籍研究中心漢達文庫
（http://www.chant.org/）釋爲「童」。並記於此，暫存疑之。

660 （1）壬戌卜，貞：王其田[illegible]，亡𢦏？
（2）甲子卜，貞：王其田[illegible]，亡𢦏？（一）
（3）乙丑卜，貞：王其田盂，亡𢦏？（一）
（4）戊辰卜，貞：王不田，亡𢦏？
（5）辛未卜，貞：王田𦎫，亡𢦏？（一）
（6）乙亥卜，貞：王其田喪，亡𢦏？（一）
（7）戊寅☐王其☐？
（8）辛卯卜，貞：王田盂，亡𢦏？
（9）□□□，貞：王田𦎫，亡𢦏？

661 （1）翊。
（2）乙酉。

662 （1）丁酉卜：今旦万其學？吉。
（2）于來丁迺學？
（3）于又宗學？吉。
（4）若𠮷〔于〕學？吉。

663 （1）〔甲〕子卜：☐日王逐？
（2）乙酉卜：在箕，丙戌王陷，〔註89〕弗正？
（3）乙酉卜：在箕，丁亥王陷？允𢀛三百又卌八。
（4）丙戌卜：在箕，丁亥王陷？允𢀛三百又卌又八。
（5）丁亥陷□？允。
（6）☐骨三，[illegible]。

（2）弜隼？
（3）不？（一）
（4）甲申卜：□□，弗正？
（5）甲申卜：在箕，丁亥王陷，隼？弗□？（一）
（6）乙酉卜：在箕，今日王〔逐〕兕，隼？〔允〕隼。
（7）四·
（8）弗隼？（一）
（9）弗隼？（一）
（10）丙戌卜：在箕，今日王令逐兕，𢀛？允。（一）
（11）（三）
（12）丙戌？（一）
（13）弗□？（二）
（14）□亥王陷，易日？允。
（15）不易日？

665 （1）癸酉貞：其又匚于高祖？（一）
（2）叀辛巳酏？（一）
（3）于辛卯酏？
（4）辛巳貞：雨不既，〔其〕尞于[illegible]？（一）
（5）弜尞，啓？
（6）其雨？
（7）辛巳貞：雨不既，其尞于亳土？
（8）其雨？
（9）☐高祖亥卯于上甲羌☐祖乙羌五☐牛亡壱？

666 莫☐？

667 ☐盧方白 ☐，王永？大吉。

〔註89〕《釋文》作「阱」，《類纂》釋作「陷」。案《屯南》阱字多作鹿、麋等陷于凵形，與臽字从人陷于阱中同意，宜釋爲陷。

668 （1）☒奠名仜？
　　（2）辛酉夨〔註90〕乞骨三。

669 大吉。茲用。

670 ☒永☒戈？

671 吉。

672 （1）□丑貞：父丁畐〔註91〕☒？
　　（2）☒〔叀〕以牛其彡自上甲
　　　　宀〔大〕□？

673 （1）弓女□□受□，又大□？
　　　　大吉。
　　（2）十牛，王受又＝？大雨？
　　　　大吉。
　　（3）其奉年河，沉，王受又？
　　　　大雨？吉。
　　（4）弜沉，王受又？大雨？

674 （1）（一）
　　（2）（一）
　　（3）（一）
　　（4）癸酉貞：旬亡囚？（一）
　　（5）癸〔未〕☒？
　　（6）癸巳貞：旬亡囚？（一）
　　（7）癸卯貞：旬亡囚？
　　（8）旬亡囚？
　　（9）（一）

675 （1）辛卯卜：于宜伐？（三）
　　（2）丁酉☒酚☒？（三）
　　（3）丁酉卜：于宜伐？（三）
　　（4）于宜伐？（三）
　　（5）又卷？（三）
　　（6）辛丑貞：酚，大俎于宜？
　　（7）于□伐？（三）
　　（8）☒貞酚☒？
　　（9）〔癸〕卯☒？

676 （1）吉。
　　（2）弘吉。不用。

677 （1）〔癸〕□〔貞〕：□□□？
　　（2）癸丑貞：旬亡囚？
　　（3）癸亥貞：旬亡囚？

678 （1）于宮亡戈？吉。
　　（2）庚子卜：翊日辛王其迍于
　　　　向，亡戈？弘吉。用。
　　（3）于喪亡戈？吉。
　　（4）吉。
　　（5）弘吉。
　　（6）吉。

679 （1）甲申卜：杏雨于河？吉。
　　（2）吉。
　　（3）吉。
　　（4）吉。
　　（5）（一）
　　（6）吉。

680 （1）☒〔伊〕☒？（三）茲用。
　　（2）甲子卜：又伊？（三）

681 （1）辛巳□：今日☒？
　　（2）壬午卜：癸雨？
　　（3）不雨？
　　（4）癸未卜：甲雨？
　　（5）不雨？
　　（6）乙酉卜：丙雨？
　　（7）☒？

682 辛亥☒？

683 （1）癸亥卜：☒？
　　（2）亡啓？

684 吉。

685 大吉。茲用。

686 ☒〔又〕正？

687 （1）（一）
　　（2）（一）

〔註90〕夨字倒書、缺筆，依文例應爲「夨」字。

〔註91〕崒畐字作「畐」，宜與「畐、畐」同字，釋福。

688　（殘泐）

689　（1）丁酉卜：其奉年于岳，叀
　　　　　〔羊〕？
　　　（2）☑？

690　（1）（三）
　　　（2）癸丑貞：旬亡囚？（三）
　　　（3）癸亥貞：旬亡囚？（三）
　　　（4）癸□貞：□□□？（三）
　　　（5）癸☑？（三）
　　　（6）癸丑貞：旬亡囚？（三）

691　（1）☑妣辛切往？
　　　（2）〔弜〕至？茲用。

692　□午卜：翊日乙王其田，湄☑？
　　　大吉。

693　□□卜：其乎射豕叀多馬？吉。

694　（1）庚申卜：妣辛召牢，王受
　　　　　又？吉。
　　　（2）牢又一牛？吉。
　　　（3）叀羊？吉。
　　　（4）大吉。

695　（1）（一）
　　　（2）（一）

696　☑王其乎薅黍，兄☑？

697　〔弜〕又歲？

698　（1）丁丑卜：翊日戊王☑？弘
　　　　　吉。
　　　（2）于喪亡戈？
　　　（3）戊卑？

699　（1）丁亥卜：翊日戊□叀迍
　　　　　〔註93〕田，湄日☑？大吉。
　　　（2）☑田☑戈？永王？歸卑？
　　　　　吉？
　　　（3）〔卑〕？

700　丁酉叟乞寅骨三。

701　在声。〔註92〕

702　于來☑？

703　（1）（二）
　　　（2）（二）
　　　（3）（二）

704　（1）弜又？
　　　（2）其又夕歲，叀牛？
　　　（3）牢？
　　　（4）☑〔帆〕

705　□□貞：庚申☑▶奉禾☑于☒？

706　□〔寅〕貞：酚〔上甲〕☑？

707　癸酉貞：旬亡囚？（三）

708　其☑？

709　（1）（二）
　　　（2）（二）

710　其☑？

711　□子□：〔奉〕□〔于〕□祖辛？

712　（1）其雨？
　　　（2）☑大乙☑歲☑宗☑？

713　癸酉〔貞〕：旬亡囚？〔茲〕三
　　　告。

714　（1）辛巳卜：妣壬卯，叀羊？
　　　（2）☑？

715　（1）叀溼田圅，征，受年？大
　　　　　吉。
　　　（2）叀上甲圅，征，受年？

716　〔戌〕？

717　（1）辛卯卜：叀酓戌，用若？
　　　　　（二）
　　　（2）☑？

<hr>

〔註92〕「在声」，《釋文》作「在□」。

〔註93〕《釋文》本句作「丁亥卜：翊日戊□叀□田湄日☑？大吉。」案田上應有「迍」字，
　　　見朱師〈正補〉頁251。

718　貞：今日辛☐？

719　（1）五牢？
　　　（2）又羌？
　　　（3）弜又羌？（二）

720　☐卯貞：☐彡☐大☐？（三）

721　癸☐？（一）

722　（1）☐☐卜：今日壬王其田𤞤
　　　　　北，湄日亡𢦔？
　　　（2）大吉。
　　　（3）吉。
　　　（4）吉。
　　　（5）王其田至于𡙇，湄日亡
　　　　　𢦔？
　　　（6）今日壬王其田𤞤西，其
　　　　　焚，亡𢦔？

723　（1）辛酉貞：癸亥又父☐歲五
　　　　　牢？不用。（二）
　　　（2）〔貞〕☐？（二）
　　　（3）辛酉貞：于來丁卯又父丁
　　　　　歲？（二）
　　　（4）☐王其又小尹之？
　　　（5）☐帝不降永？
　　　（6）☐來戍帝其降永？在祖乙
　　　　　宗，十月卜。
　　　（7）☐在𡩵？

724　（1）叀☐？
　　　（2）叀今☐？

725　（1）丙子☐彡于〔父〕☐？
　　　（2）☐☐〔貞〕：達〔註95〕來羌，
　　　　　其用于父丁？
　　　（3）不冓雨？
　　　（4）不冓雨？（一）
　　　（5）不冓雨？（一）

726　（1）壬寅貞：月又戠，王不于
　　　　　一人囚？（一）
　　　（2）又囚？（一）
　　　（3）壬寅貞：月又戠，其又土，
　　　　　𡥈大牢？茲用。
　　　（4）癸卯貞：甲辰𡥈于土大牢？
　　　　　（一）

727　（1）（二）
　　　（2）（二）

728　（1）方其至于戍𠚧？
　　　（2）王其乎戍征衛，弗每？
　　　（3）弜乎衛，其每？
　　　（4）弜乎戍衛，其每？
　　　（5）大吉。
　　　（6）方☐？吉。

729　𢀛？

730　（1）☐𦓃，亡𢦔？大吉。
　　　（2）其田獻以罞〔註94〕，亡𢦔？

731　庚辰卜：☐？（一）

732　壬戌卜：𡥈于河三牢，沉三牛，
　　　俎☐？（三）

733　（1）壬午卜：丁未☐？
　　　（2）丁巳？
　　　（3）□〔未〕？

734　（1）壬午貞：王步？（一）
　　　（2）癸未貞：王步？（一）
　　　（3）丁亥貞：王步？（二）
　　　（4）乙未貞：其雨？（一）
　　　（5）丙申貞：雨？（一）

735　（1）☐
　　　（2）辛酉貞：于來甲申酌？（一）
　　　（3）癸亥貞：其钔于父丁？（一）

〔註94〕字作「𤕟」，从囧从疋，氏族名。

〔註95〕「達」，用爲氏族名，本辭與《金》118同文：「己卯貞：達來羌，其用于父〔丁〕？」
　　　　見姚孝遂〈讀《小屯南地甲骨》箚記〉（《古文字研究》第十二輯）。

736 （1）弜田，其每？

（2）叀麥田，弗每？亡酌？

（3）弜田麥，其每？

（4）□日壬□征雨？

737 〔丁未〕卜：其工于宗門，叀咸

劦☒？

738 （1）吉。

（2）䰟甲史，其征般庚、小辛，
王受又？吉。

（3）弜征？

（4）吉。

739 （1）甲午貞：酌彡伐，乙未于
大乙羌五，歲牢？（二）

（2）丙申貞酌彡伐大丁羌五歲
五□？（二）

（3）其　？（一）

（4）（一）

740 （1）（一）

（2）乙巳卜：叀受令？（一）

（3）乙巳卜：叀商令？隹商令？
（一）

（4）乙巳卜：叀豆令？（一）
（一）

（5）乙巳卜：叀商令？隹商□？
（一）

（6）丁未☒？在□。（一）

741 （1）（一）

（2）（一）

（3）（一）

（4）（一）

（5）（一）

（6）壬寅貞：癸亡囚？（一）
（一）

（7）丁未☒？在□。（一）

742 （1）癸巳卜，貞：亡至囚？

（2）又至囚？

（3）乙未卜：隹狛�？

（4）弗�？

（5）甲□□：隹〔狛〕�？

743 （1）吉

（2）叀牢用，王受又？大吉。

744 （1）癸卯卜：甲㫗？不㫗。冬
〔註96〕夕雨。

（2）罒雨于�，不㫗？允不
啓。

745 （1）于□亡□？

（2）于宮亡𢦏？

（3）不雨？

（4）其雨？

（5）王其迍于�，亡𢦏？

（6）辛巳卜：翊日壬王其迍于
�？

746 ☒大乙于中宗祖乙，又＝？

747 吉。

748 （1）叙�'?

（2）父己卯牢，王受又

（3）二牢，王受又？

（4）三牢，王受又？

749 （一）

750 （1）庚辰□：�"夒？

（2）甲申貞：又彡伐自上甲？
（一）

（3）辛卯貞：其奉生于妣庚、
妣丙一牢？

（4）甲午貞：今戌受禾？

（5）丁酉貞：奉禾于岳，�"五
牢、卯五牛？

〔註96〕冬，釋爲「終」，「冬夕」即「終夕」。

751　（1）壬午卜：㻫又伐父乙？（三）
　　　（2）乙酉卜：又伐自上甲㣯
　　　　　　示？〔註97〕（三）
　　　（3）乙酉卜：又伐自上甲㣯
　　　　　　示，叀乙巳？（三）
　　　（4）乙酉卜：又伐自上甲㣯
　　　　　　示，叀乙未？（三）
　　　（5）乙酉卜：又伐乙巳？（三）
　　　（6）甲午卜：又彡伐乙未？
　　　　　　（三）
　　　（7）乙未卜：令長以望人襲于
　　　　　　𦎫？（三）
　　　（8）戊戌卜：又十牢？
　　　（9）戊戌卜：又十牢、伐五大
　　　　　　乙？（三）
　　　（10）己亥卜：又（十牢）
　　　　　　〔註98〕、伐五大乙？（三）
　　　（11）己亥卜：又十牢？（三）
　　　（12）己亥卜：又十牢祖乙？
　　　　　　（三）
　　　（13）己亥卜：先又大乙廿牢？
　　　　　　（三）
　　　（14）己□□：先□祖□十□？
　　　　　　（三）
　　　（15）己亥卜：先又大甲十牢？
　　　　　　（三）
　　　（16）乙巳卜：叀𠂤，〔註99〕伐？
　　　　　　（三）

752　（1）（一）
　　　（2）（一）
　　　（3）（一）

753　弱往？

754　（1）于□丁祊？
　　　（2）于上甲祊？

755　（1）庚戌☒？
　　　（2）弱又？
　　　（3）一牢？
　　　（4）二牢？
　　　（5）三牢？
　　　（6）□□卜：☒歲☒？

756　（1）甲☒王☒入☒？（二）
　　　（2）乙未卜：隹㦰，〔註100〕卷？
　　　　　　（一）
　　　（3）弗卷？（二）
　　　（4）乙未卜：隹狛卷？（一）
　　　（5）弗卷？（二）
　　　（6）辛酉貞：王曰彷，亡囚？
　　　　　　在入。（二）
　　　（7）弱边，亡囚？（二）
　　　（8）（二）

757　（1）辛弱田，其每？雨？
　　　（2）于壬王迺田，湄日亡戈？
　　　　　　不冓大雨？

758　（1）弱田，其雨？
　　　（2）弱田，其雨？
　　　（3）☒阞☒焚，湄日亡戈？

759　（1）庚午，又卯于𦥑，伐一？
　　　（2）癸酉貞：亡囚？
　　　（3）☒亡囚？

〔註97〕㣯示，姚孝遂〈讀《小屯南地甲骨》簡記〉作「次示」，云即張政烺稱之「它示」，乃
　　　　指「直系先王（大示）以外的先王，即過去甲骨學家所稱旁系先王。」（《古文字研究》
　　　　第一輯）

〔註98〕裘錫圭以為「十牢」二字由（10）、（11）兩辭公用，其說可據，同版（9）辭作「戊
　　　　戌卜：又十牢、伐五大乙？」可證。裘說見〈甲骨文中重文的省略〉，收入《古文
　　　　字論集》頁148，1992年8月。

760　☒〔叀〕〔註101〕☒彡☒？

761　（1）（一）

（2）乙卯貞：又歲于祖乙，不雨？（一）

（3）☒貞：☒？

762　（1）辛巳☒？

（2）弜焚淒彔？

（3）　王叀成〔註102〕彔焚，亡戋？

（4）弜焚成彔？

（5）王叀淒田，湄日亡戋？

（6）叀成田，湄日亡戋？

763　（1）□□卜：小乙卯，叀幽牛，王受又吉

（2）大吉。

（3）吉。

（4）吉。

（5）丁巳卜：祖丁日不冓雨？吉。茲用。

（6）不雨？

764　☒乙☒？

765　丁亥卜：㵇其征茻，王叀弜？

766　（1）于□日乙☒受☒？

（2）祼𨒅二卣〔註105〕，王受又？

（3）三卣，王受又？

（4）祼新𨒅，若𢀜子〔註106〕至，王受又？

（5）弜子至？

767　☒弗每，受年？

768　乙未卜：其彳伊司，叀☒？茲。（一）

769　□京霚雨？

770　（1）☒于☒？

（2）寮于云，雨？

（3）不雨？（二）

（4）（一）

771　（1）癸未貞：叀茲祝用？（一）

（2）癸未卜：叀侯射？（一）

（3）癸未卜：其彳？〔註103〕

（4）弜彳？（一）

（5）甲申卜：其？（一）

（6）乙酉卜：丁亥易日？（一）

（7）不易日？（一）

（8）癸未叀乞骨三。

772　甲申卜：乙酉易日？允易日。（一）（一）（一）

773　（1）叀女☒？

（2）非〔註104〕隹？

774　（1）☒

（2）辛酉卜：酌歲，易日？

（3）癸亥☒：甲子☒彳歲☒上甲三□？（一）

（4）甲子卜：叀王祝？（一）〔註107〕

〔註101〕本句釋文作「☒彡☒？」案該版右上角宜有「叀」字殘筆，見朱師〈正補〉頁251。

〔註102〕字作「𢆶」，釋爲「成」，地名。

〔註103〕疑爲「𨑔」字異體。

〔註104〕字作「𦍋」，爲「𣏟」之異體，從于省吾釋「非」（見《甲骨文字釋林·釋非》）。案《粹》55有「非囚隹若」（屯南3646作「非□□若」），「非隹」宜爲「非囚隹若」之省略句。

〔註105〕字作「𠙶」，釋爲卣。

〔註106〕字作「𢀜」，釋「子」。案花園庄東地卜辭「子」字繁體作此形。如花東17（1）「甲辰歲祖甲一牢，子祝？」（2）「乙巳歲祖乙一牢，𢀜祝？」知「子、𢀜」實同字異體。

〔註107〕有「非囚隹若」（屯南3646作「非□□若」），「非隹」宜爲「非囚隹若」之省略句。

　　　　至，王受又？

775　叀乙丑酌？（三）

776　□子貞：王令𡊄□人甾𢩵方？

777　□乙丑在八月酌：大乙牛三、
　　　祖乙牛三、小乙牛三、父丁牛
　　　三？〔註108〕

778　（1）□王戠𡇡，𢀛？吉。
　　　（2）先王戠𡇡，𢀛？

779　（1）□王其乎監？大吉
　　　（2）吉。
　　　（3）大吉。

780　□戌□？（二）

781　（1）甲午貞：𠬝侯□茲用大乙
　　　羌三□？
　　　（2）□？

782　癸亥貞：旬亡田？（二）

783　（1）甲辰卜：叀戈？茲用。
　　　（2）甲辰卜：𩵋叀戚三牛？茲
　　　用。（三）
　　　（3）于大乙告三牛？不。（三）
　　　（4）于示壬告？不。（三）
　　　（5）□壬告三牛？
　　　（6）丙午卜：告于祖乙三牛，
　　　其往夒？不。（三）
　　　（7）丙午卜：于大乙告三牛，
　　　往夒？不。（三）

785　（二）

786　（1）□叀戊亡戈？永王？大
　　　吉。
　　　（2）不冓雨？吉。

787　□〔丑〕〔註109〕卜：□不雨？

788　□□臾乞骨十。

789　□□卜：翊日戊王其田，湄日亡
　　　戈？吉。

790　于宮亡戈？

791　（一）

792　（1）乙亥□：不□？（一）
　　　（2）□申卜：□禾□？

793　（1）丁亥卜：王其又□？
　　　（2）〔叀〕十小〔宰〕又五，用？

794　（1）丁亥卜：其黍，叀今日丁
　　　亥？
　　　（2）□□卜：兄□粟□又？

795　□四□？

796　（1）（一）
　　　（2）（一）

797　（1）吉。
　　　（2）吉。

798　癸巳□：旬亡□？

799　□伐弜□？（三）

〔註108〕本辭行款下行而右，數量詞位在祭牲之後，較爲少見。同期類似文例如合32087：
　　　「甲午貞：乙未酌高祖亥□大乙羌五、牛三，祖乙〔羌〕□小乙羌三、牛二，父
　　　丁羌五、牛三，亡𡆥？」

〔註109〕《釋文》作「□□卜：□不雨？」案地支「丑」字可由殘文見，宜補入。

往夒？不。（三）

（8）癸卯臭乞⊠骨三。

784 （1）丙午貞：往〔于〕□，亡
田？允⊠。

（2）其征雨？（一）（一）

（3）不征雨？（一）

804 （1）癸⊠？

（2）弜小帝？

（3）癸巳又于𠂤？

（4）〔癸〕⊠〔小帝〕

805 比南⊠？

806 （1）（三）

（2）⊠𡎸以眾入火〔註110〕⊠？

807 戊⊠？

808 其犰？〔註111〕

809 叀〔牝〕？

810 弜劢？

811 ⊠丁三牛〔註112〕⊠？

812 （1）吉。

（2）大吉。

813 （1）叀甲酚？

（2）叀乙酚？

814 不⊠？

815 （1）庚申⊠？

（2）于𤓰麥陷，亡戈？永王？
卑？

（3）大吉。

（4）叀𤓰𦥑〔註113〕，于之卑？
吉。

816 ⊠戈？

800 ⊠其奠，乎⊠？

801 （二）

802 吉。

803 庚⊠？（三）

（2）其冓雨？

820 （1）于祖丁⊠受□？吉。

（2）叀𡥉，王受又？

（3）弜⊠？

821 （1）癸〔亥〕貞：〔旬〕亡〔田〕？
（三）

（2）癸酉貞：旬亡田？（三）

822 （1）叙𡎸？

（2）其召𡪌小乙，王受又？

（3）于姚庚，王受又？

（4）召姚庚，若酓于升，王受
又？

823 ⊠風？

824 （1）丁卯卜：來辛酚？

（2）甲戌卜：𧊸以牛，于大示
用？

825 万𠓥，〔其〕⊠？

826 （1）大吉。

（2）吉。

827 （1）⊠

（2）甲辰貞：今日奉禾自上甲
十示又三？

（3）⊠〔岳〕⊠〔燊〕⊠臺⊠
雨？

828 辛丑貞：⊠？

〔註110〕字从入从火，或爲合書「入火」，或作「𠓥」字省體，然皆表氏族名。

〔註111〕《釋文》作「七犬」。案「七、犬」雖貌爲分書，仍應視爲一字，即牝犬也。

〔註112〕《釋文》作「⊠丁三⊠」。案三字下宜有牛字殘筆，見朱師〈正補〉頁251。

〔註113〕「𦥑」，氏族或地名，即古曾國地。

817 （1）曹五牢，王受□？
　　（2）曹十牢，王受又？
　　（3）叀五牢曹，王受又？
　　（4）叀十牢曹，王受又？
　　（5）夤二牢？

818 弜賓？

819 （1）王其田，□？

832 （二）

833 用？

834 □聂□？

835 （1）丁□伐□？
　　（2）□□卜：□彡□祖丁？

836 （三）

837 吉。

838 吉。

839 （1）吉。
　　（2）吉。

840 □雨？

841 □王受又？大吉。

842 （1）（一）
　　（2）（一）
　　（3）□？

843 （二）

844 （1）□〔酉〕貞：王〔令〕□？
　　（2）（二）
　　（3）（二）

845 □易日？

846 □大雨？

847 〔叀〕□？

848 癸未□？

849 辛亥。

850 □貞：□？

851 （一）

852 〔戊〕□？

829 （1）吉。
　　（2）吉。

830 （1）丙寅貞：祖丁日亡〔巷〕？
　　（2）不冓雨？

831 （1）□□卜：□？
　　（2）□辰卜：王□？

856 （1）辛亥貞：又歲于大甲？茲
　　　　用□酚五牢。（一）
　　（2）弜又？（一）
　　（3）弜又？
　　（4）□牢？
　　（5）丙寅貞：又彡歲于中丁？
　　　　茲用。

857 （1）癸亥貞：昭□？
　　（2）不受禾？
　　（3）辛未貞：其𤰒多𠂤？
　　（4）其刖〔多〕𠂤？
　　（5）甲□其□帚？

858 □□貞：王□？

859 □其〔令〕伐〔註114〕龜？

860 （1）其雨？
　　（2）〔不〕雨？
　　（3）其雨？

861 （1）癸酉□：其〔罕秋〕？
　　（2）□辛巳酚？茲用。

862 （1）癸亥貞：王其奠　？
　　（2）（二）
　　（3）□〔衛〕□？〔註115〕

863 □□貞：今日乙不□？

864 大吉。

865 （1）一人？
　　（2）二人？
　　（3）三人？

〔註114〕字作「才」，爲伐字省體。

〔註115〕《釋文》無第三條辭，該辭有「衛」字，宜補。見朱師〈正補〉頁254。

853　（一）

854　☒日☒？

855　（一）

　　　（5）甲午貞：于☒告☒，其步？
　　　　　（一）

　　　（6）甲午貞：于父丁告妻，其
　　　　　步？

　　　（7）弜告妻，其步？（一）

　　　（8）☒☒貞：☒〔令〕比☒舟
　　　　　冉☒奠？

　　　（9）甲辰？

　　　（10）乙巳貞：☒？

867　（1）辛☒？

　　　（2）其告黿于上甲一牛？（三）

　　　（3）壬午卜：其畗〔註117〕黿于
　　　　　上甲，卯牛？（三）

　　　（4）（三）

　　　（5）（三）

868　丙戌卜：畗夕☒？

869　☒〔令〕〔註118〕☒方☒？

870　（1）☒戌☒？

　　　（2）☒奉☒？

871　☒牽☒亡至⊠？

872　（1）丁亥☒？

　　　（2）☒為其亡☒？

　　　（3）☒？

873　（1）伐〔永〕☒？

　　　（2）于☒𩵋田伐☒方，𦥑？戈？
　　　　　不雉〔眾〕？

　　　（3）☒？大吉。

866　（1）辛巳貞：王☒𢆶比☒？

　　　（2）☒巳貞：𢆶以妻于☒乃
　　　　　奠？（一）

　　　（3）癸巳貞：王令妻生月？（一）

　　　（4）癸〔註116〕午貞：告其步祖
　　　　　乙？（一）

876　（三）

877　☒☒貞：其令☒？

878　（1）☒☒☒：☒〔亡〕☒？

　　　（2）癸卯貞：旬亡⊠？

　　　（3）癸丑貞：旬亡⊠？

　　　（4）癸亥貞：旬亡⊠？

　　　（5）☒酉☒：旬亡⊠？

879　（1）其又𢏳〔咎〕☒？

　　　（2）戈？茲酌。（一）

880　（1）弜巳☒？

　　　（2）吉。

　　　（3）☒眾春☒〔受〕人☒𡆥土
　　　　　人，又戈？

　　　（4）叀〔戌〕☒？吉。

　　　（5）王其乎眾春戌受人☒〔𡆥〕
　　　　　土人眾十不人，又戈？大
　　　　　吉。

881　（1）癸未貞：旬亡⊠？

　　　（2）癸巳貞：旬亡⊠？

　　　（3）癸卯貞：旬亡⊠？

882　（1）二牢？

　　　（2）三牢？

　　　（3）又羌？

　　　（4）又☒牢？

883　奉于☒？

884　（1）☒☒貞：☒亡⊠？

〔註116〕刻寫干支錯誤，原意宜為甲午。

〔註117〕字作「𣫚」，與屯868版「𣫚」（畗）同字，形體小異。

〔註118〕《釋文》無「令」字，宜補。見朱師《正補》頁254。

874　（1）弜又歲？
　　　（2）召于小乙？
　　　（3）一牢？
　　　（4）二牢？
　　　（5）十羌？

875　□□貞：其☑〔大〕丁、大□、
　　　祖乙☑？

885　（1）（二）
　　　（2）（二）
　　　（3）（二）
　　　（4）乙亥貞：隹大庚？（二）
　　　（5）弜⊗大庚？（二）
　　　（6）己卯貞：☑？（二）

886　（1）□未卜：日于父☑？吉。
　　　（2）叙埶？
　　　（3）☑牢？吉。

887　（1）卯伐？
　　　（2）于祖乙用羌？

888　（1）王☑田☑？
　　　（2）叀亞戋田省？
　　　（3）叀向田省？
　　　（4）不冓雨？

889　〔卯牛二〕？

890　（1）奉禾于河，焚三□、沉三
　　　　〔牛〕？
　　　（2）癸未貞：甲申酚出入日，
　　　　歲三牛？茲用。（三）
　　　（3）癸未貞：其卯出入日，歲
　　　　三牛？茲用。（三）
　　　（4）出入日歲卯☑？不用。（三）
　　　（5）甲申貞：其☑？（三）
　　　（6）叀羊？
　　　（7）丁亥貞：奉〔禾〕☑？茲
　　　　用。（三）

（2）□□□：□亡□？
（3）癸巳貞：旬亡田？（一）
（4）癸卯貞：旬亡田？（一）
（5）癸丑貞：旬亡田？（一）
（6）癸□□：〔旬〕□田？（一）
（7）癸酉□：□□□？（一）
（8）癸□貞：□□田？（一）

896　（1）甲雨？
　　　（2）不雨？

897　叀徇田，屯日亡戋？弗□？茲
　　　用。

898　□丑卜：今日辛王其田，湄日亡
　　　〔戋〕？吉。

899　（1）丁亥貞：☑？
　　　（2）☑〔貞〕☑？

900　（1）〔丁〕未貞：弜〔心〕□上
　　　　甲？
　　　（2）己酉貞：辛亥其彳于☑？
　　　（3）□一牛？
　　　（4）□□貞：上甲ナ，于大乙
　　　　卯？
　　　（5）己酉貞：上甲ナ□牛？

901　于盂☑？

902　（1）叀壬戌步？
　　　（2）☑辰〔步〕？

903　罕？

904　□雨？

905　（1）癸酉瓬貞：旬亡〔田〕？
　　　　（一）
　　　（2）癸未瓬貞：☑？（一）（一）

906　☑妣癸☑五？

907　☑不〔註119〕亦☑方？

〔註119〕《釋文》無「不」字，今補。見朱師〈正補〉頁254。

891　（1）〔叀〕☒？
　　　（2）☒？

892　辛卯貞：□其☒？

893　□父丁？

894　丁丑卜：☒？

895　（1）三牢？（一）
　　　（2）弜又？

912　癸丑貞？王令剛彡？

913　罕黽？

914　（1）弜奉禾？
　　　（2）弜奉禾？（一）
　　　（3）河寮牢，沉？〔註120〕（一）
　　　（4）〔岳〕寮〔小〕宰〔卯〕牛一？
　　　（5）丁酉貞：☒？

915　（1）射，王受又？吉。用。
　　　（2）弜射？吉。

916　（1）（三）
　　　（2）辛未貞：奉禾于高，眔河？

917　（1）辛巳卜：才羊百、犬百、□百？（三）
　　　（2）辛巳卜：于既湔𡿫才？（三）
　　　（3）于既品？（三）
　　　（4）其湔，又告？（三）
　　　（5）乙酉卜：卲簸旌于婦好，□犬？
　　　（6）☒簸☒？
　　　（7）☒田？
　　　（8）乙酉□：簸旌亡田？
　　　（9）丁☒亡告☒田？

908　（1）一牢？
　　　（2）二牢？
　　　（3）三牢？

909　叀羍？

910　壬子〔觳示〕。

911　（1）戊寅☒？
　　　（2）己卯貞：奉禾于示壬三牢？
　　　（3）□酉貞：于伊□丁亥？

921　（1）癸酉貞：奉禾☒？
　　　（2）□□貞：弜☒〔即〕于上甲☒？
　　　（3）〔丙〕戌卜：雨？

922　甲子卜：其酚劦日大乙，其召于祖乙？茲用。

923　（1）甲辰卜，貞：乙巳王步？
　　　（2）于丁未步？
　　　（3）丙午卜，貞：王叀步？
　　　（4）叀丙又父丁伐？
　　　（5）丙午卜，貞：丁未又父丁伐。
　　　（6）丁未卜，貞：戊申王其陷，罕？
　　　（7）弗罕？

924　丙寅戜☒。

925　☒〔寅〕〔註121〕貞☒？

926　（1）叙□？
　　　（2）☒上甲☒？

927　（二）

928　（1）癸巳□；□亡田？
　　　（2）□卯□：旬亡田？

929　（1）癸□貞：□亡□？（三）

〔註120〕沉字作「𡿫」，从牛在水中之形。或可謂「沉牛」合文。

〔註121〕《釋文》作「☒貞☒？」案貞字上有「寅」字殘筆，今補入。

918　□□貞：王令旁〔註122〕〔方〕
　　牽？

919　（1）丙寅貞：叀丁卯告□？
　　（2）□巳卜：其秭□？
　　（3）□寅□告于祖乙？

920　（1）王〔弜〕□？
　　（2）癸丑貞：王令剛䧹占侯？
　　（3）王弜令剛？
　　（4）□□貞：□歲□父丁□牢？
　　　　大牢？
　　（5）己□？（三）
　　（6）乎于滴？
　　（7）（三）
　　（8）（三）

931　其雨？

932　（1）□酉貞：〔四〕方又羌□眾？
　　（2）戊午貞：牽雨？（二）
　　（3）戊午貞：牽雨？

933　（1）叀乙卯酚？（二）
　　（2）叀乙丑酚？（二）
　　（3）叀乙亥酚？（二）
　　（4）叀乙酉酚？（二）
　　（5）叀乙□？（二）
　　（6）乙巳□？（二）
　　（7）（二）

934　（1）□小示□？
　　（2）□比亞〔侯〕〔註123〕□？

935　（1）丙寅貞：丁卯酚，夓于父
　　　　丁四宰，卯□？
　　（2）其五宰？
　　（3）（一）
　　（4）叀今日令或？（一）
　　（5）于庚令或？（一）

（2）癸亥貞：旬亡田？（三）
（3）癸酉貞：旬亡田？（三）
（4）癸〔未〕貞：旬亡田？

930　（1）
　　（2）貞：其乎龜于帝五丰臣，
　　　　于日告？
　　（3）□入商？左卜㞢曰：弜入
　　　　商。
　　（4）甲申，龜夕至，乎，用三
　　（4）甲申貞：王其米以祖乙眔
　　　　父丁？
　　（5）甲申貞：宀以□？
　　（6）庚寅貞：王米于囧以祖乙？
　　（7）其宀以□以□？
　　（8）庚寅貞：王其米，叀□？

937　（1）癸亥貞：旬亡田？
　　（2）癸酉貞：旬亡田？
　　（3）癸未貞：旬亡田？
　　（4）癸巳貞：旬亡田？
　　（5）癸卯貞：旬亡田？
　　（6）癸丑貞：旬亡田？
　　（7）癸亥貞：旬亡田？

938　（1）令□？
　　（2）不雨？

939　（1）（三）
　　（2）（三）
　　（3）（三）
　　（4）（三）
　　（5）（三）
　　（6）壬寅貞：□？茲用。

940　（1）乙亥卜：來甲申又大甲十
　　　　牢、十伐？（二）
　　（2）□申卜：□大□十牢、十
　　　　伐？（二）

〔註122〕《釋文》作「□□貞：王令旁□方牽？」案方字上直接旁字，作「旁方」解，□
　　　　號不用。見朱師〈正補〉頁254。

〔註123〕《釋文》作「比亞」無侯字。案侯字殘筆仍存，今補。

(6) 茲□。(一)
(7)庚午卜：今日令祉戒？(一)茲用。
(8)庚午貞：王□令戒歸？(一)
(9)辛未卜：[illegible]二大示？(一)
(10)辛未卜：[illegible]以眾甾？(一)
(11) 不受又？(一)

936 (1) 甲申貞：[illegible]？〔註124〕
(2) 弜米？
(3) ▨？

942 (1) 弜▨龍▨？
(2)〔易龍〕兵？
(3) 戉[illegible]？
(4) 王叀〔戉〕[illegible]令比▨？
(5) 弜？吉。

943 (1) 辛□□：▨河▨？(一)
(2)辛卯貞：其桒禾于河，尞二牢、沉牛二？(一)
(3)河尞三宰，□牛三？(一)
(4) □卯貞：□禾□〔河〕弜□叀□？(一)
(5)〔辛卯貞〕：▨？

944 (1) □戌□：▨？
(2) □亥貞：丙亡囚？
(3) □子貞：丁亡囚？
(4) 丁丑貞：□亡囚？
(5) 戊寅貞：□亡囚？
(6) □□□：□□囚？
(7) 辛巳貞：壬亡囚？
(8) □□：〔癸〕□□？
(9) 癸未□：□□囚？
(10) 乙〔酉〕貞：□亡囚？
(11) 丙戌貞：丁□□？
(12) □亥□：戊亡囚？

941 (1) 丙寅卜：▨？
(2) 其雨？(一)
(3) 丙寅卜：〔犬〕告，王其田▨？(一)
(4) 丁卯卜：王往田，亡𢦔？
(5) 比▨？
(6) 丁〔卯〕卜：□日不雨？(一)
(7) 其雨？(一)
(8) 辛未卜：□往田，亡𢦔？(一)

947 (1) 癸亥貞：旬亡囚？(一)
(2) 癸酉貞：旬亡囚？
(3) 癸未貞：旬亡囚？
(4) 癸巳貞：旬〔亡〕囚？

948 (1) 己未卜▨？
(2) 弜賓▨？
(3) ▨各▨賓？

949 (1) 叀▨？
(2) 于辛卒？
(3) 不雨？

950 丁未卜：今日𢼄？

951 ▨羽乙巳彡，▨至于父丁？

952 ▨餗彡于父▨？

953 (1) 戊□□：王▨？
(2)□巳卜：〔王〕往田，亡𢦔？

954 (1)〔弜〕▨？
(2) 辛酉貞：大乙戠一牢？
(3) □牢？

955 (1) 戊▨？
(2) □巳卜：王其□，亡𢦔？

956 (1) 癸丑貞：旬亡□？
(2) 癸未□：□亡囚？

957 (1) 父己、中己、父庚▨？
(2) ▨日彡▨？

〔註124〕作動詞用。

945 （1）☑俎牢？
　　（2）庚申不雨？
　　（3）癸亥貞：〔冓〕☑？（三）

946 （1）☑圭又伐自大乙☑？茲
　　（4）甲子貞：〔冓〕？
　　（5）丙申貞：于☑王又彡伐于
　　（6）☑？
　　（3）☑彡歲于☑乙☑？

　　（4）☑人戠？
　　（5）己巳卜：乙亥易日？（二）
　　（6）不易日？
　　（7）己巳卜：乙亥易日？（二）
　　（8）不易日？
　　（9）戊戌貞：叀亞鼻以人戠？
　　（10）☑大☑？

962 （1）于喪□□？吉。
　　（2）于宮亡戈？
　　（3）不雨？
　　（4）弘吉。
　　（5）弘吉。
　　（6）弘吉。
　　（7）吉。
　　（8）吉。

963 （1）丁亥貞：其令☑？
　　（2）于小丁钔？
　　（3）于☑钔？
　　（4）☑钔？

964 □巳卜：眔雨罷，叀壬☑？

959 弜☑☑叀馘？吉。
　　（2）☑？
960 ☑小☑牢？
　　（3）吉。
　　（4）吉。
961 （1）庚申卜：又土，叀羌，俎
　　　　小宰？
　　（2）癸亥卜：又☑，叀羌，俎
　　　　一小宰？（二）（二）
　　（3）乙丑貞：叀亞鼻以人戠？
　　　　（二）（二）

972 （1）癸亥貞：□□□？
　　（2）癸酉貞：旬□□？
　　（3）□未□：□□□？

973 癸酉☑？

974 （1）己亥貞：來乙其酌五牢？
　　（2）己亥貞：餗，弜瑟酌，即？
　　（3）甲寅卜：乙卯叔？
　　（4）不叔？

975 （1）（三）
　　（2）（三）

976 （1）庚午卜：辛雨？（二）
　　（2）庚午卜：辛雨？（二）

977 （1）□□貞：□亡□？（二）
　　（2）□丑貞：旬亡囚？

978 （1）癸巳貞：于岳☑？
　　（2）丁酉貞又：于伊丁？
　　　　〔註125〕

979 （1）（一）
　　（2）不雨？（一）
　　（3）其雨？
　　（4）不雨？
　　（5）乙〔丑〕貞：☑？

〔註125〕丁，《釋文》作「祊」。案卜辭稱伊尹爲「寅尹」、「伊尹」、「伊尹丁」等，祭祀干支並在丁日，本辭「伊丁」宜爲「伊尹丁」之省。

迺令？

966 （1）弗及？
　　（2）☒晶☒钔伐☒戋？

967 ☒馬弜☒用二升？

968 丙子卜：畐☒？

969 （1）弜又夋？（三）
　　（2）☒牛〔註126〕☒？

970 吉。

971 ☒丁酓☒，王受又？

984 （1）丁☒？
　　（2）辛其遘雨？
　　（3）叀田☒羌〔註127〕束，不遘
　　　　雨？

985 （1）丁丑貞：其雨？（一）
　　（2）其雨？（一）
　　（3）庚辰貞：今日庚不雨，至
　　　　于辛其雨？（一）（一）

986 罕☒？

987 （1）王☒？大吉。
　　（2）壬其雨？
　　（3）王☒？
　　（4）吉。

988 丁丑臾☒。

989 ☒受，亡戋？

980 （1）（一）
　　（2）（一）
　　（3）（一）

981 （1）戊辰☒己羊☒？（二）
　　（2）其出？

982 （1）（三）
　　（2）（三）

983 （1）庚☒？
　　（2）（一）

994 （1）己酉貞：王亡𦣞𠦪土方？
　　（2）癸亥？
　　（3）丁？（二）
　　（4）癸亥貞：王其伐盧羊〔註
　　　　128〕，告自大乙。甲子自
　　　　上甲告十示又一牛？茲
　　　　用。在枼〔註129〕四陮。

995 亦雨？

996 （1）〔弜〕又？
　　（2）二牢？茲用。（一）
　　（3）三牢？茲用。（一）
　　（4）庚寅貞：又彡歲于祖辛？
　　　　（一）
　　（5）弜又？（一）
　　（6）一牢？（一）

〔註126〕《釋文》作「☒？」案應補牛字。

〔註127〕羌字作「」，與「」、「」字形同意，與一般羌字不同，有別嫌意味。此宜作
　　　　地名用，以別于「伐羌」之羌。

〔註128〕羊字作「」。「盧」爲地名，朱師云：「卜辭言殷王伐祭以羊於地，祭祀的對象
　　　　是由大乙開始。此用羊祭，與下文言用牛祭告上甲等十一示可相對照」見朱師〈正
　　　　補〉頁256。

〔註129〕字作「」，釋「枼」。宋鎮豪以爲「枼陮」是武丁之後「爲了保障道路的安全暢
　　　　通」、「常設性的軍事據點」，「枼四陮」即所設置據點的第四站（《夏商社會生活史》
　　　　頁208）。

990　（1）癸□貞：旬亡囚？
　　　（2）癸巳貞：旬亡囚？
　　　（3）癸卯〔貞〕：旬亡囚？
　　　（4）（一）

991　（1）戊申卜：羽庚戌令戈歸？
　　　（2）癸丑卜：于□□沚〔或〕
　　　　　〔註130〕□？

992　☒钔史？

993　□□卜：其又彡歲于大乙三
　　　〔牢〕？

998　（1）弜☒？
　　　（2）☒婦☒？〔註131〕

999　在卣〔註132〕逐☒？

1000　（1）〔于〕上甲奭？
　　　 （2）☒貞：其令☒？

1001　丙申卜：其罗？戊戌允罗。

1002　（1）□□〔貞〕：□亡□？
　　　 （2）癸卯貞：旬亡囚？
　　　 （3）癸丑貞：旬亡囚？（三）
　　　 （4）癸亥貞：旬亡囚？（三）
　　　 （5）癸□貞：旬亡囚？（三）
　　　 （6）癸未貞：旬亡囚？（三）

1003　（1）其又羌五？
　　　 （2）十人，王受又？
　　　 （3）□〔十人〕，王受又？

1004　（1）叀羊？
　　　 （2）☒婦辛？吉。

1005　丙子卜：祖丁莫裕羌五人？吉。

1006　（1）□□貞：□□□？

（7）二牢？茲用。
（8）弜又？

997　（1）乙酉卜：王往☒？
　　　 （2）乙酉卜：犬來告又鹿一，
　　　　　王往逐？
　　　 （3）弗婦？
　　　 （4）辛卯卜：〔王〕往田，亡戈？
　　　 （5）壬辰卜：王往田，亡戈？
　　　 （6）戊戌卜：王往田，亡戈？
　　　 （7）□□□：王往田，亡戈？
　　　 （4）庚辰貞：至河，亞其市鄉
　　　　　方？（一）
　　　 （5）辛卯貞：比戰涉？（一）
　　　 （6）辛卯貞：比戰盧涉？（一）

1010　（1）乙亥卜：王其〔聂〕〔註133〕
　　　　　眾☒？
　　　 （2）☒受人，亡戈？

1011　（1）己丑卜：妣庚歲二牢？
　　　 （2）三牢？
　　　 （3）己丑卜：兄庚富歲牢？
　　　 （4）三牢？
　　　 （5）壬辰卜：母壬歲叀小宰？

1012　（1）己未貞：☒？
　　　 （2）□□貞：☒祖☒告？（一）

1013　（1）庚申卜：王其省戈田于辛，
　　　　　屯日亡戈？
　　　 （2）于壬，屯日亡戈？杳王？
　　　　　茲用。
　　　 （3）☒王其省戈田于乙，屯日
　　　　　亡〔戈〕？杳王？

〔註130〕或，《釋文》以爲「戈」字。案武乙刻辭有大量「沚或」例，本辭「或」字左下有
　　　　一點畫，爲口形殘餘，字宜視爲「或」。

〔註131〕《釋文》無「婦」字，今補。見朱師〈正補〉頁256。

〔註132〕「卣」字作「卣」下從山，《釋文》云從火，非。

〔註133〕「王其眾」不詞，眾字上宜有「聂」字殘筆，今補。見朱師〈正補〉頁256。

（2）癸卯貞：旬亡囚？

（3）癸丑貞：旬亡囚？

（4）癸□貞：旬亡囚？

1007　（1）☒〔風〕于伊奭？

（2）☒〔伊〕奭犬☒？

1008　（1）庚☒？

（2）叀戌永令，王弗每？

（3）☒其取在演☒衛凡于隻☒，王弗每？

1009　（1）戊寅卜：ㄓ？己卯允ㄓ。

（2）不啓？（一）

（3）庚辰貞：方來，即史于犬征？（一）

1016　〔戊〕寅貞：王☒？

1017　（1）癸□貞：□□□？

（2）癸未貞：旬亡囚？

（3）〔癸〕巳貞：旬〔亡〕囚？

1018　☒丁卯彤☒，亡尤在囚？

1019　□□卜：王其田？

1020　（1）又囚？
〔註134〕
（2）癸卯貞：囚亡〔註135〕？（一）

（3）又囚？（一）

（4）又囚？（一）

（5）又囚？

1021　（1）王其田麟，湄〔日〕不冓□？

（2）其冓雨？

（3）□其田麟剿〔註136〕□？

1022　（1）〔弜〕☒？

（2）弜庸？不。（一）

（3）庚申卜：歲其庸？（一）

（4）庚□□：歲□□丁其□？茲用。（一）

1014　（1）甲□卜：又歲于高祖？

（2）甲辰卜：毓祖乙歲牢？

（3）二牢？

（4）甲辰卜：毓祖乙□，叀勹牛？

1015　（1）弜獸彡，其令伐土方？（一）

（2）甲辰□：伐于七大示？不□。（一）

（3）于十示又二又伐？茲用。

（4）甲辰卜：又祖乙歲？

（5）☒貞：□〔令〕□〔以〕眾□于又？

（6）甲☒？

（3）（一）

（4）其雨？（一）

（5）其雨？

（6）其〔雨〕？

1028　☒盂畐，王☒？

1029　（1）叀〔辛〕禱？

（2）叀癸禱？

（3）□□〔禱〕？（一）

1030　（1）癸卯貞：其木小乙？

（2）☒雨？

（3）□□卜：雨？

1031　（1）于丁☒戈？（一）

（2）癸酉卜：父甲夕歲，叀牡？茲用。（一）

（3）☒牝？茲用。（一）

1032　☒其射贸兒，不冓大雨？

1033　（1）（二）

（2）（二）

（3）（二）

（4）其莘龍？

1034　（1）癸丑卜，貞：旬亡囚？

〔註134〕本版刻辭字體拙劣，似爲習刻，特記於此。

〔註135〕「囚亡」爲「亡囚」之誤。

〔註136〕剿，該字在本版字無刀旁，宜爲一字。

1023　癸亥貞：旬亡囚？（一）

1024　（1）庚☒于☒茲☒？

　　　（2）〔丙〕☒貞：☒酚☒窆☒钋
　　　　　于父丁妝十？

　　　（3）辛未貞:〔其〕☒叀羿隹屮？

　　　（4）辛未貞：☒三救〔古〕？

　　　（5）辛未貞：于〔大〕甲告？

1025　☒曰☒？

1026　☒戈？

1027　（1）（一）

　　　（2）其雨？（一）

1035　（1）丁酉☒：其〔立〕衒？

　　　（2）弱立衒？

　　　（3）☒酉貞：其龜〔隻〕☒河，
　　　　　貪五牢、沉五牛？（三）

1036　（1）不雨？

　　　（2）☒甲雨？

1037　（1）丁丑貞：☒？

　　　（2）丁丑☒？

1038　（1）☒☒卜：貪〔于河三〕16？
　　　　　（一）

　　　（2）〔☒未☒：貪〔于〕岳二☒？
　　　　　（二）

1039　（1）丁巳卜：王其往田，☒？

　　　（2）弱往？

1040　（1）（一）

　　　（2）（一）

1041　丙午貞：王令乴☒？

1042　（1）己亥卜：其取☒？

　　　（2）弱取示？茲用。

　　　（3）其用茲卜，受又？

　　　（4）☒占☒父甲？

　　　（5）辛巳卜：上甲貪，大乙、
　　　　　大丁、大甲、父☒？

（7）癸酉貞：旬亡囚？（二）

（8）癸巳貞：旬亡囚？（二）

（9）癸卯貞：旬亡囚？

（10）癸丑貞：旬亡囚？

1046　（1）隹祖庚〔壴〕？

　　　（2）隹祖辛〔壴〕？

　　　（3）隹祖乙〔壴〕？

　　　（4）隹祖☒壴？

　　　（5）〔貞〕☒？

　　　（6）〔隹壴禾〕？

　　　（7）☒〔雨〕，大屰☒？

1047　（1）庚午貞：壴以氿？

　　　（2）辛未貞:王令竝以乴于斁？

　　　（3）辛☒貞：☒☒☒于斳？

　　　（4）辛未貞：壴以氿？

1048　（1）庚寅卜：〔其〕☒？（一）

　　　（2）弱万万桒？（一）

　　　（3）丁酉卜：其又歲于父戊？
　　　　　（一）

　　　（4）弱〔又〕？

1049　（1）辛丑貞：庚☒？

　　　（2）丁〔未〕貞：☒〔方〕在🐟？
　　　　　四月。

〔註137〕原應爲「癸亥卜，貞」，誤刻。

〔註138〕例同上，應作「癸未卜，貞」。

1043　（1）（三）
　　　（2）（三）
1044　（1）癸卯貞：旬亡〔囚〕？
　　　（2）癸丑□：旬亡〔囚〕？（一）
　　　（3）（一）
　　　（4）癸□貞：旬亡囚？
　　　（5）癸丑貞：旬亡囚？
1045　（1）癸酉貞：旬亡囚？（二）
　　　（2）癸未貞：旬亡囚？（二）
　　　（3）癸巳貞：旬亡囚？（二）
　　　（4）癸卯貞：旬亡囚？（二）
　　　（5）癸丑貞：旬亡囚？（二）
　　　（6）癸亥貞：旬亡囚？（二）

1050　（1）乙巳貞：其畲𠂤，告于□？
　　　（2）甲戌貞：乙□步自木？
　　　（3）弜剛于帚？
　　　（4）辛巳貞：其剛于祖乙帚？
　　　（5）弜剛？（一）
　　　（6）□□貞：□彡歲□乙牢□
　　　　　羽日？（一）
　　　（7）□子貞：□彡□于父丁大
　　　　　牢，丁丑？茲用。（一）
　　　（8）戊子貞：竝亡囚？
1051　（1）（三）
　　　（2）（三）
　　　（3）弜□？（三）
　　　（4）庚□其告□往□？（三）
　　　（5）叀𣂪牛用？（三）（三）
　　　（6）庚辰貞：亞龜亡囚？（三）
1052　□其奉□？
1053　（1）□叀□？允伇。（三）
　　　（2）丁未□：于上甲乎雨？
　　　（3）（三）
　　　（4）（三）

（3）丁未貞：□方其□？（一）
（4）癸丑貞：召□立隹𤴐于
西？
（5）□召方立隹𤴐于西？（一）
（6）己未貞：王令芈□于西土，
　　亡𢦏？（一）
（7）癸亥貞：□疒□又？（一）
（8）□亡□？
（9）□□貞：□？
（10）其獸？
（11）其条？

（2）叀父庚竷用，隹父甲正，
　　王受又？
（3）庚子卜：其餗〔新〕□糞□
　　酉？
1056　（1）（二）
　　　（2）癸卯貞：竝不至？（二）
　　　（3）□申〔貞〕：其史□于河，
　　　　　雨？
1057　（1）弜□？
　　　（2）其又亞遘，叀豚□又？
1058　（1）庚日不雨？
　　　（2）不伇？
1059　（1）乙丑□侯商□告□？（三）
　　　（2）乙丑貞：王其奠𡇢侯商于
　　　　　父丁？（三）
　　　（3）乙丑貞：王令□？（三）
　　　（4）〔己巳〕貞：商于𡥆奠？
　　　　　（三）
　　　（5）己〔巳〕貞：商于𡥆奠？
　　　　　（三）
　　　（6）乙亥貞：王其夕令𡇢侯商
　　　　　于祖乙門？（三）

1054 （1）乙亥貞：魚？（二）

（2）不力？（二）

（3）乙亥貞：魚亡囚？（二）

（4）己〔卯〕貞：力？（二）

（5）不□？（二）

（6）己卯貞：亡囚？（二）

（7）甲〔午〕貞：其禮，〔風〕？
（二）

（8）〔弜〕□？（二）

（9）于祖乙禮？

（10）于大□禮？（二）

（11）于〔祖乙〕□？

（12）于大甲禮？

1055 （1）丁丑卜：餗，其酉于父甲，
又麂，叀祖用□？

1061 （1）□隹父甲正王，王受又？

（2）□麂〔註139〕□父甲正，王
受又？

1062 （1）酒酉于夒？（一）

（2）丙寅貞：又𡥀，叀小宰、
卯牛一？茲用。不雨。
（二）

（3）丙寅貞：夒三〔小〕宰，
卯牛三？（二）

（4）丙寅貞：又歲于伊尹二
牢？（二）

（5）丙寅貞：叀丁卯夒于𡥀？
（二）

（6）〔丙〕寅〔貞〕：于庚□酉
□于𡥀？（二）

（7）丁卯貞：于庚午酉，夒于
𡥀？（二）

（8）戊辰〔卜〕：及今夕雨？（二）

（9）弗及今夕雨？（二）

（10）乙巳貞：□？（二）

（11）己巳貞：庚午酉，夒于
□？（二）

于祖乙門？（三）

（7）于父丁門令𠻗侯商？（三）

（8）丁亥貞：王其汏方奴，乎
𨙯史？（三）

（9）丁亥貞：今日王其夕令𡥀
以方十示又□？（三）

（10）壬辰卜：其𡆥广于四方三
羌又九犬？（三）

1060 （1）壬寅卜：其祝□？

（2）壬寅卜：祝于妣庚罕小妾
□？（一）

（3）于翌日癸？（一）

（4）小宰？（一）

（5）叀牛？（一）

（6）丙午卜：畐歲二牢？

1066 （1）□□貞：𡥀以伐□〔于〕
北土？（二）

（2）（二）

（3）（二）

（4）（二）

（5）冓？

（6）癸酉貞：𡥀以伐□北土？
（二）

（7）□以伐□？

（8）□〔寅〕貞：王□北方，
叀□伐令途□方？

（9）丁亥貞：□令冓〔取〕□
□方？

（10）丁亥貞：王令保老因侯
商？

（11）丁亥貞：王令陝彭因侯
商？

（12）庚寅貞：王其正〔北〕方？

1067 王□？

1068 （1）（二）

（2）（二）

〔註139〕《釋文》云：「當為麂，凡缺橫劃。」

　？（二）

（12）□申卜：□？

（13）癸酉卜：又耏于六云五
　　　豕，卯五羊？（二）

（14）丙□？（二）

1063　（1）雨？

　　　（2）壬申貞：今戌受禾？

　　　（3）不受禾？

1064　（1）（二）

　　　（2）甲□夒〔乞〕□。

1065　（1）丁卯卜：祝龍？在□。茲
　　　　　用。（一）

　　　（2）祝祖□？

　　　（3）至小乙？

　　　（4）□用□？

1074　（1）戊□貞：□？（一）

　　　（2）戊辰貞：戠一牛于大甲眔
　　　　　珏？（一）

　　　（3）戊辰貞：自□〔召〕方？
　　　　　不用。（一）

　　　（4）戊辰貞：自迌□〔方〕？
　　　　　　（一）

　　　（5）己巳貞：又于河？

　　　（6）己巳貞：又于王〔亥〕？
　　　　　茲用。辛□。（一）

1075　（1）丙寅卜：其聂□？（一）

　　　（2）□？

1076　（1）□夒邕□，卯牛？

　　　（2）□召□？

1069　□〔王〕往田，亡戈？（一）

1070　□又卑〔註140〕，犬□王其匕
　　　卑？

1071　□大□？

1072　（1）弜戰？

　　　（2）癸未貞：其餗？

　　　（3）弜餗？

　　　（4）于生月餗？

1073　（1）□王□？

　　　（2）□亡？〔註141〕用。

　　　（3）吉。（一）

1083　（1）（一）

　　　（2）甲辰貞：又歲于小乙牢？
　　　　　茲用。（一）

1084　□〔戰〕□？吉。

1085　〔癸〕未貞：□？

1086　（1）癸□貞：□亡□？

　　　（2）癸酉貞：旬亡囚？

　　　（3）□未貞：旬□囚？

1087　（1）□？

　　　（2）叀耻令毁田？

　　　（3）叀黿〔註142〕□毁田？

1088　（1）甲辰卜：新邕王其公聂
　　　　　〔註143〕，王受又？

〔註140〕《釋文》作「□犬□王其匕，卑？」案犬字上宜有「又卑」，今補。見朱師〈正補〉
　　　　頁257。

〔註141〕釋文作「亡用」，不詞。案應爲「亡戈？茲用。」之省。

〔註142〕《釋文》無「黿」字，今補。

〔註143〕語序移位，宜作「王其聂公新邕？」或「王其聂新邕于公」。

1077　（1）庚戌□：辛亥□眔舀
　　　〔註144〕□西北□？（一）
　　　（2）弗受又？（一）
　　　（3）□□貞：☑酉☑？
　　　（4）□卯貞：☑？

1078　（1）☑〔彔〕☑祖☑？
　　　（2）甲辰卜：禣孚〔馬〕自大　1089
　　　乙？
　　　（3）叀乙巳禣？

1079　（一）

1080　（1）□酉☑？
　　　（2）壬子卜：自上甲又伐？（二）
　　　（3）甲〔寅〕卜：立中？（二）

1081　吉。

1082　（1）☑叀☑？
　　　（2）☑〔令〕冓取☑？
　　　（3）☑〔令〕保老因☑？
　　　（4）☑〔令〕陝彭因☑？

　　　（10）丁丑貞：其奉生于高妣　1094
　　　丙、大乙？（一）
　　　（11）丁丑貞：其奉生于高妣，
　　　其庚酚？（一）
　　　（12）于生月酚？（一）
　　　（13）丁丑貞：甲申□弓☑？
　　　（14）☑生☑妣庚、示壬？

1090　（1）癸亥貞：羽甲子其☑？（一）
　　　（2）叀新冊用？（一）
　　　（3）（一）

（2）□于弓用，王受又？大
　　　吉。茲用。
（3）祖乙弓歲，其射？吉。
（4）弜射？大吉。
（5）伊賓？吉。
（6）☑？大吉。

（1）丁□貞：乙亥酚餗？（一）
（2）庚午貞：餗于〔祖〕乙□
　　　牛？（一）
（3）餗，其二牛？（一）
（4）弜餗？（一）
（5）癸酉貞：其□餗戠伊☑？
（6）甲戌貞：其告于父丁餗一
　　　牛？茲用。（一）
（7）三牛？（一）
（8）甲戌貞：☑酚餗自☑宀至
　　　于多毓，用牛☑羊九、豕
　　　十又一□□？（一）
（9）乙亥貞：其奉生妣庚？（一）

（1）癸亥卜：其征☑？（一）
（2）弜征？（一）
（3）癸亥卜：其征羌甲，戠？
　　　（一）
（4）弜征？（一）
（5）叀牝？茲用。（一）
（6）甲子卜：其又弓歲于毓祖
　　　乙，叀牡？
（7）乙丑卜：王往田比東，罕？
　　　（一）
（8）比白東，罕？（一）

〔註144〕《釋文》無「舀」字，朱師〈正補〉增為「舀伐」二字。案版上有「舀」字殘筆，
　　　伐字則無，今補「舀□」字。

（4）（一）

（5）（一）

（6）（一）

（7）甲子卜：叀□冊用？（一）

（8）甲子卜：□舊冊用？

（9）丙寅貞：☑酚☒奠餗☒，卯三牢于父丁？

（10）☑取☑？（一）

（11）癸酉卜：𢦏戠至于父丁，奠其鬲？

（12）射？

1091　（1）癸巳貞：☑歲于☑至于多毓，其菁羽☑？（三）

（2）（三）

（3）（三）

（4）甲午貞：又彡伐自祖乙羌五，歲三牢？（三）

（5）甲午貞：又彡伐自祖乙三羌□牢□牛？茲用。（三）

（6）乙未貞：又☑自祖乙至于☑？茲用。（三）

（7）□亥貞：其☑？（三）

1092　辛巳卜：王其奠元罞龖永，在盂奠，王弗□羊？大吉。

1093　（1）叀一牛？

（2）弜之？茲用。

1095　（1）癸卯貞：叀□令□，王受□？茲用。（一）

（2）☑〔又〕☑？

（3）☑乡令☑于☑？不用。

（4）□□貞：其告黽于上甲？

（5）□戌貞：☑？

1096　（1）□□貞：其奉〔禾〕☑高祖？

（2）☑禾于☑？

1097　（1）癸□貞：〔旬〕亡囚？

（2）（一）

（3）（一）

1098　（1）丙寅卜：王其田𤞤，叀丁往，戊盈☑？大吉。

（2）叀戊往，己盈，亡戋？吞王？大吉。

（3）叀壬往曲盈，亡戋？永王？吉

（4）王其田𤞤，征射大象兕，亡戋？吞王？吉。

（5）吉。

（6）王☑宋☑，亡戋？吞□？吉。（一）

（7）壬☑？

（8）☑射☑？

1099 （1）庚申貞：于丙寅臺召方，
　　　　受又？在□□。
　　　（2）貞：□丁卯臺召方，受又？
　　　（3）羽□〔步〕？
　　　（4）于癸亥〔步〕？
　　　（5）壬□□：□夕□至囚？（一）
　　　（6）壬戌貞：龏以眾酓伐召方，
　　　　受又？
　　　（7）戊寅卜：　今夕亡至囚？
　　　　（二）
　　　（8）己卯貞：庚辰奉于父丁三
　　　　牛？茲用。
　　　（9）□□貞：龏以眾□？（一）
　　　（10）□弜□歸？

1100 □虎□？

1101 （1）癸卯□？
　　　（2）（三）
　　　（3）（三）

1102 （1）癸亥貞：其奉禾□夒三牛？
　　　　（一）
　　　（2）亥其奉禾于高？
　　　（3）□勾牛？（一）
　　　（4）□□貞：其奉禾于高祖，
　　　　夒，叀勾牛？
　　　（5）□宗不𢼸？
　　　（6）□其用自上甲大示乙酉？

1103 （1）庚□翊日辛王其田，湄日
　　　　□？
　　　（2）□叀壬田，湄日亡戋？
　　　（3）王□田□戋？
　　　（4）叀□□田，亡戋？
　　　（5）辛酉卜：翊日壬王其田戠，
　　　　湄日亡戋？
　　　（6）叀〔麥〕田，亡戋？㞷？
　　　（7）吉。
　　　（8）叀又艱，㞷？吉。

1104 （1）庚午貞：今來□㔾，自上
　　　　甲至于大示，叀父丁〔戈〕
　　　　用？（一）
　　　（2）癸酉貞：甲戌其又伐自上
　　　　甲六，茲□？（一）
　　　（3）癸酉貞：其又伐自上甲
　　　　六，叀辛巳伐？（一）
　　　（4）癸酉貞：甲申其酚，大㔾
　　　　自上甲？（一）
　　　（5）乙亥貞：其酚，王㔾于父
　　　　丁告？（一）
　　　（6）乙□王㔾，〔于〕大乙告？
　　　　（一）
　　　（7）丁丑貞：其□自□毓□？
　　　（8）辛□五十人又二？

1105 （1）癸酉貞：其又匚于高祖？
　　　　茲用。
　　　（2）叀辛巳酚？不用。（一）
　　　（3）于辛卯酚？茲用。（一）
　　　（4）不用。
　　　（5）辛巳貞：雨不既，其夒于
　　　　亳土？
　　　（6）弜夒，囚？（一）
　　　（7）辛巳貞：雨不既，其夒于
　　　　罟？不用。（一）
　　　（8）弜夒，囚？

1106 （1）甲辰貞：日餗叔？（二）
　　　（2）□？
　　　（3）□□貞：先畐，歲三牛？

1107 （1）丁〔巳〕□：今夕雨？（一）
　　　（2）不雨？

1108 （1）□日壬□不雨？
　　　（2）弜往省田，戠，弗每？吉。
　　　（3）〔弜〕戠，雨，往田弗每？

1109 㚔。

1110　（1）庚戌貞：其奉禾于示壬？
　　　　　（三）

　　　（2）庚戌貞：其奉禾于上甲？
　　　　　（三）

　　　（3）甲寅貞：伊歲，茇匚丁日？
　　　　　（三）

　　　（4）甲寅貞：伊歲，茇大丁日？
　　　　　（三）

　　　（5）乙丑貞：于丑酚□歲？（三）

　　　（6）乙丑貞：又歲于□？（三）

　　　（7）癸酉貞：受禾？

　　　（8）□酉□？（三）

　　　（9）乙〔亥〕貞：□？（三）

1111　（1）戊午貞：其□羌□牛？（二）

　　　（2）戊午貞貞：奉于大甲、父
　　　　　丁？（二）

　　　（3）戊午卜：叀庚奉？（二）

　　　（4）戊午卜：于辛奉？（二）

　　　（5）茲用于大甲。（二）

　　　（6）戊午貞：其□？

　　　（7）戊午貞：臺來其□用□？

　　　（8）戊午貞：亡囚？（二）

　　　（9）己未貞：叟其钔于□用牡
　　　　　一，父丁羌百又□？

　　　（10）甲子貞：其涉自于西𢖶？
　　　　　（二）

　　　（11）弜涉自？（二）

　　　（12）甲子貞：今日又𢆶歲于
　　　　　大甲牛一？茲用。在𦥑。
　　　　　（二）

　　　（13）甲子貞：竝不征？（二）

　　　（14）己巳貞：勛鈃，在𤔲奠？
　　　　　（二）

　　　（15）己巳貞：勛鈃，其奠于京？

1112　庚戌貞：□？

1113　□伐自上甲，大示□五十羌、小

示廿□？

1114　弜宐？（一）

1115　（1）伐，其□七十羌□？（一）

　　　（2）己亥貞：卯于大 [註145] 其
　　　　　十牢、下示五牢、小示三
　　　　　牢？（一）（一）

　　　（3）己〔亥〕□？

　　　（4）□□貞：□？

　　　（5）庚子貞：伐卯于大示五牢、
　　　　　下示三牢？

　　　（6）庚子貞：王令叟〔婡〕子妻？

　　　（7）癸卯貞：叀餗，先于大甲、
　　　　　父丁？

　　　（8）癸卯貞：丁未征酓示，其
　　　　　殂？

　　　（9）庚□貞：□子□？

1116　（1）辛巳卜，貞：來辛卯酚，
　　　　　河十牛、卯十牢，王叟賣
　　　　　十牛、卯十牢，上甲賣十
　　　　　牛、卯十牢？（一）

　　　（2）辛巳卜，貞：王叟、上甲
　　　　　即宗于河？（一）

　　　（3）辛巳卜，貞：王賓河，賣？
　　　　　（一）

　　　（4）弜賓？（一）

　　　（5）辛巳卜，貞：王賓河，賣？
　　　　　（一）

　　　（6）弜賓？（一）

　　　（7）庚寅卜，貞：辛卯又歲自
　　　　　大乙十示又□牛，〔小示〕
　　　　　𠕎羊？（一）

　　　（8）癸巳卜，貞：又上甲歲？
　　　　　（一）

　　　（9）弜又歲？（一）

　　　（10）甲午卜，貞：其𠕎，又歲
　　　　　自上甲？（一）

────────────────

〔註145〕大，宜爲「大示」之省，或漏刻。據下文「下示」、「小示」可知。本版第（5）辭
　　　例同。

（11）弜巳又？（一）

（12）甲午卜，貞：又出入日？
（一）

（13）弜又出入日？（一）

（14）乙未卜，貞：召來
〔註146〕，于大乙征？（一）

（15）乙未卜，貞：召方來，于
父丁征？（一）

（16）己亥卜，貞：竹來以召方，
于大乙束？（一）

1117 ☒王羌？

1118 （1）丁亥貞：辛卯酻河，袞三
牢、沉三牛、俎牢？（三）

（2）丁亥貞：辛卯酻岳，袞三
牢、俎牢？

1119 （1）庚戌貞：又于河來辛酉？

（2）（三）

（3）（三）

（4）癸丑卜：袞于河☒牛、俎
五牛？（三）

（5）庚戌叀乞骨三。

1120 （1）癸酉卜：又□牢？（二）

（8）乙不其奉？（二）

（9）癸酉叀〔乞〕☒。

1121 癸亥貞：旬亡囚？（二）

1122 （1）癸亥貞：其又匚于伊尹，
叀今丁卯酻三牛？茲用。

（2）亏伊尹眔酻，十宰？

1123 （1）弜又？（一）

（2）甲戌卜：其召于毓祖乙二
☒？（一）

（3）五牢？茲用。

（4）丙子卜：冨杏一牢？（一）

（5）二牢？（一）

1124 （1）☒戋☒？

（2）乙酉卜：王往田比東，圶？

（3）比南，圶？

1125 （1）乙未卜：今☒雨？（一）

（2）不雨？（一）

（3）亡戋？（一）

（4）☒王田于東？

（5）辛亥卜：今日辛又雨？（一）

（6）不雨？（一）

（7）☒亡戋？

〔註146〕《釋文》作「召來于大乙征？」案來字下宜句讀，作「召來，于大乙征？」，（15）
辭「召方來，于父丁征？」例同。

〔註147〕《釋文》作「尞于姊，宰」。案「尞于姊」甚不詞，姊字宜爲河。本版（8）（9）二
條爲對貞，言燎于河以宰，問有雨否、或沉三牢以爲選擇，非爲燎于姊用宰，又問
雨否。

（2）癸酉□：□∅曰隹□乙，
　　　其□？（二）

（3）□□卜：于夒□？（二）

（4）（二）

（5）甲戌卜：袞于河宰，沉三
　　　牢？（二）

（6）甲戌卜：袞于〔河〕〔註147〕
　　　宰，雨？（二）

（7）乙亥卜：其力？〔註148〕
　　　（一）

（9）米？（三）

（11）丁丑貞：以伐□？（三）

（12）丙戌貞：父丁其歲？（三）

（13）□∅□弱□于□？

1127　（1）〔戊〕辰卜：今日爻，不雨？
　　　　弘吉。

（2）吉。

（3）吉。

（4）馬其先，王兌比，不冓大
　　　雨？

1128　（1）己巳貞：其禱祖乙眔父丁？
　　　　（一）

（2）弱眔父丁，則？（一）

（3）（一）

（4）𢀛兒？（一）

（5）不雨？（一）

（6）其雨？（一）

（7）（一）

（8）（一）

（9）辛丑貞：王其戰，亡才？
　　　〔註149〕

1129　己巳卜：祖□？

1130　（1）丙午卜：叀甲寅彡，∅□？
　　　　茲用。（一）

（2）□牛？

1126　（1）南方？（一）

（2）西方？（一）

（3）北方？（一）

（4）東方？（一）

（5）商？（一）

（6）王弱米？（二）

（7）米？（三）

（8）弱米？（三）

（5）丁未□？

（6）疛卜？

（7）多子族卜？

（8）（二）

（9）不受□？（二）

（10）祥夊卜？（二）

（11）弱用？（二）

（12）戊申貞：其雚眾人？（二）
　　　　（二）

（13）弱雚？（二）

1133　□貞：王□又□？

1134　（1）□父□？（三）

（2）其雨？（三）

（3）（三）

1135　戊子卜：其王其□？

1136　（1）癸酉貞：旬亡𡆥？（二）

（2）（二）

（3）（二）

1137　（1）于宮亡□？吉。

（2）于盂亡戋？吉。

（3）不雨？

（4）其雨？

1138　甲午貞：大禦自上甲六大示，袞
　　　六小宰，卯九牛？

〔註148〕力，讀如劦，即康丁期「袑、召」等字之異體。

〔註149〕才，假爲「戋」字。

1131 （1）□□貞：又彡歲于祖乙？
　　　　茲用。乙酉。
　　　（2）弜又？
　　　（3）二牢？茲用。
　　　（4）三牢？
　　　（5）弜又？
　　　（6）甲辰貞：祭于祖乙又彡
　　　　歲？茲用二牢。

1132 （1）（二）
　　　（2）（二）
　　　（3）（二）
　　　（4）丁□？

1142 （1）王叀壬田，亡弌？
　　　（2）□叀田省，湄日亡弌？

1143 （1）□隹□？
　　　（2）罍隹歮？

1144 □其禋□？

1145 其□牛□羊□？

1146 □其鼻□？

1147 （1）丁卯卜：其又于帝□？
　　　（2）□杏□帝，勹□？茲用。

1148 □亥卜：其□敫盂東，卑□？

1149 □寅□于□寅酌彡？

1150 （1）（一）
　　　（2）（一）
　　　（3）（一）
　　　（4）乙亥貞：□？
　　　（5）□〔貞〕：執〔來羌〕
　　　　〔註150〕□？

1151 □貞：□帚□雨□？

1152 □弜逐□，其每？

1153 （1）癸丑卜：□于河三□、俎
　　　　五牛？
　　　（2）甲寅卜：袞于河五小宰？

1154 叀叟祝？（三）

1139 （1）癸□貞：□亡□？
　　　（2）癸丑貞：旬亡囚？
　　　（3）癸亥貞：旬亡囚？

1140 （1）甲申□？
　　　（2）五牢？吉。

1141 （1）吉。
　　　（2）大吉。
　　　（3）吉。
　　　（4）大吉。
　　　（5）吉。
　　　（6）既肉，其在盂，叙澤？

1160 （1）（二）
　　　（2）（二）

1161 □大□歲〔牛〕□？

1162 （1）（一）
　　　（2）（一）

1163 （1）（一）
　　　（2）（一）

1164 乙□其□？

1165 （一）

1166 □于父□？

1167 （三）

1168 （存一字，殘泐）

1169 □□貞：其□？

1170 （一）

1171 （1）辛〔未〕□？
　　　（2）□未卜：□〔罢〕黿□？

1172 （1）癸□貞：□亡□？
　　　（2）□□□：旬□〔囚〕？

1173 （1）□伐□大□？
　　　（2）□其□于□？

1174 □弗入商？

1175 □自大庚又□？

〔註150〕《釋文》作「□執〔來〕□？」無「貞、羌」二字，今補。見朱師〈正補〉頁257。

1155　（1）戊☒酘☒？
　　　（2）☒己小宰？

1156　（1）癸巳貞：菁☒召☒？
　　　（2）☒貞：☒？

1157　（1）（一）
　　　（2）己雨？（一）

1158　（一）

1159　（一）

1181　☒〔瑟〕☒？

1182　（殘泐）

1183　（1）☒弗☒？
　　　（2）☒隻☒？〔註153〕
　　　（3）☒貞：☒日戊☒？

1184　（1）☒其☒？（一）
　　　（2）（一）
　　　（3）（一）

1185　吉。

1186　☒又☒？

1187　（1）☒弘☒？〔註154〕
　　　（2）☒茲☒？

1188　（1）□亥☒？
　　　（2）☒父☒又？

1189　□□卜：彡☒〔戊〕？（一）

1190　（1）☒〔不〕夊？
　　　（2）☒用☒？

1191　□申☒？

1176　☒貞：旬☒王☒湄食☒？

1177　（1）☒用☒？
　　　（2）□亥卜：其☒？

1178A　氢步自☒？
〔註151〕

1178　☒〔步〕〔註152〕自泉☒？
B

1179　□辰貞：☒？

1180　☒壬王其田，湄日☒？

1201　（1）壬戌貞：其☒？
　　　（2）□戌貞：其☒？

1202　癸未貞：旬亡囚？

1203　（1）（一）
　　　（2）〔瑟〕。

1204　☒木☒？

1205　（一）

1206　（三）

1207　乙☒？

1208　甲寅□：王叀☒族☒？

1209　叀〔大〕方伐？

1210　☒自☒？（一）

1211　〔己〕☒〔壬〕〔註155〕小宰☒？

1212　☒彡歲于☒牢，乙丑☒三牢
☒？

1213　（1）□□卜：☒？
　　　（2）（二）

1214　（一）

1215　（1）二牢？

〔註151〕屯 1178 版誤綴，《釋文》云：「本版原爲兩片誤合爲一，現更正如下……」。本校
　　　　案分爲 A、B 二部，維持 1178 版號。

〔註152〕《釋文》無「步」字，今據殘文補。

〔註153〕《釋文》無（2）辭，今予以獨立，增補。見朱師〈正補〉頁 258。

〔註154〕《釋文》無（1）辭，今予以獨立，增補。見朱師〈正補〉頁 258。

〔註155〕《釋文》無「己、壬」二字，今據殘文補。

1192 （1）◻罕？
　　　（2）〔大〕吉。

1193 ◻〔未〕〔註156〕◻旬◻？

1194 癸◻◻：〔旬〕◻◻？

1195 □寅卜：◻水？允◻。〔註157〕

1196 ◻〔牢〕◻？

1197 弜〔步〕？

1198 〔丁酉〕◻？（三）

1199 （一）

1200 〔大〕吉。

1222 （1）癸巳◻？
　　　（2）不雨？

1223 （1）茲◻大◻？
　　　（2）◻夕又◻？

1224 （1）癸〔未〕瑟貞：□亡□？
　　　（2）◻〔又〕〔囚〕？
　　　（3）◻〔瑟〕◻？

1225 茲用。

1226 （1）弜又？
　　　（2）弜賓？
　　　（3）□寅卜：其又歲于羌甲？

1227 ◻令◻？

1228 （一）

1229 □亥貞：甲子〔酌〕奉？在𩰫，
　　　〔九〕〔註158〕月卜。

1230 ◻餗百◻？

1231 （1）辛〔卯〕◻？（三）
　　　（2）（三）

1232 ◻卯◻？

1233 ◻族尹◻？

1234 ◻茲用。乙酉歲三牢◻？

1216 （2）◻姒◻宰？
1216 ◻其◻？

1217 癸丑□：□亡〔囚〕？

1218 □〔寅〕卜：來日◻？

1219 ◻高祖乙乍◻？

1220 □戌卜：姒庚史◻？

1221 （1）丙◻？
　　　（2）弜賓？
　　　（3）◻宗◻聶黍？

1245 丁卯貞：◻？

1246 弜又？

1247 ◻其奠〔以〕并？

1248 ◻岳〔告〕◻？

1249 ◻王其昨◻彫◻？

1250 □□貞：◻〔風〕于◻〔雨〕？
　　　允□。

1251 ◻？（一）

1252 庚午卜：方◻？

1253 （1）辛丑卜：亡至□？
　　　（2）癸卯卜：今夕◻？

1254 （1）癸卯貞：旬亡〔囚〕？
　　　（2）〔癸〕丑〔貞〕：旬□〔囚〕？

1255 ◻又豐，叀祖丁麃用？

1256 茲用。

1257 乙亥◻？（一）

1258 （1）（三）
　　　（2）◻田◻？（三）

1259 （二）

1260 □辰貞：◻？

1261 ◻竝受又？

〔註156〕《釋文》作「◻旬◻？」無「未」字，今據殘文補。見朱師〈正補〉頁258。

〔註157〕《釋文》作「□寅卜：◻水允◻？」案允字下爲驗辭，宜在水字後加問號。

〔註158〕《釋文》無「九」字，今據殘文補。

1235 ☑畓亡戈？

1236 （三）

1237 ☑其牵☑？

1238 ☑：旬☑囚？

1239 ☑〔其〕乎叩〔以〕☑？

1240 （1）壬寅卜：翊日☑？
　　（2）☑省田☑〔每〕？

1241 ☑其又歲☑？（一）

1242 吉。

1243 （二）

1244 癸丑☑？

1271 ☑王其☑？大吉。

1272 （三）

1273 ☑卑☑？

1274 □卯〔貞〕：☑？

1275 □辰貞：☑？

1276 ☑河宗☑？

1277 甲申☑賓大丁☑？

1278 （三）

1279 （1）☑卯☑？
　　（2）☑〔卯〕☑？

1280 吉。

1281 （二）

1282 （1）（二）
　　（2）（二）

1283 ☑牵☑？

1284 〔丁〕巳〔卜〕：☑？

1285 （1）丁☑？
　　（2）☑其☑？

1286 □亥貞：☑？

1287 （三）

1262 （1）☑寅卜：羌☑？
　　（2）☑〔卑〕☑？

1263 癸卯□：王其□✠☑？

1264 ☑｜☑。〔註159〕

1265 ☑王钋☑？

1266 ☑告于父丁☑？

1267 吉。

1268 ☑于☑？

1269 （1）〔癸〕□〔貞〕：□亡□？
　　（2）□酉□：旬□囚？

1270 ☑南☑？

1296 □子貞：☑亥乙☑？

1297 ☑于☑？

1298 ☑雨？

1299 （1）（三）
　　（2）〔叀〕☑示☑？

1300 （1）甲☑？
　　（2）〔甲〕〔註160〕辰貞：□庸
　　　□禾？

1301 ☑〔王㞢〕☑其伐☑？

1302 ☑上甲冓☑？

1303 吉。

1304 ☑告自☑？

1305 ☑征☑？

1306 ☑翊日辛王其田，不冓〔雨〕？

1307 □□貞：旬亡囚？

1308 ☑用歲☑三牢☑？

1309 不〔用〕。（一）

1310 □□貞：今日其〔哭广〕☑三羌
　　九犬？

1311 □辰☑？

〔註159〕《釋文》云：「其上有一豎立刻道。」案依筆畫隸作「｜」爲宜。

〔註160〕《釋文》無「甲」字，今據殘文補。

1288　☒〔冓〕雨☒？

1289　（1）（二）
　　　（2）（二）

1290　丁卯☒其☒？

1291　☒祖乙歲☒？

1292　丁酉☒？（三）

1293　□□□：旬□困？

1294　（1）☒茲夕☒？
　　　（2）☒夕☒雨？

1295　（1）弜獸？
　　　（2）☒？

1322　（1）（二）
　　　（2）（二）

1323　☒禾☒？

1324　☒至☒？

1325　□未貞：☒？

1326　□寅卜：其☒？

1327　〔癸〕□貞：□亡〔困〕？

1328　☒比〔註164〕南☒？

1329　（三）

1330　壬辰☒？

1331　大吉。

1332　（二）

1333　（一）

1334　〔癸〕丑卜：甲〔寅〕☒𧅢于☒？

1335　□卯貞：□來☒？

1336　不用。（三）

1337　□卯卜：□伊☒？

1338　（1）□未卜：☒？

1312　☒〔咸〕〔註161〕彭☒？

1313　□□卜：王其☒麋，毕？

1314　☒生月又☒？

1315　（殘泐）

1316　☒子☒𢦏☒？

1317　☒九☒。

1318　☒羌〔方〕☒戈☒？

1319　（1）癸巳貞：☒？
　　　（2）☒貞：☒？

1320　茲□。（三）

1321　癸〔亥〕☒王☒？

1346　（一）

1347　☒丁王乍〔亞〕☒？

1348　□寅卜：☒〔步〕〔註162〕☒？

1349　〔己〕未☒？

1350　☒貞：☒𦥑☒？

1351　☒困？

1352　☒三小牢〔註163〕☒？

1353　☒牢又☒？

1354　☒今日呼☒？

1355　☒不冓☒？

1356　□□貞：□亡困？在〔𠭯〕。〔註165〕

1357　☒〔父〕丁☒百〔羊〕☒？

1358　☒賣于☒？

1359　☒其聶☒？

1360　□巳☒？

1361　吉。

1362　☒牢☒？

〔註161〕《釋文》無「咸」字，今據殘文補。

〔註162〕《釋文》無「步」字，今據殘文補。

〔註163〕「小窜」之窜字从羊，作「小牢」者少見。

〔註164〕比，《釋文》作「從」，「彳、止」兩偏旁從何而來，未知所由。

〔註165〕《釋文》無「𠭯」字，今據殘文補

（2）弜☑？

1339　□〔卯〕□：旬□囚？

1340　（三）

1341　（1）☑王☑
　　　（2）方不其出〔註166〕，于新☑
　　　　　戉？

1342　☑田☑？

1343　☑束牢☑？

1344　丙〔寅〕☑乙☑〔卯〕三☑？

1345　☑田，〔卒〕？

1373　甲戌卜：☑？

1374　☑二牢？

1375　不用。（三）

1376　（1）癸□貞：□亡□？
　　　（2）□未□：旬□囚？

1377　□辰卜：☑易日？

1378　□辰貞：其☑？

1379　☑其田☑？

1380　☑又☑羌☑？

1381　癸☑？茲用。

1382　☑囚？

1383　☑于祖乙☑？

1384　☑〔河〕卯〔牢〕〔註169〕☑？

1385　（二）

1386　☑改☑？

1387　吉。

1388　☑菁☑？

1389　☑〔貞〕：☑？

1363　□寅卜：☑河☑？

1364　癸酉〔貞〕：☑？（三）

1365　☑日☑？

1366　□用。

1367　癸☑于☑？

1368　〔叀〕☑〔受〕☑？

1369　□卯☑其☑妣丙？

1370　隹☑〔耂〕☑？

1371　☑其又☑？

1372　（殘泐）

1399　丙☑不☑？

1400　☑王☑？

1401　（1）☑貞：☑？
　　　（2）☑〔貞〕：☑？〔註167〕

1402　（1）（三）
　　　（2）（三）

1403　（一）

1404　☑伐☑？

1405　☑高☑？

1406　☑〔來〕☑？〔註168〕

1407　（二）

1408　癸☑？

1409　（一）

1410　乙☑？

1411　（二）

1412　（一）

1413　☑〔羽日〕☑？

1414　（一）

〔註166〕《釋文》作「方不其出于新☑戉？」案出字下宜有句讀，卜辭未見有「方出于○
　　　　地」之句，「方其出」則爲習用句例。

〔註167〕《釋文》漏列（2）辭，今據殘文補。見朱師〈正補〉頁259。

〔註168〕《釋文》未釋，云：「字殘不識。」見朱師〈正補〉頁259。

〔註169〕牢，《釋文》云：「卯下一字似爲牢或宰字。」案此片爲武乙字體，屯南祭祀卜辭常
　　　　見「叀河卯牢」，河之祭，例不用「卯宰」、「卯小宰」，故此殘筆爲「牢」字。

1390	（1）二小宰？〔註170〕	
	（2）三小〔宰〕？〔註171〕	
1391	☒卯☒？□用。	
1392	☒〔風于〕☒？	
1393	☒〔不〕出☒？	
1394	☒牛☒？	
1395	茲用。	
1396	□子戋☒。	
1397	☒人☒？吉。	
1398	癸巳貞：☒？	
1425	☒河☒？	
1426	☒異☒？	
1427	（朱書，字跡不清）	
1428	（一）	
1429	☒羌☒？	
1430	（1）☒庚不啓？（二）	
	（2）☒申□弓伐自☒？	
1431	☒上甲☒？	
1432	（三）	
1433	〔辛〔註172〕未〕☒？	
1434	☒〔不冓〕☒？	
1435	☒貞：☒？	
1436	茲□。	
1437	（1）甲☒酚☒？	
	（2）☒卯☒贲☒？	
1438	☒〔喪〕☒？	
1439	（1）弜在祖乙？	
	（2）高自祖乙？	
	（3）于大乙又弓，〔王受〕又？	
	（4）弜在〔大乙〕骤五☒？	

1415	□午卜：其☒？	
1416	（二）	
1417	☒雨☒？	
1418	☒乙☒？	
1419	大吉。	
1420	☒〔北〕☒？	
1421	☒畐☒〔酚〕☒？	
1422	☒子☒？	
1423	☒奉☒？	
1424	（三）	
1446	☒又歲于中己？	
1447	大吉。	
1448	（1）（三）	
	（2）（三）	
	（3）☒其钌于土大牢？	
1449	（1）（一）	
	（2）（二）	
1450	吉。	
1451	□□卜：☒至〔于〕☒？	
1452	（1）戊☒？	
	（2）己又出雨？	
	（3）不出〔雨〕？	
1453	王。	
1454	□酉貞：其☒？	
1455	☒王☒？	
1456	（一）	
1457	（二）	
1458	☒贲☒☒〔牛〕一〔曲豕〕☒？〔註173〕	
1459	（一）	

〔註170〕宰，《釋文》作「牢」，誤。

〔註171〕同上例。

〔註172〕《釋文》漏列「辛」，今據殘文補。見朱師〈正補〉頁259。

（5）☑᳄☑冓☑日，又正？

1440 （1）弗坒？
　　 （2）不冓雨？

1441 （1）王其田斷淒泉，坒？亡𢦔？
　　 （2）☑？

1442 （1）姎癸于入自夕〔福酚〕？
　　 （2）☑〔酚〕姎辛奉☑又？

1443 （1）父己歲，叀莫酚，王受又？
　　 （2）于夕酚，王受又？

1444 ☑〔岳〕叀五小宰，卯五牛？

1445 （1）☑徵☑？
　　 （2）☑從阪☑？

1470 （1）□丑卜：叀☑？
　　 （2）☑〔酉〕☑？

1471 ☑王☑

1472 ☑鬯☑〔卯〕十牛？

1473 ☑以𡇡☑？

1474 （1）弜鼎？
　　 （2）叀𡧀〔令〕？
　　 （3）☑？

1475 （1）（一）
　　 （2）（一）

1476 ☑〔貞〕：〔旬〕亡囚？

1477 （殘泐）

1478 ☑其雨？

1479 王其□，不雨？

1480 （一）

1481 ☑令☑？

1482 （1）（三）
　　 （2）（三）
　　 （3）癸未☑于上甲，叀宂☑？

1483 （三）

1460 ☑王叀多田☑？

1461 戊☑？

1462 ☑賓☑？

1463 （1）其五牢？
　　 （2）叀姎𥝊𢦔？

1464 ☑〔叀〕☑？

1465 ☑骨三。

1466 茲用。（一）

1467 （殘泐）

1468 丙午卜：于甲子酚？

1469 （1）叀喪田，湄日□□？
　　 （2）□宮田，□日亡𢦔？

1493 （1）癸卯貞：旬亡囚？在云。
　　 （2）□丑□：旬亡囚？□□。

1494 ☑〔牛〕☑？

1495 不用。（一）

1496 （1）☑亡☑？
　　 （2）□□〔貞〕：旬亡囚？

1497 □辰貞：叀☑？

1498 （一）

1499 ☑又᳄☑？

1500 （1）☑田，亡𢦔？
　　 （2）☑𢦔？

1501 叀屮廏用？

1502 （三）

1503 吉。

1504 （1）庚午隹河☑？
　　 （2）☑用〔註174〕☑？

1505 （1）（一）
　　 （2）（一）
　　 （3）辛亥卜：示壬歲一牢？

1506 □〔辰〕貞：其□？

〔註173〕「𣪊豕」，《類纂》作「𣪊犬」，見頁1135，下冊。

〔註174〕此「用」字異體。

1484　（1）弜☒？
　　　　（2）☒羌☒？

1485　□辰貞：☒？

1486　☒〔羌〕十又五☒？

1487　丙午貞：☒？

1488　（1）于甲〔申告〕？（一）
　　　　（2）☒丁亥☒告受□？

1489　吉。

1490　（殘泐）

1491　（一）

1492　☒翊日辛☒？

1518　（三）

1519　☒奉☒？

1520　壬辰卜：今〔日〕☒迮☒喪☒？

1521　☒骨三。

1522　吉。

1523　☒見☒？

1524　（二）

1525　（三）

1526　□未□：旬□□？

1527　（殘泐）

1528　☒王〔奉〕☒？吉。

1529　（1）不雨？（一）
　　　　（2）☒〔雨〕？

1530　☒〔奉〕禾☒？

1531　☒〔上甲〕？

1532　☒王賓☒？

1533　（1）☒囚？
　　　　（2）□未□歷☒囚？

1534　☒〔庚〕旨☒？

1507　☒亥不雨？

1508　（殘泐）

1509　（1）辛☒？
　　　　（2）丁酉貞：〔奉〕禾于岳五宰？

1510　☒貞：☒？

1511　☒〔犬〕以彡于示☒？

1512　弜賓？〔註175〕

1513　☒〔宀〕☒？

1514　☒〔牛〕☒？

1515　☒不雨？

1516　□亥☒？

1517　大吉。
　　　　（2）☒牛☒？

1546　癸□〔貞〕：☒？

1547　（1）癸巳貞：旬亡囚？
　　　　（2）□□□：旬亡囚？

1548　庚☒？

1549　☒宗☒？茲用。

1550　癸巳☒？

1551　□用。

1552　☒〔貞：旬〔註176〕亡〕囚？

1553　弜☒？

1554　吉。

1555　（1）☒貞：☒其☒？
　　　　（2）☒侯☒？

1556　☒〔先〕☒？〔註177〕

1557　☒不雨☒？

1558　☒禱☒？

1559　☒〔比〕南，乎？

1560　（三）

1561　☒不☒？

〔註175〕字从宀从止，爲賓字省體。

〔註176〕「貞、旬」二字《釋文》無，今據補。見朱師〈正補〉頁260。

〔註177〕《釋文》云：「字殘不識。」案有殘文「先」字，據補。見朱師〈正補〉頁260。

1535　☑貞：☑歲☑？

1536　☑伐𢧜☑？

1537　☑貞：☑？

1538　☑〔罘〕龜☑？

1539　吉。

1540　☑入〔註178〕七羌于☑？

1541　（1）弜☑？

　　　（2）☑其☑日于☑？

1542　乙未☑？

1543　□辰〔貞〕：☑木月其雨？

1544　☑雟☑？

1545　（1）丙☑？

1573　☑𤉲侯☑？

1574　☑日☑？

1575　弘吉。

1576　〔不〕啓？

1577　☑龜☑？

1578　（1）☑巷☑？

　　　（2）☑日，入日☑？

1579　□巳☑？

1580　☑〔屯〕☑？

1581　（1）小〔雨〕？

　　　（2）□亥卜：庚寅雨？□臺卜。

1582　☑〔卯〕☑？

1583　☑上甲三牛，甲午☑用？

1584　辛☑？

1585　（二）

1586　□用。

1587　大吉。

1588　（三）

1589　☑于☑？

1590　（1）☑𤮔遘☑？

　　　（2）☑夕☑？

1562　（1）戊☑？

　　　（2）〔不雨〕？

1563　☑京☑？

1564　☑亡〔戈〕？

1565　☑其勹〔牛〕？

1566　（殘泐）

1567　吉。

1568　乙酉□又兒☑？（三）

1569　☑馬其☑？

1570　己☑其☑歲☑？

1571　□〔亥〕卜：☑〔沚或〕☑？（一）

1572　□未□：旬〔亡〕□？

1603　（1）甲〔申〕貞：☑自☑？

　　　（2）☑一牢？

1605　吉。

1606　（殘泐）

1607　吉。

1608　□□卜：☑？

1609　☑宰？

1610　□己☑〔又〕☑？

1611　丙寅□：其☑于☑？

1612　☑步☑？

1613　弜☑？

1614　（三）

1615　☑囚？

1616　吉。

1617　☑百小☑？

1618　□酉☑？

1619　□亥貞：☑其百〔羊〕☑？

1620　☑卯☑？

1621　□寅☑？

1622　☑其☑？

1623　甲☑？

〔註178〕《釋文》無「入」字，今據補。見朱師〈正補〉頁260。

1591 癸□貞：☑？

1592 □□卜：☑？

1593 （1）癸□貞：☑？
 （2）☑？

1594 （三）

1595 ☑五☑？

1596 （三）

1597 辛未卜：☑？

1598 ☑京☑？

1599 ☑牢爨☑？

1600 （一）

1601 ☑戈☑？

1602 吉。

1637 大吉。

1638 □〔酉〕☑？

1639 丁卯貞：☑？（一）

1640 ☑又☑？

1641 （殘泐）

1642 吉。

1643 ☑于☑父丁？

1644 ☑歲☑？

1645 ☑獸〔註179〕☑？

1646 壬☑？

1647

1648 ☑雨☑？

1649 ☑田☑？

1650 〔大〕吉。

1651 （1）〔癸〕☑？
 （2）□酉☑？

1652 （一）

1653 （一）

1624 乙☑？

1625 （一）

1626 （一）

1627 （殘泐）

1628 辛☑？

1629 （殘泐）

1630 〔癸〕☑？

1631 〔弜〕☑？（二）

1632 （一）

1633 （一）

1634 ☑其☑？

1635 （殘泐）

1636 （一）

1667 （一）

1668 ☑〔雨〕？

1669 丁☑？

1670 〔乙亥〕☑？

1671 （二）

1672 ☑〔歲其〕☑？

1673 （二）

1674 不用。

1675 〔茲〕用。

1676 己☑？

1677 （一）

1678 （三）

1679 ☑召☑？〔註180〕

1680 ☑〔貞〕：☑？

1681 吉。

1682 （一）

1683 ☑〔餗〕☑？

1684 （一）

〔註179〕《釋文》云：「殘存一字，可能是單或獸。」案本字右部有殘筆，宜爲「獸」字。

〔註180〕《釋文》云：「字殘不識。」案有殘文「召」字，據補。見朱師〈正補〉頁260。

1654　（殘泐）

1655　☒〔畒〕☒？

1656　癸□貞：☒？

1657　☒万其☒？

1658　（殘泐）

1659　☒王☒？

1660　☒旬☒？

1661　（一）

1662　（一）

1663　（三）

1664　（二）

1665　乙丑☒？

1666　（一）

1698　☒于☒？

1699　☒卯☒易☒？

1700　☒〔衾雨〕☒？

1701　（1）乙☒叀〔楝〕☒？
　　　（2）不☒？

1702　☒之☒？

1703　☒上甲☒？

1704　☒〔步〕☒？

1705　（殘泐）

1706　☒其☒？

1707　☒〔高〕☒？

1708　☒日戊☒？

1709　☒寅☒今日☒？

1710　☒亡〔戋〕？

1711　□丑☒？

1712　☒貞：☒？

1713　〔癸〕☒？

1714　☒貞：☒？

1715　□□卜：☒？

1716　（殘泐）

1685　☒又☒？

1686　（三）

1687　☒〔貞〕：☒？

1688　☒羌☒？

1689　（一）

1690　（一）

1691　（一）

1692　（一）

1693　☒〔雨〕☒？

1694　不冓〔雨〕？

1695　（殘泐）

1696　（一）

1697　（1）辛☒
　　　（2）☒卯伐三牢？

1728　☒囚？

1729　（殘泐）

1730　☒叀☒？

1731　☒〔翊〕日壬☒？

1732　（一）

1733　（殘泐）

1734　（一）

1735　辛亥☒？

1736　（二）

1737　（二）

1738　甲申☒？

1739　（殘泐）

1740　丙□貞：☒？

1741　（1）☒己☒？
　　　（2）（一）

1742　☒〔夨〕乞☒？

1743　（殘泐）

1744　☒〔亡囚〕？

1745　☒〔大風〕☒？

1746　（二）

1717 茲用。

1718 （一）

1719 ☑〔剛〕☑？

1720 ☑三〔牛〕☑？

1721 ☑王☑？

1722 （殘泐）

1723 ☑〔黍〕二☑？

1724 □□卜：☑？

1725 ☑禾〔註182〕☑？

1726 （一）

1727 （殘泐）

1758 （筆畫殘斷，不能辨認）〔註183〕

1759 庚□貞：〔辛〕亡□？

1760 癸☑？

1762 ☑〔救〕☑？

1763 ☑王其☑？

1764 （三）

1765 丁未卜：☑？

1766 癸☑？

1767 ☑〔歲〕☑？

1768 （一）

1769 □□〔貞〕：□亡困？

1770 （一）

1771 （1）□丑☑？

　　　（2）☑雨☑？

1772 （一）

1773 ☑甲酚〔牛〕☑？

1774 □□卜：☑？

1747 ☑日☑？

1748 ☑𥥼〔𡧛〕〔註181〕☑？

1749 ☑貞：☑？

1750 ☑貞：☑？

1751 （二）

1752 ☑牢？

1753 ☑貞：☑？

1754 （二）

1755 ☑又三☑？

1756 ☑用☑？

1757 （殘泐）

1785 ☑囧？

1786 ☑它☑？〔註184〕

1787 （一）

1788 〔弜〕☑？

1789 ☑門☑？

1790 （一）

1791 ☑貞☑？〔註185〕

1792 戊☑？

1793 □□卜：☑？（一）

1794 （字跡殘泐）

1795 甲辰☑巳☑？

1796 （一）

1797 ☑貞：☑？

1798 乙未☑〔隹〕☑？

1799 ☑窜？

1800 吉。

1801 ☑又☑？

〔註181〕《釋文》無「𡧛」字。案應有「𡧛」字，據補。見朱師〈正補〉頁261。

〔註182〕《釋文》云：「字殘不識。」案應有「禾」字，據補。見朱師〈正補〉頁260。

〔註183〕《釋文》云：「有二殘字，第二字似『叀』字。」考釋作「叀」。案驗之《屯南》
　　　　圖版仍不能定，暫存疑之。

〔註184〕《釋文》云：「字殘不識。」案應有「它」字，據補。見朱師〈正補〉頁261。

〔註185〕《釋文》云：「字殘不識。」案應有「貞」字，據補。見朱師〈正補〉頁261。

1775　（字跡殘泐）

1776　☒乙☒？

1777　☒〔今〕日又☒？

1778　（字跡殘泐）

1779　☒王☒？

1780　☒酉☒？（二）

1781　☒〔牂〕祀〔註187〕☒？

1782　☒祖☒？

1783　（字跡殘泐）

1784　☒〔㚔〕☒？

1812　☒羊☒？

1813　（字跡殘泐）

1814　（字跡殘泐）

1815　（一）

1816　☒雨☒？

1817　（一）

1818　☒未☒？

1819　（字跡殘泐）

1820　☒戈☒？

1821　（二）

1822　（二）

1823　☒酉☒？

1824　庚☒？

1825　（二）

1826　☒高☒？

1827　☒大☒？

1828　（二）

1829　（二）

1830　（二）

1802　☒〔牢〕☒？

1803　（三）

1804　□未☒？

1805　☒旬☒？

1806　（二）

1807　☒雨〔註186〕☒？

1808　☒于☒？

1809　☒告☒？

1810　吉。

1811　☒〔钔，弜冓〕☒？

1840　辛☒？

1841　☒上甲☒？

1839　☒？吉。

1842　（字跡殘泐）

1843　☒貞：☒？（三）

1844　（字跡殘泐）〔註188〕

1845　（字跡殘泐）

1846　（字跡殘泐）

1847　（字跡殘泐）

1848　☒其☒？

1849　☒〔牛〕☒？

1850　☒〔于〕☒？

1851　☒〔聶黍〕☒？

1852　辛☒？

1853　（二）

1854　☒〔自〕☒？

1855　☒〔六〕〔註189〕☒？

1856　（一）

1857　吉。

〔註186〕《釋文》云：「字殘不識。」案應有「雨」字，據補。見朱師〈正補〉頁261。

〔註187〕《釋文》云：「字殘不識。」案應有「牂、祀」二字，據補。見朱師〈正補〉頁261。

〔註188〕朱師云：「字殘，或爲亞字。」案字作「亞」或作「牢、宰」皆有可能，不能確認。

〔註189〕《釋文》云：「字殘不識。」案應有「五」字，據補。見朱師〈正補〉頁262。

1831　（一）

1832　己未☒？

1833　☒〔冓〕☒？

1834　☒〔五〕〔註191〕☒？

1835　☒永☒？

1836　（字从艸，不能確認爲何字）〔註192〕

1837　☒于☒？

1838　（字跡殘泐）

1866　吉。

1867　☒〔牢俎〕☒？

1868　☒冓☒？

1869　□用？

1870　乙巳☒？

1871　吉。

1872　（字跡殘泐）

1873　（一）

1874　〔癸〕酉〔貞〕：☒祖乙☒？

1875　（一）

1876　（一）

1877　☒王☒？

1878　（二）

1879　（1）☒牢？
　　　　（2）☒牢？

1880　☒貞：☒？（三）

1881　☒大雨☒？

1882　〔己〕☒？

1883　（一）

1884　（一）

1885　☒每？

1858　☒〔令〕☒？〔註190〕

1859　（三）

1860　（一）

1861　（字跡殘泐）

1862　（一）

1863　（二）

1864　☒〔因〕☒？

1865　☒貞：☒

1894　（一）

1895　☒貞：☒亡□？

1896　庚☒今日☒？

1897　☒〔王〕☒？

1898　☒〔于〕☒？

1899　☒大☒？

1900　（字跡殘泐）

1901　（一）

1902　☒〔示〕☒？

1903　（一）

1904　（1）□□卜：☒？
　　　　（2）☒祖乙☒？

1905　吉。

1906　（一）

1907　（一）

1908　（一）

1909　己☒？

1910　☒〔雨〕☒？（一）

1911　□寅卜：☒？

1912　（1）〔癸〕☒？
　　　　（2）不☒？

〔註190〕朱師云：「字殘，下從卩，或爲令字。」（〈正補〉頁262）案應爲「令」字殘筆，《考釋》亦云釋「令？」惟不能確認。令字下不清。

〔註191〕《釋文》云：「字殘不識。」案應有「五」字，據補。見朱師〈正補〉頁261。

〔註192〕《釋文》云：「字殘不識。」朱師云：「字殘，上從艸，或即莫字。」

1886　☒其☒？

1887　（字跡殘泐）

1888　☒以〔牛〕☒？〔註194〕

1889　☒〔其〕☒〔龜〕☒？

1890　（二）

1891　□酉卜：☒？

1892　（字跡殘泐）〔註196〕

1893　□〔巳〕☒？

1921　（字跡殘泐）

1922　（一）

1923　〔癸〕☒？

1924　☒丗〔註197〕牢☒？

1925　（一）

1926　（1）〔癸〕☒？
　　　　（2）☒〔酉〕☒？

1927　（一）

1928　吉。

1929　（字跡殘泐）

1930　☒卯☒？

1931　（字跡殘泐）

1932　（一）

1933　吉。

1934　丁巳卜：☒征涉□困？

1935　□□卜：〔其〕☒？

1936　茲用。（一）

1937　（一）

1938　☒卅☒？〔註198〕

1913　☒〔叀〕☒？〔註193〕

1914　□□卜：☒？

1915　癸☒？

1916　（一）

1917　（字跡殘泐）

1918　〔癸〕〔註195〕酉人三☒？

1919　（二）

1920　（一）

1948　☒〔屯〕☒？

1949　（字跡殘泐）

1950　（字跡殘泐）

1951　（三）

1952　（一）

1953　（一）

1954　☒龜☒？

1955　☒雨☒？

1956　（一）

1957　☒貞：☒？

1958　（字跡殘泐）

1959　☒〔令〕☒？

1960　☒京☒？

1961　（一）

1962　壬寅☒？

1963　（三）

1964　（字跡殘泐）

1965　戊☒？

1966　☒〔侯〕☒？〔註199〕

〔註193〕《釋文》云：「字殘不識。」案應有「叀」字殘筆，據補。見朱師〈正補〉頁262。

〔註194〕《釋文》云：「字殘不識。」案應有「以、牛」二字，據補。見朱師〈正補〉頁262。

〔註195〕《釋文》無「癸」字。案應有「癸」字，據補。見朱師〈正補〉頁261。

〔註196〕《釋文》云：「僅一殘字，似爲"戈"字或"歲"字。」

〔註197〕《釋文》無「丗」字。案應有，據補。見朱師〈正補〉頁261。

〔註198〕《釋文》云：「字殘不識。」案應有「卅」字殘筆，據補。見朱師〈正補〉頁262。

1939　（字跡殘泐）

1940　（一）

1941　□巳〔貞〕：□□田？

1942　（字跡殘泐）

1943　☒祖乙？

1944　（字跡殘泐）

1945　其雨？（一）

1946　（一）

1947　丁未☒？

1976　吉。

1977　☒〔寅〕☒？〔註201〕

1978　（一）

1979　（字跡殘泐）

1980　吉。

1981　（一）

1982　（字跡殘泐）

1983　（一）

1984　丁☒？

1985　☒〔龜〕☒？

1986　（字跡殘泐）

1987　（二）

1988　（一）

1989　☒〔羌〕☒？

1990　☒省田☒？

1991　茲□。

1992　（一）

1993　（字跡殘泐）

1994　（字跡殘泐）

1967　☒〔罕〕☒？

1968　（字跡殘泐）

1969　（字跡殘泐）〔註200〕

1970　☒〔亡〕田？

1971　（一）

1972　（二）

1973　□巳☒？

1974　〔辛〕巳☒？

1975　☒〔貞〕：☒？

2006　（一）

2007　（字跡殘斷）〔註202〕

2008　（1）其☒牢？
　　　（2）☒牢？

2009　☒在八。

2010　☒上甲☒三牛？

2011　☒歲☒？

2012　☒貞：☒？

2013　☒〔戉〕？

2014　（1）☒告于☒？
　　　（2）☒隹中☒？
　　　（3）☒上甲六大示☒？

2015　☒婯☒？

2016　☒貞：☒？

2017　壬申貞：王往田☒？

2018　☒若？

2019　（1）（一）
　　　（2）（一）

2020　☒貞：隹祖☒？

〔註199〕《釋文》云：「字殘不識。」朱師〈正補〉云：「字殘或即『矦』字。」案該字从厂从矢無誤，宜爲「侯（矦）」字。

〔註200〕《釋文》云：「字殘不識。」朱師〈正補〉云：「字殘；或京，或高，或言字」朱師說是，然不能定爲何字，暫存疑之。

〔註201〕《釋文》云：「字殘不識。」案應有「寅」字殘筆，據補。見朱師〈正補〉頁262。

〔註202〕《釋文》云：「有一殘字似"京"、"高"等字的上半部。」案說是，惟不能定爲何字。

1995　（字跡殘泐）

1996　☑方☑？

1997　（字跡殘泐）

1998　☑禳鹿☑？

1999　☑🦌方☑〔叀〕☑？

2000　茲用。

2001　☑宰卯☑？

2002　乙未貞：☑？

2003　（1）（二）

　　　（2）（二）

2004　☑〔日〕乙不☑？

2005　（一）

2030　☑王☑？

2031　□酉貞：辛□酓☑甕六牛？

2032　（1）（三）

　　　（2）其剛？

　　　（3）壬辰貞:其告于上甲二牛？
　　　　　（三）

　　　（4）丙申貞：酓伊，🥄伐？

　　　（5）□□卜：☑？

2033　（一）

2034　☑俎一〔註203〕☑？

2035　（1）☑〔王入〕☑？

　　　（2）☑〔取〕☑？〔註204〕

2036　（1）〔辛〕☑？

　　　（2）□辰酓☑？

　　　（3）☑〔五〕☑？〔註205〕

2037　（1）☑田〔省〕☑？

2021　（字跡殘泐）

2022　戊申貞：王☑？（一）

2023　壬午卜：☑？

2024　□未貞：長☑？

2025　☑牛☑？

2026　☑妟于☑？

2027　（1）一牢？（一）

　　　（2）二牢？（一）

　　　（3）〔其〕□？（一）

2028　□酉貞：☑？（二）

2029　（1）☑卯酓☑？

　　　（2）☑彡酓☑？

　　　（3）☑貞：☑牛？

2042　叀☑？

2043　（1）□酉卜：于☑？

　　　（2）〔于〕南戶🥄王羌？

2044　☑羌☑卯三〔牢〕又☑？

2045　（1）（三）

　　　（2）（三）

2046　（1）其雨，☑今日丙至于☑？

　　　（2）〔辛〕酉貞：王往田，不雨？

　　　（3）其雨？

　　　（4）亡戋？

　　　（5）□□貞:〔王〕往田,亡戋？

2047　癸☑？

2048　☑于🥄☑？〔註206〕

2049　（二）

2050　☑〔又困〕？

2051　☑俎☑？

〔註203〕《釋文》無「一」字。案應有，據補。見朱師〈正補〉頁263。

〔註204〕《釋文》云:「字殘不識。」案應有「王入」、「取」字殘筆，分屬二辭條，今據補。
　　　　見朱師〈正補〉頁263。

〔註205〕《釋文》無「五」字。案應有，並另立一辭條，據補。見朱師〈正補〉頁263。

〔註206〕《釋文》云:「字殘不識。」案應有「于、🥄」二字。朱師〈正補〉云:「🥄，即
　　　　咒字。篆文作𥅆，地名，乃殷王田狩區。」今據補之。

（2）☑罜☑？

（3）（一）

2038 ☑〔王〕其正人〔方〕？

2039 ☑勾祝用☑？

2040 （1）癸未卜：☑？

（2）今日庚不雨？

（3）□巳卜：其窆黍☑？

（4）（一）

（5）（一）

2041 □□卜：畐杏牢？

（6）（三）

2059 （1）吉。

（2）吉。

2060 癸☑〔餗〕☑？

2061 （1）于俆□？

（2）于蓐罜？

（3）于俆罜？

2062 ☑〔歲〕叀☑？

2063 （三）

2064 （1）王族其臺尸方邑雔，右左
其嚳？

（2）弜嚳，其䜌雔，于之若？

（3）☑右旅☑雉眾？

2065 （1）〔弜征〕？

（2）☑牢☑？

2066 （二）

2067 （1）☑告又豕，王其匕比舀☑？

（2）（一）

（3）（一）

（4）（一）

2052 ☑〔龜〕☑？〔註207〕

2054 乙亥貞：河其𣲗？

2055 □巳貞：其䤷☑？

2056 ☑今日不☑？

2057 〔隹〕☑于☑？

2058 （1）又來囧自北？

（2）☑囧☑？

（3）乙酉卜：亡來〔囧〕☑？

（4）乙酉卜：□〔來〕☑？

（5）乙酉卜：☑？

2078 （1）赏□〔牛〕？（一）

（2）沉五牛？（一）

2079 （1）癸□貞：□亡□？

（2）癸未貞：旬亡囧？

（3）癸巳貞：旬亡囧？

（4）癸卯貞：旬亡囧？

（5）癸丑貞：旬亡囧？

2080 □□卜：☑于父甲，其見川
〔註208〕，比☑？

2081 吉。

2082 （1）吉。

（2）大吉。

（3）吉。

2083 （三）

2084 ☑〔姒〕〔註209〕丙☑？

2085 （1）叀辛卯？

（2）叀辛卯？

（3）叀己丑？

2086 （三）

〔註207〕《釋文》云：「字殘不識。」朱師〈正補〉云：「字殘，上半從鹿首。或爲湄，或
爲麑。」案本字字體較大，上端亦非鹿首，應爲武乙期大字卜辭「告𪊽」之「𪊽」
字上部，隸作「龘」。

〔註208〕《釋文》將「見、川」二者摹爲一字，誤。

〔註209〕《釋文》無「姒」字。案應有，據補。見朱師〈正補〉頁264。

2068　（二）

2069　祝至☑？

2070　辛卯卜：子呂〔註210〕☑？

2071　吉。茲用。

2072　☑〔宰〕？

2073　癸☑其〔徝〕☑？

2074　☑眾☑？

2075　☑〔令臺〕☑？〔吉〕。〔註211〕

2076　☑示☑？

2077　癸酉貞：于☑？

　　　（2）弜徝于來日？

　　　（3）弜又？

　　　（4）癸酉卜：叚甲歲，叀牝？

　　　（5）牡？

2092　庚申☑？

2093　（1）竝受☑？

　　　（2）[甲骨文字]受又？

2094　（1）辛王弜田，其每？

　　　（2）☑田，其每？

2095　（1）戊戌卜：王其逐兕，擒？
　　　　　弗擒？

　　　（2）□□卜：☑入☑田？

2096　（1）☑其☑〔自〕☑？

　　　（2）☑自祖丁？

2097　（1）壬☑[甲骨文字]☑？

　　　（2）□卯又☑父丁歲☑□卅
　　　　　☑？在京。

2098　☑徝，王受〔又〕？

2087　（1）叀〔盂〕□省，湄日□戈？

　　　（2）翊日戊〔王〕其田，湄日
　　　　　不冓雨？

　　　（3）其冓雨？

2088　（1）丁卯貞：雨？（一）

　　　（2）☑〔雨〕？

2089　□卯貞：□亡囚？

2090　（1）其冓大雨？

　　　（2）王其田瓜，亡戈？

　　　（3）☑戈？

2091　（1）辛☑？

　　　（7）壬寅貞：王步自斂于窒？
　　　　　〔註212〕（一）

　　　（8）于斂？〔註213〕（一）

2101　☑冓雨？

2102　（1）☑田☑？

　　　（2）☑往□，亡戈？

2103　☑其又歲于☑？

2104　（1）己巳卜：又伐祖乙亥？
　　　　　〔註214〕（三）

　　　（2）辛☑〔酚〕☑？（三）

　　　（3）辛〔未〕□：于來□〔壬〕
　　　　　申☑？（三）

　　　（4）辛未卜：又十五羌，十牢？
　　　　　（三）

2105　（1）己亥☑？（一）

　　　（2）于岳秦禾？

　　　（3）于高祖亥秦禾？

　　　（4）庚午貞：河巷云？

　　　（5）[于岳秦云？]

〔註210〕　《釋文》依于省吾釋「雍」，考釋亦同，可從。字作「[甲骨文字]」本釋文僅作隸定，爲「呂」。

〔註211〕　《釋文》云：「殘存兩字，不識。」案二殘字大部可識，上字爲「令」，下字「臺」
　　　　　作氏族名用，左方有吉字殘筆。

〔註212〕　「窒」，《釋文》作「夒」，誤。案「夒」爲殷先公，不應作「自○于夒」讀，不詞、
　　　　　該字下方從五甚明，應作「窒」，地名。

〔註213〕　該字考釋誤隸作從子，案宜從牛。

〔註214〕　「又伐祖乙亥」應作「又伐祖乙，乙亥」讀，乙字奪去其一。

2099　（1）吉。
　　　（2）吉。

2100　（1）辛〔丑〔註215〕卜〕：今夕
　　　　　不征雨？（一）
　　　（2）丙申貞：王步，丁酉自哭？
　　　　　（一）
　　　（3）戊戌□：王步？（三）
　　　（4）（一）
　　　（5）戊戌貞：王于己亥步□哭？
　　　　　（一）
　　　（6）庚子貞：王步自壴？（一）

2109　乙未貞：受□？

2110　（1）大吉。
　　　（2）吉。

2111　□宰用？

2112　（1）乙酉卜：□？
　　　（2）□受又？

2113　（1）戊申卜，□貞：今日戰娥，
　　　　　毕？
　　　（2）丙午卜，凵貞：羽丁未步，
　　　　　易？丁未王步，允易。二
　　　　　告。
　　　（3）二告。

2114　戊王其田戰，亡戈？

2115　弜用。

2116　（1）王其涉東川，田三彔，紭
　　　　　□？
　　　（2）弜涉？

　　　　（5）隹岳老云？
　　　　（6）隹高祖亥〔老〕云？

2106　（1）己亥貞：今來羽受禾？
　　　（2）不受禾？
　　　（3）甲子卜：隹岳〔老〕禾？

2107　（1）丁巳卜：岳至，王其征？
　　　　　〔註216〕吉。
　　　（2）叀四小宰用，又雨？吉。
　　　（3）□大雨？
　　　（4）叀五小宰用，又大雨？
　　　（5）□雨？

2108　丁巳卜：□？

2121　（1）米□？
　　　（2）其祝妣母，至戊？〔註217〕
　　　　　大吉。
　　　（3）至又日戊祝？吉。
　　　（4）吉。
　　　（5）叀戊辰〔彡〕□？吉。

2122　（1）癸酉卜：㫖日〔乙亥〕□？
　　　（2）（一）
　　　（3）上甲祝，叀彳？（一）

2123　（1）己亥□㞷□？茲用。（二）
　　　（2）乙巳貞：其往于夒，亡𡆥？
　　　　　茲用。（二）
　　　（3）（二）
　　　（4）（二）

2124　（1）辛卯□？
　　　（2）卯五牛？

〔註215〕丑日，《釋文》誤作卯日。案本版左方卜辭由下而上，依日期順序應爲「庚子（6）」、
　　　　「辛丑（1）」、「壬寅（7）」。《考釋》作「辛雨」并非。

〔註216〕《釋文》無「征」字。案應有，據補。見朱師〈正補〉頁261。

〔註217〕原句應爲「其祝妣母至母（戊）」，「妣母」之「母」與「母戊」之母共用一字。

2117 （1）癸未貞：旬亡田？（三）
　　　（2）癸巳貞：旬亡田？（三）
　　　（3）癸卯貞：旬亡田？（三）
　　　（4）癸丑貞：旬亡田？（三）
　　　（5）癸亥貞：旬亡田？（三）
　　　（6）癸酉貞：旬亡田？

2118 （1）己丑卜：帚石奭爵于南庚？
　　　（2）己丑☒？
　　　（3）叀庚昍凡？
　　　（4）甲午卜：☒丨屮歲？

2119 （1）弜畓，其每？
　　　（2）自新畓，戋？吉。
　　　（3）自盂畓，戋？
　　　（4）大吉。

2120 弜☒〔受〕☒？吉。

2128 （1）己亥卜：☒？（三）
　　　（2）□□卜：☒？（三）

2129 己卯貞：奉自上甲六示？

2130 （1）癸☒？
　　　（2）上甲歲三牢？茲用。（二）
　　　（3）五牢？（二）

2131 ☒其以又家☒？

2132 （1）（三）
　　　（2）（三）
　　　（3）〔庚〕☒？（三）
　　　（4）夕告？（三）
　　　（5）☒〔屮昌〕〔註219〕☒？
　　　（6）（三）

2133 □巳卜：☒？

2134 （1）癸亥。
　　　（2）癸亥。

2125　（3）癸巳貞：其又弓自上甲，
　　　冂，至于父丁？甲午用。
　　　（三）
　　　（4）甲午貞：今戌受禾？（三）
　　　（5）丙申☒于〔岳〕☒？（三）
　　　（6）丙申貞：其奉禾〔于〕岳，
　　　奞□小宰？（三）

2125 （1）王其〔田〕，毕？吉。
　　　（2）不毕？吉。

2126 （1）己卯卜：其雨庚辰？
　　　〔註218〕（二）
　　　（2）辛巳卜：又田？（二）
　　　（3）甲申卜：其雨乙酉？（一）
　　　（4）甲申卜：不雨乙酉？（一）

2127 （1）☒？
　　　（2）辛酉卜：☒？
　　　（7）癸丑貞：旬亡田？
　　　（8）癸亥貞：旬亡田？

2140 （1）其召父己，叀入自□？
　　　（2）叀切□福？
　　　（3）于入自福？吉

2141 （字跡殘泐）

2142 ☒于祖乙☒羌卅，歲五牢？

2143 （1）弜乍豐？
　　　（2）弜冓雨？
　　　（3）不雨？

2144 ☒其☒？

2145 □酉卜：令伊☒〔比〔註220〕伐〕
　　　☒？

2146 （1）叀庚？
　　　（2）叀辛？吉。
　　　（3）其祝一牛？
　　　（4）二牛？吉

〔註218〕「其雨庚辰？」即「庚辰其雨？」之移位句型。《釋文》作「其雨，庚辰？」案應
　　　上下連讀，不應加以點讀。（3）（4）辭例同。

〔註219〕《釋文》無「屮昌」二字。案應有，據補。見朱師〈正補〉頁264。

〔註220〕《釋文》無「比」字。案應有，據補。見朱師〈正補〉頁265。

2135 （1）癸酉貞：旬亡囚？
　　（2）□未貞：旬亡囚？

2136 （1）壬午卜，貞：王其□䰩，
　　　　亡戋
　　（2）乙酉卜，貞：王其田䰩，
　　　　亡戋？
　　（3）辛卯卜，貞：王其田□，
　　　　亡戋？

2137 （1）叀丁巳酹，王受又？
　　（2）□丁巳？

2138 （1）〔不〕雨？
　　（2）（一）

2139 （1）癸丑貞：□？
　　（2）癸亥貞：旬亡囚？
　　（3）癸酉貞：旬亡囚？
　　（4）癸未貞：旬亡囚？
　　（5）癸□□：□□□？
　　（6）癸卯貞：旬亡囚？

　　（13）（三）
　　（14）甲戌卜：不入？允。（三）
　　（15）其入乙亥？（三）
　　（16）丁丑叀乞骨三，⊠。

2150 壬寅卜：王于詠羍？〔允〕□。

2151 □其田，不冓雨？

2152 （1）于朹宿，亡戋？
　　（2）于簍乍偅，□戋？大吉。

2153 （字跡殘泐）

2154 □五十阶□？

2155 （1）一〔牢〕？
　　（2）二牢？（一）

2156 □〔步〕□？

　　（4）二牛？吉。

2147 （二）

2148 （1）戊辰卜：今日雍己夕，其
　　　　乎䖵虢工？大吉。
　　（2）弜乎䖵虢工，其乍尤？
　　（3）□䖵虢工于雍己□？

2149 （1）丁亥卜：庚卯〔雨〕，在京
　　　　□？（三）
　　（2）（三）
　　（3）（三）
　　（4）（三）
　　（5）（三）
　　（6）（三）
　　（7）戊子卜：木雨⊠？
　　（8）戊子卜：⊠？
　　（9）〔戊〕午卜：叀大牢？（三）
　　（10）戊午卜：其賓？（三）
　　（11）其雨？（三）
　　（12）（三）
　　（5）庚午卜：壬申雨？允。亦
　　　　雨。（二）
　　（6）辛未卜：帝風，不用，雨？
　　（7）壬申卜：川邑羊〔註221〕？
　　　　（二）
　　（8）壬申卜：川弗邑羊？（二）
　　（9）□貞：亡囚？
　　（10）□允雨。

2162 （1）癸丑貞：旬亡囚？（一）
　　（2）癸亥貞：旬亡囚？（一）
　　（3）□？（一）

2163 （1）吉。
　　（2）于向亡戋？吉。

〔註221〕羊字橫書，似有區別義，爲地名或氏族名。

2157 （1）辛丑卜，貞：王其田，亡
        《《？〔註222〕
    （2）庚子卜，貞：王其田，亡
        《《？

2158 弗罕？

2159 ☒〔王其〕☒每？亡戈？

2160 （1）〔癸〕□〔貞〕：□〔亡〕
        □？
    （2）癸卯貞：旬亡因？（二）
    （3）癸丑貞：旬亡因？（二）
    （4）癸亥貞：旬亡因？（二）
    （5）癸酉貞：旬亡因？（二）

2161 （1）丙寅□：至戊□雨？不□？
        戊辰□。（二）
    （2）丁卯卜：戊辰雨？不雨？
        （二）
    （3）己巳卜：夌雨？（二）
    （4）庚午卜：辛未雨？允雨。
        （二）

2169 （1）壬午卜：王〔其〕☒？
    （2）其在向🐾盖？
    （3）茲用。王隻鹿。
    （4）弗罕？
    （5）☒〔王〕□田□宮？

2170 （1）于🌿🌿，罕？
    （2）其窗于東方敖，罕？
    （3）于北方敖，罕？

2171 （三）

2172 （1）□□□，貞：□其田☒？
    （2）戊子卜，貞：王其田，亡
        《《？（一）

（3）于宮亡戈？吉。
（4）于孟亡戈？吉。
（5）翊日戊王其迌于喪？大
    吉。茲用。
（6）于向？吉。
（7）吉。
（8）于孟亡戈？吉。

2164 丙寅〔註223〕☒？

2165 （1）茲用。（一）
    （2）乙酉卜：雍己歲一牢？（一）
    （3）二牢？（一）
    （4）（一）
    （5）其蕎雨？（一）

2166 （3）癸□貞：〔旬〕亡因？（三）
    （4）癸亥貞：旬亡因？（三）
    （5）癸酉貞：旬亡因？（三）
    （3）癸□貞：□亡因？（三）

2167 ☒日☒？

2168 （1）辛巳卜：翊日壬王其迌于
        椋，亡戈？弘吉。
    （2）于喪亡戈？

2174 （1）不？
    （2）叀癸酌祖甲？
    （3）多亞奉？
    （4）甲雨？
    （5）叀甲？
    （6）叀甲？
    （7）🐾出✚？〔註224〕
    （8）不雨？
    （9）叀癸雨？
    （10）亞？
    （11）叀甲？
    （12）✚？

〔註222〕同「戈、《《」，爲災字之一體。

〔註223〕《釋文》無「寅」字。案應有，據補。見朱師〈正補〉頁265。

〔註224〕本辭條完全爲習刻，字不識，僅最後一字依同版文例疑爲「亞」字誤書。

伙？（一）

（3）辛卯卜，貞：王其田，亡
伙？（一）

（4）乙未卜，貞：王其田，亡
伙？（一）

（5）戊戌卜，貞：王其田，亡
伙？（一）

（6）辛丑卜，貞：王其田，亡
伙？

（7）壬寅卜，貞：王其田，亡
伙？

（8）戊申卜，貞：王其田，亡
伙？（一）

（9）己未卜，貞：王其田，亡
伙？（一）

（10）辛酉卜，貞：王其田，
〔亡〕？（一）

（11）乙丑卜，貞：王其田，亡
伙？（一）

2173　（1）（二）

（2）（二）

（3）又☒？（二）

（4）甲戌卜：易□癸☒？（二）

（5）又中丁二牢？（四）

2182　（1）乙酉卜，貞：王其田，亡
伙？在黃師。（一）

（2）庚戌貞：王其田，亡伙？
（一）

（3）辛亥貞：王其田，亡伙？

2183

2184　吉。用。

2185　（1）叀禘☒用？大吉。

（2）叀三牢用，王受又？

（3）叀舊禘五牢用，王受又？

（4）叀〔戌〕雋又戈？吉。

（5）☒雋亡戈？吉。

2175　（1）及？

（2）弗及？

2176　（1）癸酉貞：□亡囚？

（2）（二）

（3）（二）

2177　（1）甲☒？（一）

（2）王于乙步？

2178　（1）辛巳卜，貞：王其田，亡
伙？

（2）乙酉卜，〔貞〕：王□□，
亡伙？

（3）（一）

2179　（1）丁丑卜：在義田，來執羌，
王其弓于□、大乙、祖乙，
又正？吉。

（2）☒穴☒？

2180　□丑卜：隹四矢彡束？

2181　（1）于梌亡戈？弘吉。

（2）于❄亡戈？吉。

（3）不雨？吉。

（4）其雨？吉。

2192　（1）弜□喪□其☒？

（2）叀盂田省，不冓雨？

（3）弜省盂田，其冓雨？

（4）叀宮田省，不冓雨？

（5）□省宮□，□冓雨？

2193　（1）弜☒？

（2）其告一牛？

（3）二牛？（二）

（4）三牛？（二）

2194　（1）己酉卜：〔叀〕〔註225〕茲
用？

（2）叀茲戈〔註226〕用？

2186 （1）戊子貞：己亡囚？（一）
　　　（2）己□貞：□□□？
　　　（3）庚寅貞：辛亡囚？（一）
　　　（4）辛卯貞：壬亡囚？
　　　（5）壬辰貞：癸亡囚？（一）
　　　（6）癸巳貞：甲亡囚？（一）

2187 （三）

2188 （1）癸□貞：□亡□？
　　　（2）癸丑貞：旬亡囚？
　　　（3）癸亥貞：旬亡囚？
　　　（4）癸酉貞：旬亡囚？
　　　（5）癸未貞：旬亡囚？
　　　（6）癸巳貞：旬亡囚？
　　　（7）癸卯□：旬□□？

2189 （1）癸酉貞：旬亡囚？（二）
　　　（2）癸未貞：旬亡囚？（二）

2190 （1）其☑？（一）
　　　（2）（一）

2191 （1）☑阤☑戌☑？
　　　（2）隹□王罟？
　　　（3）叀允牧？

　　　（4）☑其田☑𣏛雨？

2206 癸。

2207 （1）（一）
　　　（2）癸丑貞：旬亡〔囚〕？（一）

2208 （1）□□卜：王其☑？〔弘吉〕。
　　　（2）吉。

2209 ☑父庚歲牢？吉。

2210 （1）（一）
　　　（2）（一）
　　　（3）其雨？
　　　（4）☑？
　　　（5）不雨？
　　　（6）其雨？（一）

2211 □〔寅〕夋乞骨三。

2195 ☑以眾，罟？
　　　不□大風？

2196 （1）叀丙興用，莫？
　　　（2）伊𤔒世明？

2197 （二）

2198 （1）甲子貞：☑？
　　　（2）☑〔眾〕毓祖告人？（一）

2199 □□卜：今日庚不雨？

2200 □未卜：□𠂤歲大乙伐廿、十〔牢〕？

2201 癸丑貞：旬□□？

2202 （1）茲用。
　　　（2）（一）

2203 弘吉。

2204 （1）吉。
　　　（2）（一）

2205 （1）叀〔宮〕□省，亡戈？
　　　（2）叀〔盂〕田省，亡戈？
　　　（3）叀宮田省，亡戈？

2221 ☑出，弗每？

2222 （1）癸☑？
　　　（2）癸酉☑？

2223 （1）癸亥貞：旬亡囚？
　　　（2）癸酉貞：旬亡囚？
　　　（3）癸未貞：旬亡囚？（二）

2224 □申貞：王步？甲，王不步？

2225 ☑叀☑？茲用。

2226 （1）（三）
　　　（2）（三）

2227 （1）乙亥〔卜〕，貞：弜告黽？（一）
　　　（2）（一）

2228 （1）癸未貞。（一）

2212 ⧄藋湡，亡⧄？

2213 ⧄王往田，亡⧄？

2214 ⧄〔雨〕？

2215 （1）五大牢歲？（三）
（2）于來乙未酌歲？（三）

2216 于宮亡𢦏？

2217 （字跡殘泐）

2218 （1）癸卯貞：旬亡囚？
（2）癸丑貞：旬亡囚？
（3）（二）

2219 （1）丙子卜：□陟，不歺？
（2）其歺？
（3）其用？大吉。
（4）弜巳用？
（5）其用，陟，弗每？吉。
（6）弜用？
（7）于大乙？
（8）于祖乙？大吉。
（9）于祖丁？
（10）大吉。

2220 ⧄貞：王⧄？

（4）辛卯卜：⧄？
（5）丁⧄？
（6）今日比？
（7）今日比？

2237 ⧄〔〕，〔今〕〔註 227〕⧄？

2238 （1）⧄妣乙盧豕？
（2）⧄㞢⧄？

2239 ⧄〔〕，今日〔比〕？〔註 228〕

2240 丁丑卜：余釆省〔註 229〕奴？

2241 叀㐁河牛于天？〔註 230〕

2242 甲申⧄歲⧄？

2243 （1）甲申〔卜〕：⧄？
（2）癸卯貞：旬又囚？

2244 壬戌卜：余⧄？

（2）壬午卜。（一）
（3）（二）
（4）（二）

2229 茲〔叀〕三羽矢⧄？

2230 □子卜，貞：⧄〔亡〕𢦏？在漁師。

2231 癸酉。

2232 （1）弜巳？
（2）王其藋日出，其鳶于日，劉？
（3）弜劉？
（4）其湡，王其焚？
（5）其？
（6）劉，其五牢？
（7）其十牢？吉。

2233 ⧄畀？

2234 丁卯貞：彡王其奉□望〔乘〕？（二）

2235 用。

2236 （1）今日比？
（2）今日比？
（3）⧄比？

2254 （1）壬寅卜：王其敷于盂田，又雨？受年？
（2）⧄賁⧄又雨？
（3）⧄今往，王乎每㐁，叀之又用？又雨？
（4）⧄㐁又雨？

2255 十羊？

2256 （1）弜田，其每？吉。
（2）王其田以万，弗每？吉。
（3）弗以万？吉。
（4）叀宮田省，亡𢦏？吉。
（5）叀盂田省，亡𢦏？吉。

2257 （1）叀喪田省，亡𢦏？
（2）不遘大風？

2245　☑〔名〕雨☑？

2246　叀□典〔用〕？

2247　戊申卜：又袞于土？

2248　（1）丙〔辰〕□钔☑于☑？
　　　（2）□申卜：□妣辛于□，叀☑？

2249　癸巳卜：☑旬☑？（三）

2250　不其易□？（二）

2251　丁酉卜：今夕又☑？（二）

2252　（1）〔辛〕☑？
　　　（2）☑先☑雨？

2253　癸酉卜，貞：羌冂用自上甲？

　　　（6）己卯卜，貞：𢀜☑？

2261　（1）甲弜酌，亡雨？
　　　（2）于乙酌，又雨？
　　　（3）乙弜酌，亡雨？

2262　（1）□□貞：☑？
　　　（2）□□□：☑？
　　　（3）□□貞：旬亡囚？（二）
　　　（4）□□貞：旬亡囚？（二）
　　　（5）癸亥貞：旬亡囚？（二）
　　　（6）癸酉貞：旬亡囚？（二）
　　　（7）癸未貞：旬亡囚？（二）
　　　（8）癸巳貞：旬亡囚？（二）
　　　（9）癸卯貞：旬亡囚？（二）
　　　（10）癸丑貞：旬亡囚？（二）

2263　（1）庚辰貞，王卜：在𢀜？
　　　（2）兇？
　　　（3）兇？
　　　（4）兇？
　　　（5）兇？

2264　癸未。

2265　（1）甲辰卜：大乙眔上甲酌，王受又＝？

（3）其遘大風？

2258　☑又歲于祖乙瞂☑？

2259　（1）叀妼☑？
　　　（2）叀陜母？
　　　（3）叀毇羌？
　　　（4）☑于宗☑？

2260　（1）丁卯卜，貞：□堅田于□？
　　　（2）丁卯卜，貞：王其令𤉲𠬝眾于北？
　　　（3）己卯卜，貞：𣏟方其寇我戍？
　　　（4）己卯卜，貞：叀大史？
　　　（5）□卯卜，貞：小史？

2267　（1）□未卜：☑？
　　　（2）叙竣。
　　　（3）☑叀今夕酌，王受又？
　　　（4）☑又姬☑？

2268　（1）于☑？
　　　（2）乙未卜：今日力，不雨？吉。
　　　（3）其雨？

2269　（1）王叀田省，亡戋？
　　　（2）其獸，亡戋？吉。
　　　（3）大吉。
　　　（4）弜田戲？吉。
　　　（5）王叀〔田省〕☑？

2270　吉。

2271　（1）弜☑？
　　　（2）至日甲？
　　　（3）弜至日？
　　　（4）辛〔日〕☑？

2272　（1）五牢于岳？
　　　（2）九牢于〔河〕☑？
　　　（3）辛未貞：叀上甲即宗于河？（一）
　　　（4）□卯□：☑受年？

（2）弜罘？

（3）□先上甲酚？吉。

（4）三匚二示罘上甲□，王受又？吉。

（5）弜罘？吉。

2266　（1）☑貞：☑〔田〕䳟☑？

（2）☑王其田□？

（3）☑貞：☑䳟，☑？

（4）壬子卜，貞：王其田□，亡戋？

（5）戊午卜，貞：王其田䳟，亡㦰？

（6）□□卜，□：□其田□戋？

2274　（1）癸丑貞：旬亡囚？

（2）癸亥貞：旬亡囚？

（3）癸酉貞：旬亡囚？

（4）癸未貞：旬亡囚？

（5）癸巳貞：旬亡囚？（二）

2275　叀□雨□？

2276　（1）己未卜：祖丁大彡，王其祉大甲？

（2）弜祉？叙㚅。

（3）王其鄉于宙□？

（4）弜鄉于宙，鬳奠升，又正？

（5）其乍豐，又正？

（6）弜乍豐？

2277　（1）癸巳貞：旬亡囚？（二）

（2）癸卯貞：旬亡囚？（二）

（3）癸丑貞：旬亡囚？

（4）癸亥貞：旬亡囚？（二）

（5）癸酉貞：旬亡囚？

（6）癸未貞：旬亡囚？

2278　（1）癸丑☑？

（2）□㚅。

2279

2273　（1）丙子□：☑辥﹝註231﹞我？（三）

（2）弜辥？（三）

（3）丙子〔貞〕：王□竝□〔彡〕？（三）

（4）丙子貞：王叀令竝〔彡〕我？

（5）丁丑貞：王令竝歸侯以田？（三）

（6）丁丑貞：王□夨〔彡〕我？

（7）己卯貞：今日王令夨因我？（三）

（8）〔癸未〕貞：☑？

（3）乙亥卜：取岳，受禾？茲用。

（4）不受禾？

（5）己卯卜：門岳？茲用。

（6）己卯卜：于竝立岳，雨？（一）

（7）☑立岳？不。

（8）己卯卜：奉雨于□亥？（一）

（9）己卯卜：奉于□？不

（10）己卯卜：奉雨于上甲？不。

（11）庚辰卜：☑岳，雨？

（12）□巳□：夐，不雨？

（13）丁亥卜：戊子雨？〔允〕雨。

（16）丁亥卜：庚雨？

（17）□□卜：☑雨？

（18）癸丑卜：奉雨于□？

（19）乙亥隻乞骨三，囷。

2283　（1）□丙卜：丁亥雨？允雨。

（2）己丑大﹝註232﹞雨？

（3）于乙雨？

（4）□癸雨？

（1）癸亥卜：王其臺封方，叀
　　戌午王受又＝？戋？在
　　凡。吉。

（2）叀癸亥王受又？吉。

2280　（1）癸□貞：□亡□？
　　　（2）癸巳貞：旬亡囚？
　　　（3）癸卯貞：旬亡囚？
　　　（4）癸丑貞：旬亡囚？
　　　（5）癸亥貞：旬亡囚？
　　　（6）癸酉貞：旬亡囚？
　　　（7）癸未貞：旬亡囚？

2281　□辰卜：羽日其酚，其祝自中宗
　　　祖丁祖甲☑〔于〕父辛？

2282　（1）丁卯卜：今日雨？（一）
　　　（2）丁卯卜：取岳，雨？

　　　（5）癸丑貞：旬亡囚？
　　　（6）癸亥貞：旬亡囚？
　　　（7）癸酉貞：旬□囚？

2286　□□卜：王其乎臺戎☑，〔王〕
　　　受又＝？戋？在𤔲。

2287　（1）（三）
　　　（2）癸☑夕□？（三）
　　　（3）癸卯貞：亡囚？（三）
　　　（4）甲子卜：雨？（三）
　　　（5）甲子卜：□乙杢𡧇土？（三）
　　　（6）壬午卜：丙雨？（三）
　　　（7）壬午卜：乙雨？（三）
　　　（8）夕雨？（三）
　　　（9）丙戌？
　　　（10）丙戌卜：不雨？（三）
　　　（11）丙戌卜：丁雨，不至丁雨？
　　　　　　（三）
　　　（12）𣥸？

2288　（1）戊戌卜：今日雨？允。（三）
　　　（2）癸卯卜：雨？不雨？（三）

2284　（1）（二）
　　　（2）癸酉貞：□□□？（二）
　　　（3）癸未貞：旬亡囚？（二）
　　　（4）癸巳貞：旬亡囚？（二）
　　　（5）癸卯貞：旬亡囚？（二）
　　　（6）癸丑貞：旬亡囚？（二）
　　　（7）癸亥貞：旬亡囚？（二）
　　　（8）癸酉貞：旬亡囚？（二）
　　　（9）癸未貞：旬亡囚？（二）

2285　（1）癸酉貞：□□□？
　　　（2）癸未貞：旬亡囚？（三）
　　　（3）癸巳貞：旬亡囚？（三）
　　　（4）癸卯貞：旬亡囚？（三）

2291　（1）☑？
　　　（2）不吉秳？
　　　（3）其戌幼盂田，叀犬七用？
　　　（4）叀犬用？

2292　辛未卜：其酚品豐，其奉于多
　　　妣？（一）

2293　（1）丁卯貞：又歲於大乙？（三）
　　　（2）丁卯貞：□□又歲於大乙？
　　　　　（三）
　　　（3）辛未貞：〔乙亥〕又歲於大
　　　　　乙三牢？（三）
　　　（4）辛未貞：乙亥〔又歲〕于
　　　　　大乙五牢，又伐？
　　　（5）大乙伐十羌？（三）
　　　（6）大乙伐十羌又五？（三）
　　　（7）大乙伐卅羌？（三）
　　　（8）弜又伐？（三）
　　　（9）辛巳貞：犬侯以羌，其用
　　　　　自？〔註233〕

2294　（1）□〔亥〕卜：父甲□歲，
　　　　　明坦下为 ? 〔 〕?

2289 （1）癸亥貞：旬亡囚？（一）
（2）癸酉貞：旬亡囚？（一）
（3）癸未貞：旬亡囚？（一）
（4）癸巳貞：旬亡囚？（一）
（5）癸卯貞：旬亡囚？（一）
（6）癸丑貞：旬亡囚？（一）
（7）癸亥貞：旬亡囚？（一）
（8）癸酉貞：旬亡囚？（一）
（9）癸未貞：旬亡囚？（一）

2290 （1）庚申卜：〔犬〕□曰又鹿，
□匕，罕？（一）
（2）弗罕？（一）
（3）庚申卜：羽日辛雨？（一）
（4）不雨？（一）
（5）庚囚？

2295 （1）丁未貞：叀乙卯告帯？
〔註234〕
（2）于乙亥告帯？
（3）于乙酉告帯？
（4）于乙未告帯？
（5）于乙巳告帯？
（6）庚戌貞：其先于六大示告
帯？
（7）囚先于囚告□？

2296 （1）囚用？
（2）（一）
（3）（一）
（4）茲用。（一）
（5）己未卜：中己歲罙兄己歲，
酓囚？
（6）庚申卜：王其舟囚〔二〕
牢？茲用。
（7）庚申卜：舟夌二牢？

2297 （1）囚今日雨？
（2）庚雨？

2298 （1）己卯卜：王往田，罕？（一）
（2）亡戈？（一）
（3）乙卯卜：王往田，不冓雨？
（一）

即祖丁歲冊？
（2）弜即祖丁歲冊？
（3）囚夕歲弘囚？
（4）甲子卜：父甲豊，叀祖丁
豊用？大吉。
（5）囚用囚？
（6）甲子卜：其豊□下兮，北
鄉？
（7）辛未卜：執其用囚？
（8）二吉。

2299 （1）壬申卜：王往田，亡戈？
（2）不冓雨？
（3）壬申卜：王往田，比利，
罕？
（4）比旊，罕？

2300 （1）戊戌卜：今日□叔？
（2）今日不叔？吉。
（3）己叔？吉。
（4）庚叔？大吉。
（5）辛叔？
（6）壬叔？
（7）壬不叔？
（8）及茲夕大叔？

2301 （1）甲子卜：〔叺〕以王族宄方，
在𡿩，亡𢦔？
（2）又□？吉。
（3）□罕？吉。
（4）方來降？吉。
（5）不降？吉。
（6）方不往自𡿩？大吉。
（7）其往？

2302 庚午。

2303 （1）弜奉？
（2）囚牢囚牛二？

（4）田，比南，毕？

（5）戊午卜：在圅刺，𡹴告麋，
　　其匕，毕？

（6）□冓雨？

（7）戊午卜：王往田，比東，
　　毕？

（8）戊午卜：王往田，亡戈？
　　（一）

（9）戊午卜：王往田，毕？

（10）亡戈？

（11）不冓雨？

2306　（1）辛酉卜，貞：王其田𢦏，
　　　亡𠨲？（一）

　　　（2）壬戌卜，貞：王其田𣅏，
　　　亡□？（一）

　　　（3）戊辰卜，貞：王其田𢦏，
　　　亡𠨲？（一）

　　　（4）辛未卜，貞：王其田𢦏，
　　　亡𠨲？（一）

　　　（5）壬申卜，貞：王其田𢦏，
　　　亡𠨲？（一）

2307　乙亥。

【以下屬《屯南》圖版第二分冊】

2308　（1）辛未卜：□于大乙□？

　　　（2）□子卜：□辛不雨？（一）

　　　（3）丁酉卜：來乙巳酓，𢌷歲
　　　伐十五、十牢勹？

　　　（4）丁□？

2309　（1）甲戌卜，貞：酓于□？

　　　（2）甲戌叀乞骨十。

2310　□大牢、三羌？

2304　（1）叀𦎧，王受又？

　　　（2）叀�，王受又？

2305　（1）甲□□今日☒？（三）

　　　（2）丙辰卜：今辛酉又于岳？
　　　用。（三）

　　　（3）戊午卜：于宗不？（二）

　　　（4）在臺卜。（三）

　　　（5）于☒？（三）

　　　（6）在𡘭卜。（三）

　　　（7）〔茲〕用。

　　　（8）癸亥貞：旬亡𡆥？（三）

　　　（9）癸酉貞：旬亡𡆥？（三）

　　　（10）癸〔未〕貞：旬亡𡆥？（三）

　　　（11）癸巳貞：旬〔亡〕𡆥？（三）

　　　（12）癸卯貞：旬亡𡆥？（三）

2313　（1）癸未貞：旬亡𡆥？（二）

　　　（2）癸巳貞：旬□〔𡆥〕？（二）

2314　（1）癸亥貞：旬亡𡆥？（二）

2311　（1）吉。

　　　（2）弜☑受☑？吉。

　　　（3）叀𡥀乎人〔又〕祖，若？
　　　　　 吉。

　　　（4）弜乎☑？

　　　（5）叀受□亻旋令，王弗每？
　　　　　 吉。

　　　（6）弜令，其每？

　　　（7）☑令，其每？

2312　（1）癸丑貞：旬亡囚？（三）

　　　（2）癸亥貞：旬亡囚？（三）

　　　（3）癸酉貞：旬亡囚？（三）

　　　（4）癸未貞：旬亡囚？（三）

　　　（5）癸巳貞：旬亡囚？

　　　（6）癸卯貞：旬亡囚？

　　　（7）癸丑貞：旬亡囚？（三）

　　　（9）牢又一牛？

　　　（10）二牢？茲用。

　　　（11）三牢？

　　　（12）弜勿？茲用。

2316　寅。〔註235〕

2317　〔辛〕☑？

2318　（1）☑其☑？

　　　（2）☑父丁日𠬝？

　　　（3）不雨？

　　　（4）□雨？

2319　（1）戊子貞：王往田，亡𢦔？
　　　　　 （一）

　　　（2）☑亡𢦔？

2315　（2）癸酉貞：旬亡囚？（二）

　　　（3）癸未貞：旬亡囚？

　　　（4）癸巳貞：旬亡囚？（二）

　　　（5）癸卯貞：旬亡囚？（二）

　　　（6）癸丑貞：旬亡囚？（二）

　　　（7）癸亥貞：旬亡囚？（二）

　　　（8）癸酉貞：旬亡囚？

　　　（9）癸〔未〕貞：旬亡囚？

2315　（1）乙未卜：父己歲牢？

　　　（2）牢又一牛？

　　　（3）二牢？

　　　（4）三牢？

　　　（5）父己☑？

　　　（6）弜？

　　　（7）〔庚〕申妣辛〔召〕歲牢？

　　　（8）妣辛召？

　　　（2）（一）

　　　（3）即岳于上甲？（一）

　　　（4）（一）

　　　（5）☒？（一）

　　　（6）壬申貞：叀〔自〕☑羌用？

　　　（7）癸酉貞：其舉禾于岳，得？

　　　（8）癸酉貞：〔弜〕得岳，其取，
　　　　　 即于上甲？

　　　（9）癸酉貞：其舉禾于☒，奞
　　　　　 十小宰、卯十〔牛〕？

2323　（1）辛亥卜，貞：王其田☒，
　　　　　 亡𢦔？

　　　（2）壬子卜，貞：王其田，亡

2320 （1）甲辰卜：在爿，牧祉徵又☐邑☐？在濋。弘吉。
（2）弜每？吉。
（3）癸酉卜：戍伐，又牧𡧊臤人方，戍又𢦏？弘吉。
（4）☐𢦏？弘吉。
（5）中戍又𢦏？
（6）左戍又𢦏？吉。
（7）亡𢦏？
（8）右戍不雉眾？
（9）中戍不雉眾？吉。
（10）左戍不雉眾？吉

2321 （1）吉。
（2）吉。
（3）吉。
（4）弜田，其亡〔註236〕雨？

2322 （1）壬申貞：☐其又[illegible]伐自☐于□甲？（一）

[illegible]？（一）
（3）□酉卜，〔貞〕：王其田畺，亡[illegible]？
（4）壬□□，貞：王其田[illegible]，亡𢦏？
（5）乙丑卜，貞：王其田，亡𢦏？（一）
（6）戊辰卜，貞：王其田，亡𢦏？（一）
（7）戊寅卜，貞：王其田〔畺〕，亡𢦏？（一）
（8）壬午卜，貞：王其田畺，亡𢦏？（一）
（9）戊子卜，貞：王其田，亡𢦏？（一）
（10）乙未卜，貞：王其田，亡𢦏？

2324 （1）丁□卜：王其又大[illegible]毓祖丁，叀乙☐？大吉。
（2）叀丁巳彡，王受又？

（3）叀丁卯彡，王受又？
（4）受又？
（5）叀□㲋用？
（6）☐？〔註237〕

2325 戊辰卜：王田，𠦪？（一）

2326 （1）弗𠦪？
（2）叀徣彔焚，𠦪？又小獸。
（3）☐𠦪？

2327 （1）豖用，其☐戠旅☐？
（2）叀今日用？
（3）☐日☐？吉。

2328 （1）亡𢀛〔註239〕☐？
（2）壬□卜：王其弗𢦏☐戍，叀今日壬？
（3）叀癸祉？
（4）翊日王其令右旅眔左旅𡨄見方，𢦏？不雉眾？
（5）其雉？

2331 （1）三小宰？

2332 丙寅貞：气〔註238〕□羌☐上甲□至父丁用羌□□世又九□用卯羊廿又一，丁卯？茲用。

2333 癸巳〔卜〕：屮☐〔癸〕☐？

2334 （1）其用在父甲升門，又〔正〕？吉。
（2）于父甲宗門〔用〕，又正？吉。

2335 （1）王其田斿，亡𢦏？茲用。
（2）弜田斿，其每？茲用。

2336 （1）辛巳貞：叀〔乙彡〕伐☐？
（2）于〔乙〕彡伐？
（3）辛巳貞：叀乙彡伐？茲用。乙酉。

2337 （1）□巳貞：□亡𡆥？（三）
（2）□□貞：□□𡆥？
（3）□□貞：旬亡𡆥？

2329 （1）丁未卜：翊日戊王其田□
　　　叀犬言比亡戋？埻？吉。
　　（2）叀成〔註240〕、犬毚比，亡
　　　戋？埻？弘吉。
　　（3）☑喪☑戋？吉。
　　（4）吉。
　　（5）庚戌卜：翊日辛王其田于
　　　向，亡戋？

2330 癸卯乞。

　　　永王？大吉。
　　（3）乙王其田于〔宁攵〕，亡戋？
　　　茲用。大吉。
　　（4）吉。
　　（5）☑酉其省田，不冓雨？
　　（6）□異其往田，不雨？
　　（7）☑〔冓〕雨？

2342 □丑貞：王令雨尹□取祖乙
　　魚，伐，告于父丁、小乙、祖丁、
　　羌甲、祖辛？

2343 （1）癸丑□：□召祖甲升，叀
　　　□□牢又一牛，用？
　　（2）其弓攵三牢？吉。
　　（3）其五牢？
　　（4）羌十人？
　　（5）十人又五？
　　（6）廿人？大吉。茲用。
　　（7）卅□？

2344 （1）乙〔巳〕卜，貞：王其田
　　　喪，亡戋？（一）
　　（2）戊申卜，貞：王其田向，
　　　亡戋？（一）
　　（3）□亥卜，〔貞〕：王其□盂，
　　　亡戋？（一）

2338 弜☑？（一）

2339 ☑其☑鷹于☑上甲，□受年，
　　〔又〕大雨？

2340 （1）☑其又 ⅓ 祖丁，王□□？
　　（2）☑〔羌〕〔註241〕卯牢，王
　　　受又？

2341 （1）辛未卜：王其田叀翊日壬，
　　　屯日亡戋？永王？吉。
　　（2）王其田于刀，屯日亡戋？

2346 （1）其品亞，叀玉豐用？吉。
　　（2）☑用？

2347 （1）庚寅貞：酚羽〔日〕辛〔卯〕？
　　（2）癸巳貞：酚羽日〔甲午〕？

2348 （1）丁酉卜：〔註242〕雨今夕？
　　（2）壬寅卜：于𡥏？
　　（3）☑于☑？
　　（4）☑牢？

2349 □卯卜：祝二升，叀今日辛酚？
　　大吉。茲用一牛。

2350 ☑王其以眾合右旅□□舀于
　　〔雔〕〔註243〕，戋？在雔。吉。

2351 （1）癸亥卜：翊甲子戻？允。
　　　（一）
　　（2）癸亥卜：不戻？（一）
　　（3）癸亥卜：翊甲子戻？（一）
　　（4）癸亥卜：不戻？（一）
　　（5）甲子卜：乙丑易日？（一）
　　（6）甲子卜：不易日？
　　（7）甲子卜：取猷？〔註244〕
　　　（一）
　　（8）甲子卜：弗取猷？（一）
　　（9）丁卯卜：戊辰易日？（一）

2345 （1）癸☒？
　　　（2）弜聂〔註245〕，于之若？
　　　（3）其乍鼎在二升，王受又？
　　　（4）于宗，又正？王受又？
　　　（5）叀鼎用祝，又正？王受又？
　　　（6）弜鼎用祝？
　　　（7）王賓？
　　　（8）弜賓？

2352 （1）癸亥卜：甲子又？（一）
　　　（2）甲子卜：乙丑易日？（一）
　　　（3）甲子卜：乙丑不又？（一）
　　　　　（二）
　　　（4）甲子卜：乙丑不又？（三）

2353 （1）癸丑貞：旬亡囚？（三）
　　　（2）癸亥貞：旬亡囚？（三）
　　　（3）癸酉貞：旬亡囚？（三）
　　　（4）癸未貞：旬亡囚？（三）
　　　（5）□□貞：□□□？（三）
　　　（6）□□□：□□□？（三）
　　　（7）癸未貞：旬亡囚？（三）
　　　（8）癸巳貞：旬亡囚？（三）
　　　（9）癸卯貞：旬亡囚？（三）

2354 （1）戊辰卜：其又歲于中己，王賓？（一）
　　　（2）戊辰卜：中己歲，叀羊？茲用。
　　　（3）弜賓？茲用。
　　　（4）叀小宰？（一）
　　　（5）（一）

2355 （1）□□卜：戊王叀哭田，湄日亡戈？卑？大吉。
　　　（2）吉。
　　　（3）吉。
　　　（4）吉。

2356 （1）叀歲用？吉。
　　　（2）叀羊？大吉。

（10）丁卯卜：不易日？（一）
（11）丁卯卜：易日？（一）
（12）丁卯卜：不易日？（一）
（13）戊辰卜：己巳易日？（一）
（14）戊辰卜：不易日？（一）
（15）戊辰卜：取猷？（一）
（16）戊辰卜：弗取猷？（一）

（4）其霝？吉。
（5）後王射兕，禳？
（6）弜禳？
（7）辛亥卜：今日辛王其田，湄日亡戈？
（8）辛多雨？
（9）不多雨？
（10）壬多雨？
（11）不多雨？
（12）翊日壬雨？
（13）不雨？

2359 （1）丁亥卜：其奉年于大示，即日，此又雨？
　　　（2）弜即日？
　　　（3）其奉年，□祖丁先酌，□雨？吉。
　　　（4）叀大乙先酌，又雨？
　　　（5）毓祖丁奉一羊，王受又？
　　　（6）二羊，王受又？吉。
　　　（7）三羊，王受又？

2360 ☒聂邕至于南庚，王受又＝？吉。

2361 （1）☒又歲于薎世羊？（三）
　　　（2）甲午貞：大钔六大示，夋六小宰，卯世牛？
　　　（3）☒又？
　　　（4）□丑貞：甲又？

2362 甲寅貞：乙歲，由？

2357 （1）弜☒☒☒，其每？
（2）王其省盂田，征，比宮，亡戈？
（3）弜〔征〕，比宮，其每？

2358 （1）丁酉卜：王其虱田，不毒雨？大吉。茲允不雨。
（2）弜虱田，其毒雨？
（3）其雨，王不☒？吉。
（8）☒。

2364 （1）☒毓祖乙歲，叀牡？
（2）丙戌卜：二祖丁歲一牢？
（3）二牢？
（4）三牢？茲用。（一）
（5）（一）（一）

2365 （1）辛卯卜：今日□雨？茲。允。（一）
（2）不雨？（一）
（3）壬寅卜：今日〔雨〕，卒？（一）
（4）不雨？（一）
（5）□□□：〔王往〕□，□□？
（6）壬寅卜：王往田，亡戈？

2366 （1）庚午貞：王其☒告自祖乙、毓祖乙、父丁？（二）
（2）于大乙告？（二）
（3）乞日酯？（二）
（4）于☒日酯（二）
（5）叀乙巳酯？（二）
（6）叀乙巳酯？（二）
（7）叀乙卯酯？（二）
（8）叀乙丑酯？（二）
（9）叀乙亥酯？（二）
（10）叀乙酉酯？（二）
（11）叀乙未酯？（二）

2367 戌多以執？吉。

2368 （1）不易日？（一）
（2）☒王☒？
（3）□巳□：在箕□？（二）

2363 （1）丁丑卜：妣庚史，叀黃牛，其用隹？
（2）叀羍？
（3）叀幽牛？
（4）叀黃牛？大吉。
（5）叀子〔註246〕至？
（6）用至？
（7）隹？
（4）辛巳卜：在箕，隹夒卷王？（二）
（5）弗卷王？（二）

2370 乙卯卜，貞：王其正尸、犬〔註247〕，亡戈？

2371 （1）癸巳卜，貞：旬亡囚？（一）
（2）癸卯卜，貞：旬亡囚？（一）
（3）癸丑卜，貞：旬亡囚？（一）
（4）癸亥卜，貞：旬亡囚？（一）
（5）癸酉卜，貞：旬亡囚？（一）
（6）癸未卜，貞：旬亡囚？（一）
（7）癸巳卜，貞：旬亡囚？（一）
（8）〔癸〕卯卜，〔貞〕：旬〔亡〕囚？（一）

2372 癸未。

2373 （1）丁丑卜：取☒？（一）
（2）☒巳亡从雨？（一）
（3）☒雨？

2374 戊午卜：其祔父己，又羌？吉。

2375 （1）于大庚？
（2）于大甲？大吉。
（3）于大丁？
（4）于大乙？
（5）于示壬祔，正？
（6）于匚丁祔，正？

2376 （1）癸〔巳〕貞：〔旬〕亡囚？（二）
（2）癸卯貞：旬亡囚？（二）
（3）癸丑貞：旬亡囚？（二）
（4）癸亥貞：旬亡囚？（二）

2369　（1）辛巳卜：在箕，又龏屯王？
　　　　　　（二）
　　　（2）弗屯王？（二）
　　　（3）（二）

2378　（1）丙寅☑？
　　　（2）己巳卜：告亞☒往于丁，
　　　　　一牛？

2379　（二）

2380　☑乎方，叀㲃毖〔註248〕☒翊
　　　〔用〕？

2381　吉。

2382　☑〔癸〕〔註249〕☑？

2383　（1）乙☑？
　　　（2）弜田，其每？
　　　（3）王其省盂田，不雨？
　　　（4）蠚往夕入，不菁雨？
　　　（5）王其省盂田，蠚往㲃入，
　　　　　不雨？
　　　（6）夕入，不雨？

2384　（1）庚辰卜：王？（一）
　　　（2）庚辰卜：王？（二）
　　　（3）庚辰卜：王？（三）
　　　（4）庚辰卜：王？（四）
　　　（5）庚辰卜：王？
　　　（6）庚辰卜：王？
　　　（7）庚辰卜：王？
　　　（8）庚辰卜：王？
　　　（9）庚辰卜：王？
　　　（10）庚辰貞：其陟高祖上甲？
　　　　　　茲用。王囚茲☑？（一）

2385　（1）于乙亥酻，王受又。
　　　（2）王叀翊日〔戊〕▷？
　　　（3）于丁卯▷？
　　　（4）乙丑不雨？
　　　（4）牢？
　　　（5）今日？
　　　（6）☑聿日☑？

2377　（5）癸酉貞：旬亡囚？（二）
2377　（1）南方受年？
　　　（2）西方受年？（一）
　　　（3）☑〔方〕☑〔年〕？

　　　（5）乙亥不雨？

2386　（1）丁卯卜：翊日戊王其田，
　　　　　亡〔戋〕？吉。用。
　　　（2）弜田，其每？吉。
　　　（3）叀田省，亡戋？大吉。用。
　　　（4）叀哭田，亡戋？吉。
　　　（5）叀敄田？
　　　（6）叀𣂏田，亡戋？吉。用。
　　　（7）叀斧田，亡戋吉
　　　（8）其戰，亡戋？

2387　癸〔亥〕。

2388　（1）來庚子其牽年于夒？
　　　（2）叀羊，夕入？〔註250〕

2389　〔來〔註251〕戊〕☑？（一）

2390　（1）☐☐卜貞：☑㶊〔囚〕？
　　　　　八月。
　　　（2）☐卯卜，☐：☑？二告。

2391　（1）丙寅卜：畐夕歲一牢？（一）
　　　（2）二牢？（一）
　　　（3）三牢？（一）
　　　（4）其㲃？（一）
　　　（5）丙寅卜：羽日畐二牢？茲
　　　　　用。
　　　（6）戊寅卜：王往田，亡戋？
　　　（7）辛☐卜：王往田，亡戋？
　　　　　茲用。

2392　（1）甲午卜：䁂☑？
　　　（2）二卣？大吉。
　　　（3）叀牛？

2402　（1）（一）
　　　（2）（一）
　　　（3）（一）

357

2393　（1）其☒于☒宗☒？
　　　　（2）若☒于升，受又＝？

2394　（1）（三）
　　　　（2）（三）
　　　　（3）〔牢〕？

2395　（1）叀麥，亡戋？
　　　　（2）叀徝焚？吉。
　　　　（3）叀麥焚？吉。
　　　　（4）其遘大風？

2396　（1）戊戌卜：其又于妣己祖乙
　　　　　　奭，王受又？吉。
　　　　（2）叀小宰？吉。

2397　（1）丁未☒：☒〔執〕其用？
　　　　　　吉。
　　　　（2）弜用？
　　　　（3）☒今〔夕〕用？吉。

2398　（1）（二）
　　　　（2）（二）
　　　　（3）（二）
　　　　（4）（二）

2399　（1）甲申卜：不雨？（一）
　　　　（2）甲申卜：不雨？（二）
　　　　（3）甲申卜：今日雨？（二）
　　　　（4）甲申卜：乙雨？（一）

2400　乙丑卜：矢束？（二）

2401　（1）叀☒亡☒？
　　　　（2）弜田㞢，其每？
　　　　（3）今日己雨？（一）
　　　　（4）今日庚雨？（一）
　　　　（5）今日辛雨？
　　　　（6）戊午卜：今日☒？
　　　　（7）☒骨一，河。

2411　吉。

　　　　（4）丙☒：己雨？（一）

2403　叀三牛？

2404　吉。

2405　（1）乙酉卜，貞：王其田，亡
　　　　　　〔註252〕☒？（一）
　　　　（2）☒子卜，☒：〔王〕其☒，
　　　　　　☒☒？

2406　（1）丁未卜：其羍年，王受又？
　　　　　　吉。
　　　　（2）叙㚔？吉。
　　　　（3）其羍年，叀祖祊用，王受
　　　　　　又？大吉。
　　　　（4）叀父甲祊用，王受又？吉。
　　　　　　〔註253〕

2407　（1）癸卯貞：旬亡☒？
　　　　（2）癸丑貞：旬亡囚？
　　　　（3）癸亥貞：旬亡囚？

2408　☒亥卜：翊日壬王叀在☒韋
　　　　〔註254〕北，王利，卑？亡戋？

2409　（1）叀在龐田封示，王弗每？
　　　　　　大吉。
　　　　（2）叀在畐〔註255〕田又示，王
　　　　　　弗每？澤，吉。
　　　　（3）叀在淠田☒示，王弗每？
　　　　　　澤，吉。吉。

2410　（1）癸☒？（一）
　　　　（2）弜㚔？（一）

2418　（1）（二）
　　　　（2）（二）

2419　☒〔疾〕〔註256〕☒？

2420　（1）☒亥貞：翊乙丑其又𤉭歲
　　　　　　于大乙至于大甲？（一）

2412　（1）丁巳☑？
　　　（2）弜于母？
　　　（3）于多兄召？
　　　（4）弜于兄？
　　　（5）于多妣召？
　　　（6）弜于妣？

2413　（1）其又☑歲于☑？
　　　（2）弜又？
　　　（3）其又☑歲☑，〔王〕受又？
　　　（4）☑又？

2414　（1）又不既〔龍〕？
　　　（2）𡿪大示奉龍？
　　　（3）率小示奉龍？
　　　（4）叀辛酉酚奉？
　　　（5）叀乙丑酚奉？（一）
　　　（6）叀丁卯酚奉？

2415　☑〔羽〕日戊王其田，湄日亡戋？

2416　（1）癸又雨？
　　　（2）弜卯？
　　　（3）其卯？

2417　（1）伊賓？
　　　（2）弜賓？
　　　（3）叀六射？
　　　（4）上甲彗青？
　　　（5）弜青？
　　　（6）不菁雨？
　　　（7）其菁雨？
　　　（8）不☑？

　　　（9）癸卯〔卜〕，貞：旬亡囚？
　　　　　（三）
　　　（10）癸丑卜，貞：旬亡囚？（三）
　　　（11）癸□卜，貞：旬亡囚？（三）

　　　（2）☑茲用甲子。（一）
　　　（3）（一）
　　　（4）茲用。（一）
　　　（5）甲子貞：弓歲一牢？茲
　　　　　用。又弓〔大乙〕一牢、
　　　　　大丁一牢、大甲一牢、☑
　　　　　一牢？

2421　弜☑？

2422　（1）其崙☑？
　　　（2）弜崙？

2423　（1）☑今歲受年？
　　　（2）☑？

2424　（1）（三）
　　　（2）（三）

2425　☑十五。

2426　（1）庚辰□又𠮱人于南？（二）
　　　（2）其北鄉？（二）
　　　（3）其又牛？（二）
　　　（4）其東鄉？
　　　（5）（二）

2427　（1）不雨？（一）
　　　（2）其雨？（一）

2428　（1）癸未卜，貞：旬亡囚？（三）
　　　（2）癸巳卜，貞：旬亡囚？（三）
　　　（3）癸卯卜，貞：旬亡囚？（三）
　　　（4）癸丑卜，貞：旬亡囚？（三）
　　　（5）癸亥卜，貞：旬亡囚？（三）
　　　（6）癸酉卜，貞：旬亡囚？（三）
　　　（7）癸未卜，貞：旬亡囚？（三）
　　　（8）癸巳卜，貞：旬亡囚？（三）

　　　（4）〔癸〕亥貞：旬亡囚？（三）
　　　（5）癸酉貞：旬亡囚？王𡆥茲
　　　　　冢？（三）
　　　（6）□未□：〔旬亡囚〕？（三）

2429 （1）☑〔于〕小乙、子公，于
之若？

（2）☑多父，于之若？

2430 （1）于宮亡戋？

（2）丁巳卜：翊日戊王其迺于
☑，亡戋？

（3）于桒亡戋？弘吉。

2431 （1）（三）

（2）（三）

2432 □□卜：王其田〔☒〕〔註257〕
☑辰，亡戋？卑？

2433 吉。用。

2434 ☑辛入，其肝？

2435 ☑于☑？

2436 丁巳卜，貞：今夕亡囚？在☒。

2437 （1）癸□貞：□亡☑？

（2）癸未貞：旬亡囚？

（3）癸巳貞：旬〔亡〕囚？

2438 （1）甲辰貞：□正□又☑？

（2）丙午卜：隹岳耂雨？

（3）隹河耂雨？

（4）隹夒耂雨？

（5）丁未卜：令宁壴囚沚或？

（6）令夒囚？

（7）□〔申〕卜：☑令☑〔囚〕
沚或？〔註258〕

2439 （1）（三）

（2）癸卯貞：旬□□？（三）

（3）癸丑貞：旬亡囚？（三）

2448 ☑王☑亡☑？

2449 ☑雨？

2450 辛亥☑？

2451 □酉☑亡☑？

2452 （一）

2453 （三）

2454 辛☑畣☑？

（7）癸□貞：〔旬亡囚〕？王圄
☑？（三）

（8）〔癸〕亥貞：旬亡囚？（三）

2440 （1）甲申貞：王□田☒，□□？

（2）壬辰卜，貞：王其田☒，
亡∾？

（3）癸巳卜，貞：王其□□，
亡∾？

2441 （1）不雨？（一）

（2）其雨？（一）

（3）翊辛其雨？

（4）☑？

2442 其邁貎日？

2443 （1）癸未☑？

（2）其弘，又正？

2444 （1）壬申貞：其☑穴叀乙〔亥〕
☑？

（2）上甲☑？

2445 （1）弜用，其每？

（2）三牢王率用，弗每〔禾〕？

（3）二牢用？

（4）☑牢？

2446 （1）癸酉貞：旬又希，自南又
來囚？

（2）癸酉貞：旬又希，自東又
來囚？

（3）□□貞：☑囚？

2447 ☑又父☑？

2466 大吉。

2467 大吉。

2468 （1）吉。

（2）吉。

（3）☑田，亡戋？

2469 二牢？

2470 甲午卜：王其又祖乙，王鄉于
宜？

2455　（1）癸不雨？

　　　（2）☐雨？〔茲〕用。

2456　苦1°）彤不雨？

2457　（1）罕困？〔茲〕用。

　　　（2）弜又歲？（三）

　　　（3）其一牛？（三）

　　　（4）其二牛？（三）

　　　（5）其三牛？

2458　庚午。

2459　（1）☐歲𩵋☐？

　　　（2）☐☐卜：奉，祝冊☐毓祖
　　　　　乙，叀牡？

2460　（1）（一）

　　　（2）戊☐貞：☐？（一）

2461　癸丑叀乞☐。

2462　☐𡧩〔註259〕☐☐？六月。（二）

2463　（1）（二）

　　　（2）☐卯卜：其祚方？

2464　（1）癸亥貞：旬亡囚？（二）

　　　（2）癸☐☐：☐☐☐？（二）

　　　（3）癸未貞：旬亡囚？（二）

　　　（4）☐巳☐：旬亡囚？（二）

　　　（5）☐？（二）

　　　（6）☐？（二）

　　　（7）☐？（二）

2465　☐〔𡃀〕〔註260〕☐？

2478　辛酉卜：父甲召，其☐？大吉。

2479　癸未☐？

2481　（三）

2482　庚申卜：盧，羽日甲子酚？（三）

2471　（1）甲申貞：酓甲，不冓雨？

2472　（1）其雨？：☐☐囚？（二）

　　　（2）癸卯貞：旬☐☐？（二）

　　　（3）癸丑貞：旬亡囚？（二）

　　　（4）癸亥貞：旬亡囚？（二）

　　　（5）癸〔丑〕貞：旬☐☐？（二）

2473　（1）癸☐貞：☐？

　　　（2）癸巳貞：旬亡囚？

　　　（3）癸卯貞：旬☐☐？

　　　（4）〔癸丑〕貞：旬亡囚？

　　　（5）癸亥貞：旬亡囚？

2474　☐〔貞〕：☐亡☐？

2475　（1）癸酉卜，貞：旬亡囚？（二）

　　　（2）癸未卜，貞：旬亡囚？（二）

　　　（3）癸巳卜，貞：旬亡囚？（二）

　　　（4）癸卯卜，貞：旬亡囚？（二）

　　　（5）☐丑卜，☐：〔旬〕☐☐？
　　　　　（二）

2476　（1）癸酉貞：旬亡囚？

　　　（2）癸未貞：旬亡囚？

　　　（3）癸☐貞：旬亡囚？

　　　（4）☐☐☐：☐☐囚？

2477　（1）（二）

　　　（2）（二）

　　　（3）（二）

2494　（1）〔庚〕申卜：翊日辛王其田，
　　　　　湄日亡𢦔？吉。

　　　（2）大吉。

2496　庚午。

2483　（1）王其又□己，叀□各日彫，
　　　　　王受又？
　　　（2）于入自日彫，王受又？
　　　（3）于入自夕畐彫，王受又？
　　　（4）王其又＄父己牢，王受
　　　　　又？
　　　（5）牢又一牛，王受又？大
　　　　　吉。

2484　□貞：其帛〔豆〕□？茲用。

2485　（1）□豆〔註261〕伐□？
　　　（2）（三）
　　　（3）（三）

2486　（三）

2487　（1）□即宗□？
　　　（2）丙寅□其□？

2488　□父丁？

2489　（1）丁未卜，貞：王其田，□
　　　　　□？
　　　（2）戊申卜，貞：王其田，亡＊？
　　　（3）□□卜，□：□？

2490　□歲□？（一）

2491　吉。

2492　吉。

2493　□＊□。

2506　（1）□父□
　　　（2）□翌售〔註263〕□〔豕〕十？
　　　（3）□丑卜：父杏牢？

2507　（1）□□貞：旬亡囚？
　　　（2）□巳貞：旬亡囚？

2508　（1）今戊不其雨？
　　　（2）不雨？今戊允。

2509　（1）甲寅卜：羽乙□屮歲于〔入
　　　　　乙〕牢？（一）
　　　（2）（三）

2497　（1）癸丑貞：旬亡囚？（三）
　　　（2）癸亥貞：旬亡囚？（三）
　　　（3）癸酉貞：旬亡囚？（三）
　　　（4）癸未貞：旬亡囚？（三）
　　　（5）癸巳貞：旬亡囚？（三）
　　　（6）癸卯貞：旬亡囚？（三）
　　　（7）癸丑貞：旬亡囚？（三）

2498　（1）癸亥貞：旬亡囚？（三）
　　　（2）癸酉貞：旬亡〔囚〕？（三）

2499　丙寅卜：五轡卯叀羊，王受又？
　　　吉。

2500　吉。茲用。

2501　□北□□來執，其用自大□？

2502　（1）□〔註262〕雨□？（一）
　　　（2）（一）
　　　（3）丁酉卜：戊雨？（一）
　　　（4）己雨？（一）
　　　（5）戊戌卜：不雨？

2503　戊申、丁巳。

2504　（1）乙未□？
　　　（2）乙未□受禾？
　　　（3）戊戌三卜？
　　　（4）□人？二人？

2505　□翌日售其矢？

2522　（1）丙寅卜：寧其囚？（二）
　　　（2）□旬□又囚？（二）

2523　（一）

2524　（1）弱□？
　　　（2）癸酉貞：上甲日亡巷？
　　　（3）不冓雨？
　　　（4）其雨？

2525　（1）辛□□：今日雨？
　　　（2）辛巳卜：壬雨？

2510　（1）茲用
　　　（2）（三）
　　　（3）（三）
　　　（4）□□貞：乙亥酚伐自上甲？
　　　　　茲用。
　　　（5）伐〔註264〕，其闬丁？
　　　（6）己亥貞：又彡伐其曾？
　　　　　（三）
　　　（7）□巳卜其刪四封〔召闬〕
　　　　　□，叀邑子示？

2511　□貞：甲申酚〔彡〕自上甲？
2512　（1）叀又□卒？
　　　（2）（一）
2513　（一）
2514　（1）甲〔寅〕□？
　　　（2）□人，王受又？
2515　〔戊〕申卜：〔品〕□？
2516　乙亥□：其奉□于岳□牢，□三
　　　牛？（一）
2517　（三）
2518　不□？
2519　□其□？
2520　□父甲升召伐五人，王受又＝？
2521　（一）

2534　（1）不易□？（二）
　　　（2）壬□□于五〔示〕□？（二）
　　　（3）壬戌卜：于七示〔自〕□？
　　　　　（二）
　　　（4）壬戌卜：用屯乙丑？（二）
　　　（5）癸亥卜：用屯乙丑？（二）
　　　（6）癸亥卜：用屯甲戌？（二）
　　　（7）甲子卜：易日乙丑？允。
　　　　　（二）
　　　（8）不易日？（二）
　　　（9）甲子卜：乙丑易日？允。
　　　　　（二）

　　　（3）辛巳卜：癸雨？（一）
　　　（4）丁亥卜：雨戊？
　　　（5）癸亥卜：又至囚？
　　　（6）□亥卜：又希，亡囚？
　　　（7）癸未卜：又囚百工？
　　　（8）□□卜：囚乙丑至□？
2526　（1）叀小雨？
　　　（2）叀多子□？
2527　□亻：旬□？
2528　（字跡殘泐）
2529　乙亥卜：今日至于中条□？吉。
　　　（一）
2530　（1）己・
　　　（2）庚・
2531　（1）丁巳卜：翊日戊王叀田省？
　　　（2）其狩？吉。
　　　（3）叀狩田，亡戈？大吉。
　　　（4）叀斿□，亡戈？
2532　辛酉卜：自今日辛雨，至于乙
　　　雨？
2533　（1）癸未□今日□？
　　　（2）不戾？

　　　（3）乙丑卜：王叀𠤯鄉？（二）
　　　（4）□？
　　　（5）癸未卜：□象〔註265〕□？
　　　　　（二）
2542　（1）丙申卜：翊日丁雨？茲用。
　　　　　不雨。
　　　（2）戊雨？茲用。不雨。
　　　（3）丙〔午〕卜：戊王其田，
　　　　　湄〔註266〕日亡戈？永王？
　　　（4）弱往于〔田〕，其每？
　　　（5）王叀斿麋射，其每？永王？
　　　（6）叀狩田，弗每？永王？

（10）不易日？（二）
（11）□亥卜：□來乙亥用屯？（二）
2535 大吉。
2536 （1）癸酉貞：旬亡囚？
（2）癸未貞：旬亡囚？
（3）□〔巳貞〕：旬□囚？
2537 （三）
2538 （1）其用茲☑祖丁䙰羌〔由〕其罙？
（2）弜用？
（3）其用由，在妣辛升，至母戊？
2539 （1）丁未卜：家涉其乎𩁹射？吉
（2）☑射叙？
（3）己未卜：象𩁹既，其乎☑？吉。
2540 庚子。
2541 （1）☑漁叀祀鄉？（二）
（2）（二）
（3）癸酉貞：旬亡囚？（三）
2554 ☑雨？
2555 ☑又？
2556 ☑牢？
2557 （1）弜□先☑？
（2）屰自父甲酌？
（3）先祖丁酌，于□又正？大〔吉〕。
2558 （1）（二）
（2）（二）
（3）弜☑史☑㞢以☑？（二）
（4）☑？
2559 （1）□□貞：□亡□？
（2）癸酉貞：旬亡囚？
（3）癸未貞：旬亡囚？
2560 （1）辛☑其☑雨？
2543 其☑？弘吉。
2544 （1）□午貞：于☑？（一）
（2）（一）
2545 （1）（一）
（2）（一）
（3）（二）
2546 ☑戈？大吉。
2547 □卯卜，貞：旬亡□？
2548 〔雨〕、𠀠（習刻）〔註267〕
2549 癸未貞：旬亡囚？
2550 （1）癸亥□，貞：旬亡囚？
（2）癸酉卜，貞：旬亡囚？
（3）□未卜，貞：旬亡囚？
2551 ☑王其田于𣞤，其冓☑？吉。
2552 （1）丁☑？
（2）叀茲用，二牢，□受又？
（3）叀茲用，四牢？
（4）弦？吉。
2553 （1）癸丑貞：旬亡囚？
（2）癸亥貞：旬亡囚？（三）
2565 （1）癸巳貞：旬亡囚？（三）
（2）癸卯貞：旬亡囚？（三）
（3）癸丑貞：旬亡囚？（三）
（4）癸亥貞：旬亡囚？（三）
（5）癸酉貞：旬亡囚？（三）
（6）癸未貞：□亡囚？（三）
（7）癸巳貞：旬□□？（三）
2566 （1）□□貞：□亡□？（三）
（2）癸卯貞：旬亡囚？（三）
（3）癸丑貞：旬亡囚？
（4）癸亥貞：旬亡囚？（三）
（5）癸酉貞：旬亡囚？（三）
（6）癸未貞：□亡囚？（三）
（7）癸巳貞：旬□□？（三）
（8）癸卯貞：旬亡囚？（三）
（9）癸丑貞：旬亡囚？
（10）癸亥貞：旬亡囚？（三）

（2）其雨？

（3）癸☒？

（4）不雨？

2561　☒乃告☒王☒？弘吉。

2562　（1）弜巳矢伊？

　　　（2）其矢伊？

　　　（3）☒其〔䰧〕☒？

　　　（4）☒翌日戊☒酓，又大雨？

2563　（1）（二）

　　　（2）（二）

　　　（3）丁卯貞：弜☒？

　　　（4）☒☒貞：☒其告☒于土？（二）

2564　（1）〔己〕丑貞：☒王▶，告土方于五示？在衣，十月卜。

　　　（2）己丑貞：☒？

　　　（3）甲子貞：王比沚或？

　　　（4）弜比？

　　　（5）☒☒貞：☒？

2568　（1）癸卯貞：旬亡囧？

　　　（2）癸丑貞：旬亡囧？（一）

　　　（3）癸亥卜，貞：旬亡囧？（一）

　　　（4）癸酉卜，貞：旬亡囧？（一）

2569　（1）☒〔敵〕☒？

　　　（2）☒卓？

2570　吉。

2571　（字跡殘斷）〔註270〕

2572　〔隹〕〔註271〕☒？

2573　叀☒？（三）

2574　（1）吉。

　　　（2）吉。

　　　（3）☒立于〔註272〕☒？

2575　☒旬☒？

2576　□〔未〕貞：矢束于茲三壴？（一）

2567　（1）壬申貞：聂多宁以邑于大乙？

　　　（2）壬申貞：多宁以邑聂于丁卯叀□□？（二）

　　　（3）☒卯？（二）

　　　（4）（二）

　　　（5）（二）

　　　（6）（二）

　　　（7）（二）

　　　（8）癸酉貞：乙〔亥〕酓，多宁以〔邑〕☒于大乙，〔邑〕五、卯☒五、卯牛一，小乙邑〔三〕、卯牛☒？（二）

　　　（9）丁丑貞：多宁以邑又伊？（二）

　　　（10）丁亥貞：多宁以邑又伊尹𢀛示，茲用。

　　　（11）☒方☒又？

　　　（12）壬申臾乞骨三。

　　　（2）☒乎〔監〕，若？

2582　☒祖乙賈☒薔彡□又？（二）

2583　（三）

2584　（1）□卯貞：辛未酓高祖〔夒〕〔註268〕☒？（二）

　　　（2）☒〔岳〕雨？（二）

　　　（3）壬申貞：其奉雨于示壬一羊？（二）

　　　（4）癸酉卜：𢀛雨？（二）

　　　（5）甲戌卜：于丁丑☒，其緙酓，禧〔註269〕☒？（二）

2585　乙亥貞：𣥂來，乎告，其令入羌？（二）

2586　癸卯貞：旬亡囧？

2587　（1）癸丑貞：旬亡囧？

　　　（2）癸亥貞：旬亡囧？

2577　（1）癸〔巳〕貞：旬亡囚？（三）
　　　（2）癸卯貞：旬亡囚？（三）
　　　（3）癸丑貞：旬亡囚？（三）
　　　（4）癸亥貞：旬亡囚？（三）
　　　（5）癸酉貞：旬亡囚？

2578　（1）叀☒省，征至戲？
　　　（2）弜至？

2579　（1）于大〔乙〕日出☒酒射沓兒，〔亡〕☒？〔吉〕。
　　　（2）〔翌〕日戊王其迺矗，亡戈？吉。
　　　（3）于☒亡戈？弘吉。

2580　☒史其又于☒？吉。

2581　（1）☒〔若〕？

2593　壬子☒：☒又𡧊☒乙禹☒？

2594　貞。〔註273〕

2595　（1）癸卯貞：旬亡囚？（三）
　　　（2）癸丑貞：旬亡囚？
　　　（3）癸亥貞：旬亡囚？

2596　（1）癸卯貞：旬亡囚？
　　　（2）癸丑貞：旬亡囚？
　　　（3）癸亥貞：旬亡囚？

2597　禾若？〔註274〕

2598　（1）其☒犬？
　　　（2）不☒？
　　　（3）禫？
　　　（4）𤲃？

2599　（1）癸卯貞：旬亡囚？
　　　（2）癸丑貞：旬亡囚？
　　　（3）癸亥貞：旬亡囚？
　　　（4）□酉□：旬□囚？

2600　（1）弜☒其☒？
　　　（2）今日至翌日丙征戍？

2601　（1）丁酉卜：王𡩟？（二）
　　　（2）丁酉卜：弜𡩟？（二）
　　　（3）丙辰卜：王步丁巳？（二）

　　　（3）癸酉貞：旬亡囚？
　　　（4）癸未貞：旬亡囚？
　　　（5）癸巳貞：旬亡囚？
　　　（6）〔癸〕卯□：旬□□？（三）

2588　☒貞：旬亡囚？

2589　戊辰卜：其陷，叀☒𡴀？又兒？吉。

2590　☒雨？

2591　（1）癸□□，貞：旬亡囚？（三）
　　　（2）癸亥卜，貞：旬亡囚？（三）

2592　（1）（三）
　　　（2）癸巳旬。
　　　（3）（三）
　　　（4）癸卯旬。
　　　（9）己未卜：王步，庚申易日？（二）

2602　（1）庚辰卜：☒？
　　　（2）庚☒？
　　　（3）（二）
　　　（4）☒甲？

2603　（1）庚申又彡于上甲？（一）
　　　（2）庚申：甲子酚彡歲于上甲？（一）
　　　（3）（一）

2604　（1）不雨？（一）
　　　（2）甲子卜：今日雨？（一）
　　　（3）不雨？（一）
　　　（4）今日雨？（一）
　　　（5）丙寅□：丁雨？（一）
　　　（6）不雨？（一）
　　　（7）丁卯卜：雨？（一）
　　　（8）不雨？（一）
　　　（9）不□？（一）

2605　（1）辛未〔貞〕：王比□或？（二）
　　　（2）弜比？
　　　（3）辛巳□：王比□或？（二）

（4）丙辰卜：不易日丁巳？（二）

（5）丙辰卜：不易日？（二）

（6）戊午卜：王步，己未易日？〔註275〕（二）

（7）戊午卜：不易日？（二）

（8）戊午卜：王步，庚申易日？（二）

2606 （1）癸〔丑〕卜，貞：〔旬〕亡囚？（二）

（2）癸亥卜，貞：旬亡囚？（二）

（3）癸酉卜，貞：旬亡囚？（二）

2607 （1）癸未□，貞：旬亡□？（二）

（2）癸巳卜，貞：旬亡囚？（二）

（3）癸卯卜，貞：旬亡囚？（二）

（4）癸亥卜，貞：旬亡囚？（二）

2608 （1）王其田，不囚？吉。

（2）其菁雨？

（3）禧？

2609 辛巳。

2610 （1）囚？

（2）叀盂田，亡戈？毕？

（3）其菁大雨？

（4）不雨？

（5）其雨？

2611 〔𤩾〕

2612 （1）囚以囚

（2）比盂？

2613 囚攻𢼸𤔲方，其乎伐，弗〔註277〕每？〔不〕𢦔戈？弘吉。

2614 囚〔酓〕〔註278〕云囚？

2615 （1）囚酓〔出〕囚歲三〔牛〕？茲用。（二）

（2）癸囚其卯入日，歲□上甲二牛？（二）

（3）出入日歲卯四牛？不用。（二）

（4）弜？

（5）甲辰貞：𡧎酓𡩁，乙巳易日？

（6）囚？

（7）（二）

（8）（二）

2616 （1）囚貞：叀丁亥乎〔龜〕？

（2）于𡳫烄，雨？

（3）于𤕦烄，雨？

2617 （1）癸酉卜：翊日王其又于上甲三牛，王受又？弘吉。

（2）五牛？吉。

（3）其牢？吉。

2618 （1）丁酉卜：昭日王叀犬白比，弗每？亡戈？不菁雨？大吉。

（2）囚以囚〔白〕比囚，〔不〕菁雨？吉。

2619 （1）囚其登〔註276〕于祖乙囚？

（2）囚貞：日囚？

2620 囚貞：囚囚？

2621 （1）叀萑𤎽用五十？

（2）四朋？

2622 叀囚用囚于囚？

2623 （1）壬子卜：其用茲，𡚁囚？

（2）弜用黃羊，亡雨？

（3）叀白羊用，于之又大雨？

（4）□賓，又改？

2624 吉。

2625 其酓囚？

2626 （1）（二）
　　　（2）（二）
　　　（3）☑貞：乙亥陷，卒七百麋，用兕☑？
　　　（4）戊午貞：酉〔註279〕，辇禾〔註280〕于岳，袞三豕，卯☑？

2627 辛卯卜：今日辛雨？

2628 （1）不易□？（二）
　　　（2）癸卯卜：至丁未不雨？（二）
　　　（3）至丁未其雨？（二）

2629 （1）不〔受〕禾？（一）
　　　（2）不受禾？（一）
　　　（3）（一）
　　　（4）乙巳貞：今來戌受禾？（一）

2630 □子、□丑、丙寅、丁卯、甲〔註281〕辰、己巳、庚午、辛未、壬申、癸酉、戊〔註282〕戌、乙亥、丙子、丁丑、戊寅、己卯、庚辰、辛巳、壬午、癸未

2631 （1）（三）
　　　（2）（四）

2632 （1）壬寅☑？
　　　（2）不雨？
　　　（3）戊☑雨☑丁巳？（一）
　　　（4）丁巳貞：雨？（一）
　　　（5）庚申雨？（一）
　　　（6）辛酉雨？（一）

2633 （1）乙巳貞：矢束？
　　　（2）（二）

2644 （1）☑卒☑？
　　　（2）牢？茲用。
　　　（3）叀羊？
　　　（4）叀勹牛？茲用。

2645 （三）

2646 叀既叔父□小辇征☑，王受☑？

2634 （1）（二）
　　　（2）☑或伐召方，受☑？
　　　（3）☑？

2635 （1）辛巳☑？（二）
　　　（2）☑〔步〕自菲□𤊾？（二）

2636 庚申卜：翊日辛王其𤔌僆，亡尤？

2637 〔不〕冓雨？

2638 （二）

2639 （1）弘吉。
　　　（2）吉。

2640 （1）辛□□，□：□其田𤞤，亡𢦏？
　　　（2）壬戌卜，貞：王其田𤞤？
　　　（3）戊辰卜，貞：王田𤞤？
　　　（4）戊辰卜，貞：王其田𤞤，亡𢦏？
　　　（5）辛未卜，貞：王其田𤞤，亡𢦏？
　　　（6）壬申卜，貞：王其田𤞤，亡𢦏？

2641 （1）癸□貞：□亡□？
　　　（2）癸丑貞：旬亡囚？
　　　（3）旬亡囚？

2642 □子卜，貞：王其田，亡戋？

2643 （1）壬☑？
　　　（2）廿人？
　　　（3）十人？
　　　（4）廿人？

2660 （1）己巳卜：☑？（一）
　　　（2）☑〔伐〕☑白☑？（一）

2661 甲子、乙丑、丙寅、丁卯、戊辰、己巳、庚午、壬申、癸酉。

2662 甲子、乙〔丑〕

2663 （1）貞：羽□亥雨？（一）

2647　（1）□未卜：□〔钔〕□？（三）
　　　（2）（四）

2648　（1）卯□于□？
　　　（2）卯，罘大乙？
　　　（3）□〔牢〕〔註283〕□？

2649　（1）辛〔未〕□？
　　　（2）乙亥卜：王□？（一）

2650　□□卜：□䖵子白〔馬〕？
　　　〔註284〕

2651　（1）戊辰〔卜〕：戌執畐敗方，
　　　　　不往？
　　　（2）□往？

2652　（1）□？
　　　（2）弜乙丑酌，于之若？
　　　（3）□彡□豊□又正？

2653　□祖丁，亥不雨？

2654　壬戌卜：甲雨？九日庚午雨？

2655　（1）甲□？
　　　（2）□戌雨？

2656　□不戍？

2657　（1）癸酉〔貞〕：其奉于伊？
　　　（2）竝東？
　　　（3）□？

2658　（1）□希王單？
　　　（2）□亥□？

2659　（1）不□？
　　　（2）□徆□比不黽？
　　　（10）叀五牢？
　　　（11）丁未卜：其奉禾于岳牢？
　　　（12）庚戌卜：其奉禾于河，沉
　　　　　三牢？
　　　（13）庚戌卜：河卯三牢？
　　　（14）庚戌卜：高姆沉罘卯，
　　　　　戍？
　　　（15）乙卯卜：今日乙戍？
　　　（16）不戍？

2668

2663　（2）不其雨？
　　　（3）□□卜，囮□：羽癸□雨？

2664　吉。

2665　（1）吉。（二）
　　　（2）吉。
　　　（3）大吉。
　　　（4）其又小乙牢？

2666　（1）庚寅卜：其奉年于上甲三
　　　　　牛？（一）
　　　（2）五牛？（一）
　　　（3）十牛？吉。（一）
　　　（4）奉年上甲、示壬，叀茲祝
　　　　　用？
　　　（5）弜隹茲用？吉。
　　　（6）叀食日酌，王受又？大吉。
　　　（7）奉年，叀莫酌，〔王受〕又？

2667　（1）乙丑卜：其又歲□□庚牢？
　　　　　茲用。
　　　（2）弜勹？
　　　（3）河卯五牢？
　　　（4）沉？
　　　（5）河五牢，戍？
　　　（6）庚寅卜：其〔又〕歲于□
　　　　　辛一〔牢〕？茲用。
　　　（7）庚寅□：□〔牛〕？茲用。
　　　（8）□二牢？
　　　（9）丁未卜：其奉禾于岳，□
　　　　　〔三〕牢？

2673　（1）□母庚至小子钔？〔註285〕
　　　（2）钔母庚宰？（二）
　　　（3）（二）
　　　（4）（三）

2674　（1）癸巳卜：雨？（二）
　　　（2）□□卜：□雨？

2675　（1）□辰卜：□？
　　　（2）丁巳卜：逐〔麋〕〔註286〕
　　　　　□？

（1）乙丑卜：其又歲□庚牢？
茲用。

（2）庚寅卜：其又歲☒？茲用。

（3）☒窜？茲用。

（4）☒卜：若茲？

（5）茲□。

2669　（字跡殘斷，似獸形）

2670　（1）丙子卜：査白羊、豕父丁、
妣癸，卯象☒？

（2）☒？

2671　（1）癸亥卜，貞：酚钔〔註288〕
石甲至般庚？

（2）（二）

2672　（1）丙子卜，貞：朕臣商？

（2）家亡屖？

（3）又，其屖？

（4）如豆？

2682　（1）丙子卜：其聶〔黍〕☒？

（2）丁丑卜：父甲〔杏〕☒？

（3）己丑卜：羽日庚其癸，又
杏〔註289〕于父〔甲〕☒？

（4）己丑卜：父甲杏牢？

（5）癸巳卜：父甲杏牢？

（6）甲午卜：父甲聶黍，其□
毀？

（7）弜毀？

2683　（1）叀牝？

（2）庚子卜：妣辛歲，叀牡？

2684　（1）己丑卜：叀成☒？

（2）己丑卜：叀☒？

（3）庚子卜：其又歲于妣辛？

（4）庚子卜：☒？

2685　（1）☒其田，屯日不菁☒？

（2）☒雨？

（3）☒？

2686　（1）乙未卜：王其☒？

（2）乙未。

2676　夒、夒〔註287〕

2677　（1）戊申卜：龍隹若？

（2）☒〔菲〕？

（3）戊申叟乞☒骨三。

2678　戊申卜：告方于河？

2679　（1）甲寅卜：鼎☒？

（2）弜□？

2680　（1）癸丑旬？

（2）癸亥〔旬〕？

（3）癸酉旬？（三）

（4）癸未旬？（三）

2681　（1）吉。

（2）☒戍？

（4）癸受☒？

（5）癸☒？

2688　（1）甲午卜，貞：角往來亡囚？

（2）☒其用余☒豕匕☒囚？

2689　（字跡殘泐）

2690　戊午卜：父庚☒？

2691　（1）丁未卜：▨乩☒中罞古
☒？（五）

（2）辛亥卜：▨乩在▽？（五）

2692　（1）癸巳卜：乙未不雨？

（2）☒又戍☒奉？（三）

2693　（1）辛未卜：今日☒？

（2）辛未卜：王其〔註290〕不雨？

（3）辛未卜：王其田不？〔註291〕

2694　（有刻劃，不成字）

2695　（有刻劃成字，但不識）

2696　☒其☒？〔註292〕

2697　（1）□田征至于☒？

（2）☒省在喪田，既☒？

（3）叀日☒？

（3）丁酉卜：屮☑？

（4）王其？

（5）丙午：叀矢☑？

（6）王其辛？

（7）□□卜：☑庚亡☑？

（8）〔淒〕希又𤞤，屯日亡戋？
永王？

2687 （1）戊寅貞：王其田，庚寅易
☑？

（2）今叀中☑？

（3）□其☑？

2702 （1）叀𤊺田，亡戋？吉。

（2）叀𤢇田，亡戋？大吉。

2703 （1）乙丑卜，貞：王其田，亡
戋？

（2）戊辰卜，貞：王其田，亡
戋？

（3）□□卜，貞：□其□，亡
戋？

2704 □午貞：其〔召〕小乙☑？

2705 （1）（二）

（2）（二）

（3）（二）

（4）（二）

（5）丙〔辰〕□：其〔酚〕☑？

（6）（二）

2706 （1）☑翊日戊王其田，湄日亡
戋？大吉。

（2）☑田，其每？

2707 （1）☑自上甲𣥏用白𤞤九，☑
在大甲宗卜。

（2）□卯貞：其大𥙊王自上甲
𣥏，用白𤞤九，下示𡩟
牛？在祖乙宗卜。

（3）丙辰貞：其☑大𥙊自上
甲，其告于父丁？

2698 于𠦝乙歲牛五？

2699 （1）甲戌卜：王其又河，叀牛，
王受又？吉？

（2）叀牢用，王受又？弘吉。

（3）☑牢☑受又？吉。

2700 乙未。

2701 （1）癸酉卜：旅比𠭤方于☑？
大吉

（2）弘吉。

2710 （1）☑賓，又𢆶？

（2）弱賓？吉。

（3）母戊歲□賓，又𢆶？吉

（4）弱賓？吉。

（5）妣辛歲，叀羍？吉。

（6）叀𡩟？吉。

2711 （1）辛丑卜：翊日壬王其迺于
𦥑，亡戋？弘吉。

（2）于桒亡戋？吉。

（3）于𣥏亡戋？弘吉。

（4）于宮亡戋？吉。

（5）叚？吉。

（6）不叚？

2712 乙酉。

2713 （1）辛巳卜：翊日壬不雨？吉。

（2）其雨？

（3）翊日壬王其田戲，亡戋？
弘吉。

（4）𡉑？吉。

（5）不𡉑？

（6）不雨？弘吉。

（7）吉。

（8）𥙊，雨？

2714 己酉。

甲，其告于父丁？

（4）□□貞：☑其大钊王自上
甲🐘，用白䝁九，下示🐂
牛？在大乙宗卜。

（5）☑大钊自上甲，其告于祖
乙？在父丁宗卜。

（6）☑〔彫〕大钊自上甲，其
告于大乙？在父丁宗卜。

2708 （1）辛，王其田？大吉。
〔註
293〕 （2）辛，王其田我，㞷？

2709 己卯。

2718 （1）丁酉卜：㞷？吉。

（2）弗㞷？

（3）菁☑？〔註294〕

（4）弗㞷？吉。

（5）于椂亡戈？吉。

（6）于喪亡戈？吉。

（7）于盂亡戈？弘吉。

（8）吉。

（9）庚子卜：翊日辛☑迍于厎，
亡戈？弘吉。

（10）☑行？

2719 己未。

2720 （1）癸〔酉〕貞：〔旬〕亡囚？

（2）癸未貞：旬亡囚？

（3）癸巳貞：旬亡囚？

（4）癸卯〔貞〕：旬〔亡〕囚？

（5）癸丑貞：旬亡囚？

（6）癸亥貞：旬亡囚？

（7）癸酉貞：旬亡囚？

（8）癸未貞：旬亡囚？

（9）癸巳貞：旬亡囚？

2721 戊申卜，貞：王其田椂，亡戈？
（一）

2722 （1）辛巳卜：翊日壬王其焚妻
彔？

（2）☑焚☑？

2715 （1）弜☑？

（2）其聶黍，叀翊日乙？吉。

（3）于丁？大吉。

2716 庚申貞：彫羽十翊辛酉？

2717 ☑十☑？

2724 （1）吉。

（2）弘吉。

（3）吉。

2725 （1）癸〔未〕貞：〔旬〕亡〔囚〕？

（2）癸巳貞：旬亡囚？

2726 （1）庚戌卜：王叀戲田，亡戈？
弘吉。

（2）于壬田戲，亡戈？吉。

（3）〔叀〕阤☑，亡戈？

2727 （1）辛未卜，貞：王其田，亡
戈？（一）

（2）壬申卜，貞：王其田䉷，
亡戈？（一）

（3）□□卜：☑？

2728 甲寅。

2729 （1）大吉。

（2）中日至臺兮不雨？大吉。

2730 ☑秦☑？

2731 （1）其迍于臺？

（2）辛？

（3）王其迍臺，亡戈？

（4）王其迍臺，亡戈？

（5）☑辛王☑？

2732 〔菁羌甲〕？〔註295〕

2733 叀切☑🌼☑？

2734

2723 （1）☑遘大雨？
　　 （2）□卯卜：今日不大雨？弘
　　　　吉。

2736 于喪亡𢦔？
　　 于孟亡𢦔？
　　 于宮亡𢦔？弘吉。

2737 （1）乙丑☑〔翊〕日于☑？
　　 （2）☑王其迺臺，亡□？

2738 ☑丁王賓？

2739 （1）丁丑卜：翊日戊王其田淒，
　　　　弗𢦔？弘吉。
　　 （2）弘吉。
　　 （3）吉。
　　 （4）弘吉。
　　 （5）弘吉。
　　 （6）壬不雨？吉。
　　 （7）叀獻田亡𢦔？𢦔？
　　 （8）于壬酒田稅，亡𢦔？
　　 （9）壬其雨？弘吉。
　　 （10）辛其雨？吉。

2740 己巳。

2741 （1）☑亡𢦔？
　　 （2）大吉。
　　 （3）吉。
　　 （4）王于辛田虞，☑亡𢦔？

2742 （1）丁亥卜：其祝父己、父庚
　　　　一牛？丁宗炎。
　　 （2）二牛？
　　 （3）于祖丁䄞？
　　 （4）☑叀☑？

2743 （1）吉。
　　 （2）其☑？
　　 （3）翊日壬王其迺☑？弘吉。
　　 （4）于宮☑？

2734 （1）☑亡𢦔？
　　 （2）☑田，亡𢦔？

2735 （1）王其〔註296〕菁小雨？吉。
　　　　用。
　　 （2）☑〔雨〕？吉。

2745 （1）☑歲王𢦔☑？
　　 （2）戊午卜：王往田比東，𢦔？
　　 （3）☑白東，𢦔？

2746 （1）☑〔王〕往田，亡𢦔？
　　 （2）☑往田，𢦔？

2747 ☑羊？

2748 （1）今日壬王叀〔妻〕☑？大
　　　　吉。
　　 （2）☑田，𢦔？

2749 弘吉。

2750 己酉。

2751 ☑戊王其田，叀牢，亡𢦔？

2752 弘吉。

2753 （1）于☑？
　　 （2）吉。用。

2754 用。弘吉。

2755 （1）𢦔？
　　 （2）不雨？
　　 （3）不雨？
　　 （4）其雨？

2756 （1）□□□貞：□□田，□□？
　　 （2）戊申卜，貞：王其田，亡
　　　　𢦔？
　　 （3）壬子卜，貞：王其田，亡
　　　　𢦔？
　　 （4）戊午卜，貞：王其田，亡
　　　　𢦔？
　　 （5）辛酉卜，貞：王其田，亡
　　　　𢦔？
　　 （6）乙丑卜，貞：王其田，亡
　　　　𢦔？

（5）不雨？吉。

（6）其雨？吉。

2744　（1）☑〔王〕弗每？

　　　（2）☑乎小臣？大吉。

2759　☑小臣☑令，弗每？

2760　癸☑貞：□亡□？

2761　叀哭田，亡戋？睪？

2762　（1）丙戌☑？

　　　（2）☑〔虞〕☑戋？

2763　癸☑？

2764　☑辰〔註298〕☑？

2765　（1）癸酉卜：王步，甲戌易日？

　　　（2）丁酉卜：于己亥王☑汕
　　　　　　〔註299〕𣄧？

2766　☑弜？

2767　（1）乙亥卜〔註300〕：取妝母𦥑
　　　　☑？

　　　（2）（二）

2768　冊入。

2769　（1）己巳☑又☑？（二）

　　　（2）☑兄丁☑王？

2770　（1）戊子卜：☑？

　　　（2）戊子□：今夕☑遣？

2771　壬申卜：㞢歲于祖癸羊一？（一）
　　　（二）

2772　（1）☑？

　　　（2）叀豕用？

　　　（3）其乎風雨？

　　　（4）庚辰卜：辛至于壬雨？

　　　（5）辛巳卜：今日乎風？

　　　（6）生月雨？

2773　壬☑？

2774　（1）叀☑奉？

2757　弘吉。

2758　（1）丁酉□，貞：王□田，亡
　　　　　□？

　　　（2）□戌卜，□：王其□，亡
　　　　　戋？

2775　弜亞于父？

2776　（1）甲辰卜：其☑？

　　　（2）☑工于向，不冓雨？

2777　〔奉〕生？

2778　辛☑卯☑？

2779　（1）貞：〔羽〕□酉□？

　　　（2）貞：羽己未雨？

　　　（3）貞：羽己未不其雨？

　　　（4）貞：羽己未其雨？

　　　（5）貞。

　　　（6）☑其雨？〔註297〕

2780　（1）癸未☑？

　　　（2）未。

　　　（3）☑？

2781　☑貞：〔羌〕☑？

2782　（1）丁卯卜：王于龐☑？（二）

　　　（2）辛巳卜：乙酉易日？

2783　（1）壬午卜：不雨乙酉？

　　　（2）癸巳卜：☑未？

2784　（1）五牛☑受又？

　　　（2）牽在畐？

　　　（3）于宗？

2785　壬申貞：大示隹乍我〔𡆥〕？

2786　☑日乙王其往田，叀☑？大吉。

2787　吉。

2788　☑不☑？（二）

2789　己未夒乞骨十五。

2790　吉。

（2）在升？茲用。
（3）于宙？

2792 （1）己亥☑示五十☑廿羌☑？
（2）伐，其七十羌？
（3）☑牢☑五牢？

2793 ☑王其☑？大吉。

2794 （二）

2795 于☑？

2796 （1）乙☑其☑于☑？
（2）☑立☑宁又☑？

2797 （二）

2798 （一）

2799 ☑貞：☑徝宜☑？（一）

2800 （一）

2801 弗𢀜？

2802 （1）叀宮☑？
（2）☑不☑？

2803 〔叀〕小宰？（一）

2804 己卯卜，貞：☑？

2805 乙☑隹☑？（一）

2806 弘吉。

2807 （二）

2808 辛☑？

2809 吉。

2810 （二）

2811 （1）☑又羌？
（2）☑弜又羌？

2812 （1）丁亥貞：彡酓☑六牛，辛卯☑？
（2）丁☑？

2813 吉。

2814 庚☑？

2815 庚辰☑：其又祖〔辛〕？

2791 （三）

2816 （一）

2817 ☑申貞：☑？

2818 ☑羌？

2819 大吉。

2820 （1）（一）
（2）（二）

2821 （1）☑未貞：☑？
（2）☑？

2822 （1）〔叀〕☑？
（2）☑犬☑用☑？

2823 不☑？（一）

2824 （一）

2825 （一）

2826 （一）

2827 （二）

2828 （1）☑？
（2）奉年于𡿨〔註301〕☑臣，叀豚☑，又大雨？

2829 吉。

2830 （1）（一）
（2）（二）
（3）（二）
（4）丙☑丁☑？
（5）庚申卜：取岳，雨？（二）
（6）☑五☑？（一）

2831 ☑丗〔註302〕☑？

2832 不雨？

2833 （1）丙午卜。
（2）丙午卜：聶？
（3）☑亡田？

2834 癸〔巳〕☑？

2835 乙〔卯〕卜：☑？
（1）丁亥貞：又五十☑于☑？

2846 ☑于上甲十☑？

2847 ☑日乙王其田，〔湄〕☑？

2836　（2）戊子貞：又裛于☒？
　　　（3）☐☐貞：☒王☒？
　　　（4）戊☐貞：☒？

2837　☐丑貞：翊日酻☒？茲用。甲
　　　寅。

2838　（1）伊弜賓？
　　　（2）翊日乙大史祖丁，又合自
　　　　　雨，啓？
　　　（3）不☒？
　　　（4）☒各☒且☒正？

2839　癸巳卜：☐又祖甲，用？

2840　吉。

2841　☐未卜，貞：旬☐囚？

2842　（1）☐辰卜：〔毃〕叀〔戚〕？
　　　（2）乙巳卜：五小宰毃？
　　　（3）丙午卜：☒彡☒？
　　　（4）于大乙告？
　　　（5）于示壬告？
　　　（6）丙午卜：于〔示〕壬告？
　　　（7）于祖乙告？
　　　（8）丙午卜：于大☐〔告〕？

2843　（1）弜卯？
　　　（2）一牢？
　　　（3）又羌？

2844　〔癸〕巳卜：刕日〔祝〕☒？吉。
　　　茲用。

2845　（1）　（三）
　　　（2）丙戌貞：〔羽〕☒王步，易
　　　　　日☒？
　　　（3）己亥貞：王在茲，癸☒？
　　　（4）☐☐☐：〔王〕☒〔☒〕？

2860　（1）乙☐貞：☒？
　　　（2）其即宗奉？
　　　（3）癸亥貞：弜奉升？〔註304〕
　　　（4）其奉？

2848　（1）乙未貞：☒？（一）
　　　（2）乙未貞：☒弜☒？

2849　（字跡殘泐）

2850　☒叀☒日☒？（二）

2851　（1）于戊田，亡戋？永王？
　　　（2）辛酉卜：翊日壬王其田于
　　　　　溇，屯日亡戋？
　　　（3）叀循田，屯日亡戋？永王？
　　　　　弗每？
　　　（4）☒卑？

2852　（1）　（一）
　　　（2）☒其☒牢？（一）

2853　（1）☐☐貞：☐亡囚？
　　　（2）癸☐貞：〔旬〕亡囚？
　　　（3）☐☐☐：〔旬〕☐☐？

2854　（1）于王入自日☒改，王受又？
　　　（2）☐申卜：其☒又一牛☒受
　　　　　又？

2855　弜又？

2856　（1）其☒？
　　　（2）☒？

2857　☐卯卜：庚辰王其〔獸〕☒卑？
　　　允卑。隻兕卅又六。

2858　（1）〔癸〕☐☐：旬亡☐？
　　　（2）癸酉貞：旬亡囚？囧。
　　　　　　　　〔註303〕
　　　（3）☐未貞：〔旬〕亡囚？箕。

2859　（1）☒亡☒？
　　　（2）☒征☒上甲史☒〔受〕又？

2880　（一）

2881　吉。

2882　（一）

2883　☒于☒？

2861 （1）甲☒？

（2）乙未貞：隹☒又☒？

（3）☒奠〔註305〕鬲來丁巳，其
十牛于父丁？

（4）其☒？

2862 （字跡殘泐）

2863 （三）

2864 ☒羽日☒？

2865 □亥貞：其〔刚〕□祖乙帝☒？

2866 ☒貞：令畓比雒☒？

2867 吉。

2868 （1）☒一牢？

（2）☒〔牢〕？

2869 ☒其刚☒〔帝〕三羌？

2870 弜□？

2871 大吉。

2872 ☒伇☒？

2873 ☒莘☒？

2874 龍☒？（三）

2875 （1）（一）

（2）（一）

2876 ☒収☒？

2877 ☒貞：☒？

2878 大吉。

2879 ☒于〔河〕？

2905 今日☒？

2906 （1）乙亥貞：其取岳，舞，又
☒？

（2）乙亥貞：叀岳伐☒？

（3）貞：其告〔龜〕于上甲，
不☒？

（4）貞：其☒？

2884 （一）

2885 （三）

2886 乙亥貞：☒其〔令〕☒？

2887 □辰☒？

2888 吉。

2889 □酉☒？

2890 （三）

2891 （一）

2892 （1）☒大雨？

（2）☒炙☒？

2893 吉。

2894 （1）夕雨？

（2）☒雨？

2895 ☒田〔于〕☒？

2896 丁☒？

2897 ☒又☒出☒？（三）

2898 ☒〔牛〕☒？

2899 （一）

2900 （1）☒祝，叀羊☒？

（2）☒牛☒？

2901 （三）

2902 不雨？

2903 癸卯貞：旬亡囚？

2904 （字跡殘泐）

（3）☒妻☒？

（4）甲寅貞：☒？

（5）☒尹？

2916 甲申叟乞骨三，囡。

2917 （1）丁未卜，貞：王其田，亡
伇？

2907　（1）庚寅貞：王令竝伐商？
　　　（2）庚寅貞：叀🦌令伐商？
　　　（3）庚寅貞：叀🦌令〔伐〕☒？
　　　（4）〔癸〕卯貞：妻在☒，羌方
　　　　　弗🐚？
　　　（5）☒☒貞：不刂在井，羌方
　　　　　弗🐚？
　　　（6）☒上甲☒十人，又雨？

2908　（1）歲于〔饕〕☒？
　　　（2）☒蚩？

2909　（1）☒族聂人于帛☒？
　　　（2）☒令疒比☒？

2910　甲申貞：盧☒？在大乙☒。

2911　（1）辛☒？
　　　（2）不雨？
　　　（3）其雨？
　　　（4）壬寅貞：王往田，亡戋？
　　　（5）其征雨？
　　　（6）☒☒貞：☒〔往〕田，☒
　　　　　雨？

2912　☒三牛？

2913　☒于〔丁〕雨？

2914　（1）辛卯貞：王乙未☒？
　　　（2）辛卯貞：王于生月☒？
　　　（3）☒乙未☒？

2915　（1）庚子貞：王其令伐丰山？
　　　（2）☒酉貞：竹🦬方？

2929　（1）☒于☒？
　　　（2）☒河☒？

2930　丁丑貞：☒？

2931　（一）

2932　〔辛〕酉貞：其☒癸亥用，不☒？

2933　甲子貞：令〔多〕奠☒〔衛〕
　　　〔註308〕☒？

2934　☒寅卜：☒☒又☒？

2917　（2）戊申卜，貞：王其〔田〕，
　　　　　亡🐚？
　　　（3）壬子卜，貞：王其田，亡
　　　　　🐚？
　　　（4）乙卯卜，貞：王其田，亡
　　　　　🐚？
　　　（5）戊午卜，貞：王其田，亡
　　　　　🐚？
　　　（6）辛酉卜，貞：王其田，亡
　　　　　🐚？
　　　（7）壬戌卜，貞：王其田，亡
　　　　　🐚？
　　　（8）乙丑卜，貞：王其田，亡
　　　　　🐚？

2918　☒子貞：秅目亡困？不〔註306〕
　　　隹☒戠，不若？

2919　癸☒旬☒？

2920　☒🧍歲☒？

2921　☒日于祖丁，其用茲豐☒？

2922　（1）王其舟，射大兕，亡戋？
　　　（2）☒舟☒？

2923　☒牢？

2924　☒酉卜：令☒？

2925　（1）乙亥貞：☒？
　　　（2）☒巳貞：〔叀〕☒？

2926　☒不冓雨？

2927　☒雨？

2928　☒酉貞：旬亡困？

2947　☒〔來酋〕〔註307〕☒？

2948　（三）

2949　辛卯貞：賣九〔牛〕☒？

2950　☒〔六〕月。

2951　（1）甲子卜：其又歲于毓祖乙？
　　　　（二）
　　　（2）甲子〔卜〕：其又歲于高祖
　　　　乙？

2935　（1）（一）
　　　（2）不☒？
　　　（3）其雨？

2936　貞：弜令☒？

2937　（1）癸巳☒壬☒？
　　　（2）☒貞：☒酚☒祖亥☒？

2938　（1）癸□貞：旬亡〔田〕？（一）
　　　（2）癸巳□：旬亡☒？（一）
　　　（3）癸卯貞：旬亡田？（一）
　　　（4）癸丑貞：旬亡田？（一）
　　　（5）□□貞：旬亡田？
　　　（6）□酉貞：旬亡田？
　　　（7）（一）
　　　（8）（一）

2939　□□貞：酚彡于☒？

2940　☒大乙又☒？

2941　（二）

2942　（字跡殘泐）

2943　☒聂黍炏☒？

2944　（1）丙申貞：☒？
　　　（2）☒宗☒希☒？

2945　庚子☒？

2946　☒卯□祖丁于☒？

2966　（1）其遘大雨？
　　　（2）不遘小雨？
　　　（3）辛其遘小雨？
　　　（4）壬王其田，湄日不遘大雨？
　　　　　大吉。
　　　（5）壬其遘大雨？吉。
　　　（6）壬王不遘小雨？

2967　□□卜：王其迌于牢☒？吉。

2968　（1）☒〔歲〕三牢？
　　　（2）☒？

2969　□酉貞：乙亥☒？茲用。

2970　（1）☒王其田，不遘□？
　　　（2）☒王其〔田〕☒？茲用。

（3）□□卜：〔祖乙〕歲☒〔又〕
　　　一牛？

2952　吉。

2953　（1）甲午貞：☒于大乙，五☒？
　　　（2）〔癸〕卯貞：酚彐歲于大
　　　　　甲〔註309〕辰五牢？茲用。

2954　（字跡殘泐）

2955　☒戠☒？

2956　☒〔北〕☒？

2957　（一）

2958　（一）

2959　辛□貞：☒？

2960　（一）

2961　茲用。

2962　（1）☒乍方，其祝上甲？
　　　（2）☒中宗☒？

2963　壬其〔雨〕，茲用，大雨？

2964　☒叀射☒封人☒？

2965　（1）戊戌卜，貞：王其田，亡
　　　　　戋？
　　　（2）□□□，貞：王其田，亡
　　　　　戋？

2983　☒〔奠〕邕，卯牢，王受又？

2984　□□卜：妣癸歲牢☒？

2985　戊子卜：其又☒？（一）

2986　𢓊𢏚？

2987　〔菁〕大風☒？吉。

2988　☒邕，其征☒？大吉。

2989　（1）吉。
　　　（2）大吉。

2990　☒雨？吉。

2991　（1）不吉艿？
　　　（2）☒今龜☒受年？

2992　□亥卜：王叀☒？（一）

(3) 〼遘雨?

2971 (1) 己卯〔註310〕〼?
(2) 叀辛逐,亡𢦏?
(3) 〼逐,〼?

2972 (三)

2973 壬午卜:犬言〼?

2974 (1) 吉。
(2) 吉。

2975 〼𣥂,我往𢦏〼?

2976 〔戊午〕卜:𣇞〼?

2977 (1) 癸酉貞:旬又□?(一)
(2)(一)

2978 □□卜:王其田,比〼?

2979 (1) □□卜:王其往田,𢀛?
(2) □□卜:王〼?

2980 〼即□于祖〼?

2981 (1)辛亥貞:又伊,其〼?(三)
(2) □辰貞:令〼?
(3) □□貞:〼?(三)

2982 (1) 〼?不。(一)
(2) 〼?用。

2993 〼喪,亡𢦏?

2994 辛亥卜:其𠭯于〼?

2995 (1) 〼田目,〼?
(2) 〼,亡𢦏?

2996 辛卯卜:叀今日其夕又歲兄辛,王受〔又〕?大吉。

2997 □未卜:叀〼?

2998 (1) 癸未□:其雨甲□?(一)
(2) 丁亥卜:于來乙巳彡〼?(一)
(3) 辛卯卜:其雨乙巳?(一)
(4) □巳卜:〼𠂉〼甲〼?

2999 (三)

3000 (1) 癸酉貞:旬亡𡆥?
(2) 〼?
(3) 癸巳貞:旬亡𡆥?
(4) 癸卯貞:旬亡𡆥?
(5)〔癸〕丑貞:旬亡𡆥?

3001 〼其奠危方,其祝〼至于大乙,于〔之〕若?

3002 丁卯卜:其𠭯父庚,叀〼宰,王受又?

3003 □□卜:其又𢀛上甲牢,王受又?

3004 (1) 乙未卜:今日乙其□用林于溼田,又□?
(2) 弜屯,其𩰫新秉,又正?吉。
(3)叀新秉屯,用上田,又正?吉。
(4) 叀〼?

3005 (1) 辛未貞:〼?
(2) □□貞:〼?

3006 甲戌貞:叀茲祝用?

3007

(3) □□卜:〼弗〔其每〕,又𢦏?

3016 (1) 吉。
(2) 吉。

3017 (1) 辛酉卜,貞:王其田,亡〔𢦏〕?(一)
(2)(一)

3018 (1) 〼甲,叀𣇞日甲子〼?
(2) 甲寅〼?

3019 (1) 吉。
(2) 叀𢀛?
(3) 叀𥛱?

3020 (1) 吉。
(2) 不𢀛?
(3) 吉。

（1）□□貞：□亡□？

（2）庚子貞：辛亡囚？

（3）辛丑貞：壬亡囚？（一）

（4）（一）

（5）（一）

（6）（一）

3008　甲辰卜：王其田，叀盉正□？

3009　（1）叙黹。

（2）其祒大甲三牛？

（3）□牛？

3010　庚午卜：□？（二）

3011　辛，王叀羔田，亡戈？毕？

3012　庚子卜：□酚彘鼎□？

3013　〔癸〕亥貞：旬亡囚？

3014　（1）□其□？

（2）不雨？

（3）□亥卜：□〔田〕戰□毕？

3015　（1）甲午卜：□？

（2）弜昇，其每？

3028　（1）辛丑貞：酚□？

（2）乙未戛乞骨六，自囚ㄅ。

3029　（1）乙□〔至〕□？

（2）其戠□對□？

3030　（1）丙午卜：澤□？

（2）其自祖乙，受又？

（3）□自毓□受又？

3031　（三）

3032　□見于祥□？

3033　（1）壬戌□：來丁卯酚品？（三）

（2）癸亥卜：又于伊尹丁，〔註313〕叀今日又？（三）

3034　（1）丁丑卜：□？

（2）弜田，其每？

（3）□田□日□戈？不□。

3035　（1）癸亥□：在宜□？（三）

（2）癸亥卜：即宗□？（三）

（3）癸亥卜：又亞犬史？（三）

3021　（1）丁卯貞：王〔令〕□？

（2）（二）

（3）（二）

（4）丁□？（二）

3022　（1）戊子卜，貞：王其田，亡戈？

（2）壬□卜，貞：王其田，亡戈？

（3）□酉卜，〔貞〕：王其□，亡戈？

3023　（1）乙丑□：□？

（2）戊辰卜：王其田，□？

3024　丁酉卜：邕其用，□南庚□？大吉。

3025　□王其田，叀🦌〔註311〕，弗每？

3026　□羽日乙王其□？

3027　（1）叙黹。

（2）王叀翊日辛省田，亡戈？

（3）壬遒〔註312〕，亡戈？

3039　（1）□〔禱〕？

（2）于祖乙禱？

（3）大甲禱？

（4）于大乙禱？

3040　于義□？

3041　己亥貞：牽禾于河，受禾？（一）

3042　□父丁歲五牢，用□？

3043　□〔戉〕受禾？

3044　弜又？（一）

3045　□宗卜，六月。

3046　（1）（二）

（2）（二）

（3）□？

（4）□申貞：〔生〕月〔註314〕□〔自〕上甲六□？

3047　（1）□戈？

（2）□往田，亡戈？

3048　（字跡殘泐）

〔註315〕
（4）癸亥卜：呪于祖丁？（三）
（5）□□□：羽甲□于伊□丁？
（三）

3036　叀莫隹□？

3037　（1）癸丑卜：其⻖□？□用。
（一）
（2）弜罘□？（一）

3038　（1）戊午□？
（2）徲伐羌方，于之⻖？戋？
不雉〔眾〕？

（4）□王□？（一）

3052　癸□貞：旬亡囧？

3053　（1）辛□？
（2）乙酉貞：□于父丁□？
（3）□丁，〔牛〕□？

3054　（1）辛酉卜：今日王其□？
（2）于翌日壬王酒田，亡戋？
（3）壬王叀田省，亡戋？
（4）□獸□戋？

3055　（1）□乙虎隻□？
（2）□若□？

3056　（1）癸巳貞：旬亡囧？
（2）〔癸〕卯貞：旬亡囧？
（3）癸丑貞：旬亡囧？
（4）癸亥貞：旬亡囧？
（5）□酉〔貞〕：旬〔亡〕囧？

3057　王叀盂田省，不冓雨？

3058　（1）叀羊？
（2）其召妣己，又曹？
（3）〔弜〕又？
（4）曹妣己，叀奴？〔註317〕

3059　（1）叀丁卯？
（2）叀庚午？
（3）叀壬申？

3049　□自大乙，受又？
3050　（1）（一）
（2）（一）
（3）（一）
（4）辛□？
（5）甲寅□：其又□？
（6）癸亥貞：□？（一）

3051　（1）甲□？（一）
（2）三牢？（一）
（3）五牢？兹用。

3063　（1）癸□〔貞〕：□〔亡〕□？
（2）癸亥貞：旬亡囧？

3064　戊子卜：其又歲□？〔吉〕。
〔註316〕
3065　□其奉〔又〕□？吉。

3066　□雨？

3067　甲戌□？

3068　□受又？

3069　（1）⻗賣二牢？
（2）⻗賣□〔牢〕？

3070　（1）丙子貞：令〔舟〕□？
（2）□丑貞：令犬□其□？

3071　□牢？

3072　壬戌貞：其史人于□受禾？

3073　（字跡殘泐）

3074　□寅卜：□狐其□？

3075　（1）戊□□，貞：□□田，□
□？
（2）□未卜，貞：王其田，亡
戋？

3076　（1）□〔疒〕□？
（2）□日□？

3077　□〔貞〕：其奉□河？

3078　□丑貞：□？

3079　甲午貞：□？

（4）□庚□？

3060 （1）☑？

（2）弜龝？

（3）☑龝☑，又〔正〕？

3061 弜□？

3062 癸酉卜：宗其龝，其祝？

（2）戊戌貞：其奉禾于示□〔羊〕，□？

（3）壬寅貞：其☑？

（4）貞：其奉禾于甗☑？

（5）壬寅貞：其奉禾于岳，叀三小宰，卯☑？

（6）壬寅貞：其取岳，雨？

（7）貞：其奉☑宰，卯☑？

（8）□□貞：其▶奉☑？

（9）□子☑？

3084 ☑〔不〕〔註319〕彶囚？

3085 （1）辛☑于☑？

（2）其雨？

3086 （1）☑？

（2）辛☑？

3087 □子貞：又〔歲〕☑？〔茲用〕。

3088 （1）叙□。

（2）其又二子，叀小宰？

（3）叀牛？

3089 （1）（三）

（2）（三）

3090 ☑祖牢？

3091 戊戌卜：☑又伐岳☑？

3092 ☑貞：酌甲申，亡囚？

3093 吉。

3094 ☑酌，王☑？

3095 ☑其☑？

3096 ☑王乎敷☑？

3097 ☑菁大□，□〔註320〕日☑？

3080 （1）☑雨？

（2）☑雨？

3081 吉。

3082 ☑〔牢〕？

3083 （1）□□貞：其奉禾于示壬羊，雨？

3099 （1）丙寅☑？

（2）☑〔降〕永☑？

（3）☑丁歲五☑？

3100 ☑元〔註318〕☑高☑王受又？

3101 （1）（一）

（2）丁□貞：☑？

3102 吉。

3103 ☑万万于高☑？

3104 （1）吉。

（2）大吉。

（3）吉。

3105 （三）

3106 ☑隻乞⊠〔骨〕□。

3107 ☑王其乎戍〔岳〕☑？

3108 ☑雋☑？

3109 （1）弜☑？

（2）甲寅卜：馨甲歲，叀牡？

（3）□牝？□〔用〕。

3110 ☑于妣丁☑嫡希？

3111 （一）

3112 ☑日〔禳〕☑？

3113 （1）己卯貞：酌甲申☑？

（2）☑亥☑？

3114 （1）☑征酌祖乙☑不雨？

（2）甲申☑雨？

3115 （1）☑？

（2）☑牢☑受□？

3116 ☑乞骨三。

3098　(1)☒王往田，亡戈？
　　　(2)☒王往田，☒冓雨？

3118　(1)□子貞：王往田，☒？（一）
　　　(2)（一）
　　　(3)（一）

3119　☒歲三牛？

3120　(1)☒又歲，其告于祖☒？
　　　(2)☒貞：日又戠，其告于☒？

3121　☒畜〔封〕☒？

3122　□午卜：王其乎☒〔奠〕，受又？

3123　(1)乙☒？
　　　(2)☒來☒日？

3124　(1)其☒小☒？
　　　(2)叀大牢替〔註322〕宮？
　　　(3)叀子至？

3125　☒大甲？

3126　☒翊日戊王☒？

3127　甲申卜：于祖乙其召☒？

3128　(1)□□貞：□亡□？
　　　(2)癸酉貞：旬亡囚？

3129　☒用。（一）

3130　☒王往田，亡〔戈〕？（二）

3131　（二）

3132　☒钔伊尹〔五十〕☒？

3133　(1)〔羍一牛〕？
　　　(2)羍二牛？

3134　（一）

3135　☒戊王☒？

3136　吉。

3137　(1)叀□□，又□雨？
　　　(2)叀甲酚，又大雨？
　　　(3)叀□酚，又〔大〕雨？

3138　(1)己丑☒？
　　　(2)☒又☒雨？

3161　□□卜：其又歲于母乙☒？

3117　☒在☒祖乙〔牢〕☒又☒？

3139　☒王其☒八大乙□牢，王受又？

3140　弜賓𢓲？

3141　☒甗叀☒？

3142　☒牛☒？

3143　辛未王其田☒？大吉。

3144　☒〔祖〕〔註321〕□〔禫〕☒？

3145　大吉。

3146　（三）

3147　(1)（一）
　　　(2)（一）
　　　(3)丙辰卜：祖丁歲，至☒？

3148　(1)甲☒钔☒？
　　　(2)叀□钔？

3149　叀☒茲☒？

3150　吉。茲用。

3151　(1)☒其☒？
　　　(2)☒豕☒？

3152　□□卜：王其聂☒？

3153　(1)丁雨，風☒？
　　　(2)☒〔雨〕？

3154　(1)☒風☒？
　　　(2)乙亥雨，☒？

3155　☒貞：王☒？

3156　辛未卜：羽日壬王其田，亡戈？
　　　在𠕓卜。𠦪，大吉。茲用。

3157　己巳卜：其羍年高，王受□？
　　　吉。

3158　（一）

3159　(1)大吉。
　　　(2)吉。

3160　(1)不雨？（一）
　　　(2)雨？
　　　(4)丁□□：雨己？（一）

3162 □午卜：辛雨？

3163 （三）

3164 （一）

3165 （1）叀丁亥征，王弗每？

（2）叀乙未遘兆，王弗每？

（3）〔叀〕丁酉征，王弗每？

（4）叀乙巳征，王弗每？

3166 癸丑貞：〔甲〕寅酌□？

3167 （字跡殘泐）

3168 （1）□□□，貞：王其□，□戋？

（2）壬申卜，貞：王其田，亡戋？

（3）戊寅卜，貞：王其田，亡戋？

3169 （1）☑于喪，亡□？

（2）□午卜：翊日乙王其迺于喪，亡戋？

3170 （1）□午貞：王往田，亡戋？（一）

（2）（一）

3171 （1）□□□貞：☑𡧃☑？不用。雨。

（2）☑月☑？

（3）（一）

3172 癸未☑？（一）

3173 〔戊弜〕□其雨？

3174 （1）癸巳卜：☑？五月。

（2）丁酉卜：☑雨？

（3）丁未卜：雨庚？（三）

3193 （1）于喪亡戋？

（2）于宮亡戋？

（3）于盂亡戋？

3194 （1）壬午卜。（一）

（2）壬午卜。（一）

（3）□未貞：☑大邑受禾？

3195 ☑〔侯商〕☑？

（5）丁☑？

3175 ☑父甲夕歲☑？大吉。

3176 ☑王征☑叀犬☑？

3177 （字跡殘泐）

3178 ☑〔上甲〕〔註323〕五示？

3179 ☑歲五牢？

3180 己卯貞：☑喪眾？

3181 大吉。

3182 （1）戊□卜：☑？

（2）□〔巳〕卜：☑飙☑雨？

3183 （1）于壬王酒田羡，亡戋？吉。

（2）辛不雨？

（3）☑雨？

（4）壬不雨？

（5）其雨？

（6）辛不雨？

（7）辛翊☑？

3184 ☑辰卜：□〔登〕九〔羡〕〔註324〕☑雨？

3185 于宗戶▶王羌？

3186 甲申卜：其□于毓祖妣庚，畐二牢？

3187 ☑南門雨？

3188 其〔遘〕大□？

3189 癸卯〔貞〕：旬☑？

3190 （1）（三）

（2）（三）

3191 （一）

3192 （1）甲申貞：其告☑？

（2）□□貞：于☑？

3214 （1）癸丑貞：旬亡囚？

（2）癸亥貞：旬□囚？

3215 弘吉。

3216 大吉。

3217 （1）其☑？（二）

（2）其雨？（一）

3218 庚辰卜：王叀☑？

3196 ☑其省宮田☑？

3197 （字跡殘泐）

3198 ☑于河，自大乙、大☑？

3199 ☑又？

3200 （字跡殘泐）

3201 □□卜：王其田，叀☑？

3202 （1）辛酉貞：王往〔田〕，☑？
　　 （2）〔王〕往田，不雨？

3203 ☑羽日乙〔亥〕〔註326〕☑？吉。

3204 （1）癸☑？
　　 （2）癸酉貞：〔旬〕又希自北□
　　　　 又囚？

3205 （1）丙戌貞：其卯☑？（一）
　　 （2）☑甲☑？

3206 ☑卯☑用☑？

3207 □午〔卜〕：王叀麀鹿射，亡
　　 〔戈〕？

3208 戊戌卜：王其往田，不冓☑？

3209 □戌貞：三☑？

3210 （1）☑歲叀高祖乙歲，逆三牢？
　　 （2）弜秦宗？

3211 （一）

3212 ☑茲不水☑？

3213 □丑貞：旬亡□？

3219 甲午貞：☑？

3220 ☑高祖〔夒〕〔註325〕☑？

3221 （1）☑貞：☑兕其射，亡囚？
　　 （二）
　　 （2）（二）

3222 （1）（一）
　　 （2）（一）
　　 （3）☑？

3223 ☑新☑？

3224 （1）（二）
　　 （2）☑歲☑？

3225 ☑至于〔大乙〕☑？

3226 癸丑貞：旬亡囚？

3227 （二）

3228 （1）☑六牛？
　　 （2）☑？

3229 ☑祖□，叀〔昍〕☑？

3230 ☑其射徝□，羽日戊亡戈？
　　 〔卒〕？

3231 癸亥貞：旬亡囚？

3232 ☑王其田，亡〔戈〕？

3233 ☑眔☑？

3234 ☑貞：☑囚☑？

3235 □卯貞：☑？

3236 （1）癸☑：〔旬〕☑？（一）
　　 （2）（一）

3237 ☑又父☑？

3238 ☑〔卯〕☑？

3239 ☑又于☑？

3240 叀〔子〕祝？（一）

3241 大吉。

3242 （1）乙未卜：☑？
　　 （2）☑田其☑？

3243 ☑夋三宰，〔沉〕☑？

3261 茲用。

3262 ☑夋廿，十牛☑？

3263 （二）

3264 吉。

3265 （1）己卯☑叀牛用？
　　 （2）☑用？

3266 大吉。

3267 □〔子〕卜：酌日〔于〕☑祖乙？

3268 ☑奉〔自〕上甲六示？

3269 〔乙〕未☑？

3244 癸☑癸牢，雨？

3245 （1）丙☑？

　　　（2）□〔叀〕〔註327〕可☑行用
　　　☑方？

3246 ☑冓〔雨〕？

3247 ☑河☑？

3248 （一）

3249 ☑歲于毓☑？

3250 ☑其田☑？

3251 （1）庚〔申〕☑？

　　　（2）□巳卜：☑雨五☑？

3252 大吉。茲用。

3253 ☑今日辛未☑？

3254 ☑日辛，〔王〕☑湄日☑？

3255 （1）〔叀〕☑？

　　　（2）茲用。

3256 弘吉。

3257 ☑于☑？

3258 （字跡殘泐）

3259 ☑隹明〔袑〕☑史？

3260 ☑〔亡〕囚？

3270 （1）甲辰☑？

　　　（2）☑飒〔步〕☑，〔不〕冓雨？

3271 ☑風☑雨☑？

3272 ☑劦☑？

3273 茲用。

3274 弜〔召〕？〔註328〕

3275 ☑王其田，〔湄〕☑？

3276 ☑冓雨？

3277 ☑其☑祝☑？

3278 □申貞：又☑？

3279 □□卜：其☑于〔小〕乙☑今日
　　　酌☑？

3280 ☑丁卯用☑？

3281 大吉。

3282 吉。

3283 ☑〔貞〕〔註329〕：歲叀☑？

3284 大吉。

3285 茲用。（一）

3286 ☑禘牽☑？

3287 ☑酌☑？

3288 （三）

3289 ☑奠𠂤〔註330〕方☑？

3290 吉。

3291 大吉。

3292 ☑袞☑？

3293 ☑〔令〕𠂤〔註331〕☑？

3294 （1）弜☑？

　　　（2）□□卜：☑丁☑？

3295 大吉。

3296 （1）（一）

　　　（2）☑上甲☑？

3297 吉。

3298 吉。茲用。

3299 ☑在〔徉〕〔註332〕☑？

　　　（2）☑雨？

3313 ☑其酌☑？

3314 （1）☑三牛？

　　　（2）☑子☑？

3315 吉。

3316 己巳☑？

3317 （1）☑貞：其☑？

　　　（2）☑今生☑？

3318 ☑雨？

3319 （1）☑于☑？

　　　（2）☑辰卜：☑？

　　　（3）☑兄☑？

3320 茲用。（二）

3321 吉。

3300 □申☑酓☑？　　　3322 ☑比南，卑？

3301 （二）　　　　　　3323 □□卜：☑？

3302 ☑雨？　　　　　　3324 □〔未〕卜：其☑？

3303 ☑〔禾〕〔註333〕于〔甗〕☑雨？　3325 （1）☑雨？

3304 ☑戈？卑？　　　　　　　　　（2）☑卯卜：☑？

3305 ☑貞：王□田，亡□？　3326 ☑鮇〔註334〕☑？

3306 吉。　　　　　　　3327 ☑一牢？

3307 ☑其雨？　　　　　3328 ☑昗羽日甲申？

3308 ☑在祖☑？　　　　3329 弜☑？

3309 （1）☑　☑？　　　3330 □□卜：☑？

　　　（2）☑今〔日〕☑？　3331 吉。

3310 其牢☑？　　　　　3332 〔甲〕午〔貞〕：☑？（二）

3311 庚午卜：☑？　　　3333 ☑王受□？

3312 （1）丁〔未〕☑？　3334 ☑王其☑？

3335 ☑貞：☑？　　　　3364 吉。

3336 大吉。　　　　　　3365 （三）

3337 丙辰☑？　　　　　3366 〔辛〕☑？

3338 〔癸未貞〕：旬〔亡囚〕？　3367 吉。

3339 （字跡殘泐）　　　3368 ☑受年？

3340 戊午☑及〔召〕方☑？　3369 ☑叀☑？

3341 □卯〔卜〕：☑？　　3370 ☑𢓣〔註335〕☑？

3342 □酉☑？　　　　　3371 吉。

3343 ☑弗每？　　　　　3372 ☑日☑？

3344 ☑其田，湄□亡□？　3373 （字跡殘泐）

3345 〔癸卯〕☑？　　　3374 （字跡殘泐）

3346 ☑歲☑？　　　　　3375 吉。

3347 ☑一豕，雨？　　　3376 叀祖☑不□？

3348 ☑牛其引☑？　　　3377 ☑〔牢〕□一〔牛〕☑？

3349 大吉。　　　　　　3378 ☑〔王〕☑？

3350 □戌☑？　　　　　3379 ☑匸于☑？

3351 ☑貞：又☑〔囚〕？　3380 ☑翊日省☑？

3352 叀〔羍〕？　　　　3381 ☑鹿見遘☑

3353 ☑羽〔註336〕☑？　3382 吉。

3354 大吉。　　　　　　3383 （1）☑叀☑？

3355 ☑其彳屯〔註337〕，亡〔戈〕？　　（2）（一）

3356 （字跡殘泐）

3357 吉。

3358 ☑囚？

3359 ☑往☑？

3360 ☑祖☑？

3361 庚☑？

3362 ☑遘☑？

3363 （1）（二）
　　　（2）☑？

3391 （1）庚☑？
　　　（2）庚辰卜：又于上甲？
　　　（3）□辰卜：弜又？

3392 吉。

3393 丙寅卜：歲征☑？

3394 （1）□□貞：〔亡〕☑？
　　　（2）乙☑？

3395 （字跡殘泐）

3396 多侯歸？

3397 （1）于☑？
　　　（2）于☑？

3398 （1）☑〔畜〕封人？
　　　（2）☑畜封人？

3399 其〔告〕☑？

3400 又雨？

3401 （字跡殘泐）

3402 （1）（一）
　　　（2）癸酉〔貞〕：隹□耂雨？

3403 癸卯卜：其☑？

3404 （字跡殘泐）

3405 ☑罙☑？

3406 ☑歲于妣☑？

3407 □〔酉〕貞：〔來〕☑？

3408 （1）不雨？
　　　（2）〔不〕雨？

3409 ☑至☑？

3384 癸☑？

3385 ☑祖☑？

3386 ☑禱〔註338〕☑？

3387 ☑叀羊？

3388 ☑〔牢卯三牛〕？

3389 □□〔貞〕：旬亡囚？

3390 （1）在毓□？
　　　（2）在毓〔禱〕？

3413 吉。

3414 （字跡殘泐）〔註339〕

3415 □丑卜：☑？

3416 叀壬伐，亡〔註340〕戈？吉。

3417 （1）甲□貞：☑祀☑？
　　　（2）☑？

3418 （1）甲申貞：令卯往，允壴臿？
　　　（2）弜□？（二）

3419 〔弗〕□？

3420 叀歺☑〔亞〕☑？

3421 ☑〔受〕☑？

3422 ☑〔叀〕☑？

3423 （1）□酉卜：以☑？
　　　（2）〔癸〕酉☑？

3424 （1）辛亥卜：〔其〕☑〔即〕
　　　　〔註341〕☑？
　　　（2）☑〔受〕又？

3425 □巳卜：其又歲于〔多〕☑？
叙斁。

3426 癸□貞：□亡囚？

3427 己□叓乞骨□。

3428 癸〔酉〕☑？

3429 （字跡殘泐）

3430 己☑？

3431 癸酉貞：旬亡囚？（二）

3432 （三）

3410　□又＝？

3411　□受又＝？

3412　（1）（二）
　　　（2）□？

3437　（1）庚午□？
　　　（2）□弗□？

3438　（1）癸丑貞：歰旬□？
　　　（2）□亡囚？

3439　（1）牽□霙□
　　　（2）叀牛〔用〕？

3440　（1）□？
　　　（2）茲用

3441　其□？

3442　甲戌貞：其〔乎〕□？

3443　貞：其又□𤓰□雨？

3444　□其□？

3445　□牛，王□？

3446　（1）（一）
　　　（2）□？

3447　（字跡殘泐）

3448　（字跡殘泐）

3449　（三）

3450　（1）丁□？
　　　（2）先□每？

3451　（一）

3452　（1）□歲□？
　　　（2）□勾□？

3453　（1）□？
　　　（2）□貞：□亥□？

3454　□逐□？

3455　□〔貞〕□？

3456　□壬□？

3457　□貞：〔叀〕□？

3433　甲申□？

3434　（一）

3435　（字跡殘泐）

3436　（二）

3460　□〔受〕□？

3461　大吉。

3462　□〔白〕豕，王□？

3463　吉。

3464　□亡□？

3465　□牢？

3466　□省田，□？

3467　□王〔步〕□戉□？

3468　（字跡殘泐）

3469　□五□？

3470　（字跡殘泐）

3471　（字跡殘泐）

3472　〔丙〕□？

3473　（字跡殘泐）〔註342〕

3474　（字跡殘泐）

3475　（字跡殘泐）

3476　□〔其〕□？

3477　□囚？

3478　（1）甲□？
　　　（2）叙拳。

3479　丁〔酉〕□？

3480　□乞骨□。

3481　□戉其□？

3482　□羌又〔註343〕□？

3483　□翊□？

3484　□〔未〕：□？

3485　□東□？

3486　□辰□？

3487　□小示？

3458 ☑大〔庚〕☑？

3459 （一）

3490 □〔亥〕☑？（一）

3491 （字跡殘泐）

3492 （字跡殘泐）

3493 ☑大☑？

3494 □〔亥〕☑？（一）

3495 ☑夒☑？

3496 （二）

3497 隻☑。

3498 （字跡殘泐）

3499 ☑〔大〕乙☑？

3500 （字跡殘泐）

3501 ☑于又〔沉〕☑？

3502 （字跡殘泐）

3503 （二）

3504 （二）

3505 （1）（一）
     （2）（一）

3506 （一）

3507 （一）

3508 （二）

3509 （一）

3510 ☑戊☑？

3511 （二）

3512 大吉。

3513 ☑在☑？

3514 ☑ㄣ☑？

3515 （字跡殘泐）

3516 大吉。

3517 （二）

3518 ☑〔貞〕：☑？

3542

3488 ☑沚〔或〕☑？

3489 （二）

3519 ☑〔旬亡〕□？

3520 （三）

3521 （二）

3522 ☑二牢？

3523 大吉。

3524 吉。茲用。

3525 （字跡殘泐）

3526 （1）（一）
     （2）（一）

3527 （字跡殘泐）

3528 吉。

3529 （一）

3530 戊☑？

3531 ☑〔王田〕〔註344〕☑？

3532 （字跡殘泐）〔註345〕

3533 ☑夒〔于〕〔註346〕☑？

3534 ☑貞：☑？

3535 弜ㄣ？

3536 大吉。

3537 丁卯☑不☑？（一）

3538 （1）癸〔丑〕貞：旬亡囚？（二）
     （2）癸亥貞：旬亡囚？
     （3）□□□：旬□囚？

3539 ☑乞骨一。

3540 叀〔子〕☑？

3541 （1）□□貞：□亡囚？
     （2）癸酉貞：旬亡囚？
     （3）癸未貞：旬亡囚？
     （4）□□□：旬〔亡〕囚？

     （2）弜比？

（1）叀□未酚，王受又？
（2）叀辛巳酚，王受又？
（3）十牛？王受又？
（4）廿牛？王受又？
（5）卅牛？王受又？
（6）□叀□酚□？

3543 □豕十□？〔註347〕

3644 （1）□？
（2）叀甲戌伐？

3645 （1）叀又羌？禦用。
（2）叀今甲寅酚，王受又？
（3）〔叙〕桒。

3646 （1）癸酉貞：旬亡固？
（2）癸未貞：旬亡固？

3547 茲用。雨。

3548 （1）□〔卯卜〕，〔貞〕：王其田，亡〔伐〕？
（2）〔戊午〕卜，貞：王其田，亡伐？
（3）辛酉〔卜〕，貞：王其〔田〕，亡伐？

3549 〔庚午〕卜：其▶桒□？

3550 （1）叙桒。
（2）其又伐，王受又＝？
（3）弜又？
（4）□其又□其十人□？

3551 （1）丁丑貞：聲〔註350〕又〔兕〕，其□？

3566 （1）馥〔註351〕〔執〕？
（2）叔若？

3567 （1）丙寅貞：其桒禾于岳，奠三牢、卯三□？（一）
（2）丁卯貞：叀□于河，奠，雨？
（3）弜桒，雨？（一）

3568 （1）戊寅卜：生月臺迺，受〔又〕？（四）

3552 （1）十牛又五？（三）
（2）癸巳貞：卯二羌、一牛？

3553 □旬亡固？

3554 （1）□田□？
（2）其雨？
（3）〔其〕□？

3555 （1）卯其□？
（2）□牢？

3556 吉。

3557 （三）

3558 □〔貞〕：其▶□人？

3559 （二）

3560 （二）

3561 □〔亡〕□？

3562 甲午貞：￼〔來〕□，其用自上甲十示〔又〕□羌十又八？乙未□。

3563 父〔己〕歲，叀羊？

3564 （1）羽日于祖乙，其裸于武乙宗，王〔受〕又＝？弘吉。
（2）于□？

3565 （1）□〔雨〕？
（2）乙亥叙？
（3）其一牛，卯？
（4）丙子卜：蒙〔註348〕以〔羌〕〔註349〕□▶于丁，卯牢？（一）

3575 （1）癸〔亥〕貞：〔旬〕亡固？
（2）癸酉貞：旬亡固？（一）
（3）□未〔貞〕：旬〔亡〕固？（一）

3576 其雨？

3577 （1）其雨？
（2）于桼亡伐？

3578 （1）（二）
（2）丙子□？（二）

（2）☒〔受〕〔註352〕又☒？

3569　（1）不雨？（一）
　　　（2）甲子卜：乙雨？（一）
　　　（3）不雨？（一）
　　　（4）□雨？

3570　（三）

3571　（1）乙卯貞：☒？
　　　（2）乙卯貞：羍禾于岳，受□？
　　　（3）庚辰卜：其袞于🔲宰，辛
　　　　　巳酓？
　　　（4）叀大牢？
　　　（5）〔叀〕二〔牢〕？

3572　（1）〔叀〕☒？
　　　（2）叀茲🔲用？（一）
　　　（3）王卜？

3573　（1）〔辛巳〕卜：翊☒？
　　　（2）比喪？
　　　（3）比盂？

3574　（1）癸未貞：旬亡囚？
　　　（2）癸巳貞：旬亡囚？（一）
　　　（3）癸卯貞：旬亡囚？（一）
　　　（4）〔癸丑貞〕：〔旬〕亡囚？（一）

3589　（1）（三）
　　　（2）（三）
　　　（3）🔲🔲〔註353〕

3590　（1）☒？〔註354〕
　　　（2）☒〔祀〕〔註355〕☒？

3591　（三）

3592　（1）（二）
　　　（2）（二）

3593　（1）☒貞：酓十☒？
　　　（2）癸未卜：甲申☒？允易日。
　　　（3）☒🔲骨三。

（3）蠡？

3579　（1）甲寅☒，乙卯☒？允□。
　　　（2）（一）

3580　（1）丁酉□：☒弱☒？（三）
　　　（2）丙辰卜：王步丁巳？（三）
　　　（3）□□卜：☒？

3581　乙酉☒三牢☒？□用。

3582　吉。

3583　（1）（一）
　　　（2）（一）
　　　（3）乙酉卜：☒？
　　　（4）☒雨？

3584　叀☒乙☒？

3585　（1）（一）
　　　（2）（二）

3586　（1）丁未卜：癸☒母庚，又从
　　　　　〔雨〕？三月。
　　　（2）☒？

3587　（1）☒亡□？
　　　（2）☒亡囚？
　　　（3）☒〔囚〕？

3588　壬☒田☒〔邁〕☒？

3598　（1）今日至辛卯雨？
　　　（2）丁丑卜：及，今夕雨？（一）
　　　（3）□申卜：☒？

3599　（1）叀壬〔逐〕〔註356〕，亡戈？
　　　（2）辛王其□牢虎，亡戈？
　　　（3）于來自牢，迺逐辰麋，亡
　　　　　戈？
　　　（4）般☒？

3600　（1）吉。
　　　（2）大吉。

3601　（1）☒茲☒？

3594 （1）☒牛☒？（一）
　　　（2）□申貞：十于☒又羌貪牢，
　　　　　☒羌貪牢？（一）
　　　（3）己未□：不〔降〕永？
　　　（4）其降永？
　　　（5）庚申貞：又ナ自上甲，六，
　　　　　六示☒、小示羊？

3595 （1）不□？
　　　（2）弜䢋？

3596 （1）癸□〔貞〕：□亡□？（二）
　　　（2）癸丑貞：旬亡囚？（二）

3597 （1）（一）
　　　（2）癸〔巳〕貞：〔旬〕亡囚？
　　　　　（一）
　　　（3）癸卯貞：旬〔亡囚〕？（一）
　　　（4）癸丑貞：旬亡囚？（一）

　　　（3）于壬子王〔田〕敝，亡𢦏？
　　　　　𢆷？
　　　（4）不雨？
　　　（5）☒？

3609 （1）辛〔酉〕□，〔貞〕：☒？
　　　（2）壬戌卜，貞：王其田宮，
　　　　　亡𢦏？
　　　（3）乙丑卜，貞：王其田向，
　　　　　亡〔𢦏〕？（一）

3610 ☒。〔註359〕

3611 貞。

3612 （1）甲戌☒？
　　　（2）丁丑卜：又于伊□？
　　　（3）辛卯卜：又于伊尹一羌、
　　　　　一牢？（一）
　　　（4）壬寅卜：我示征乙巳？（一）

3613 （1）其雨？
　　　（2）不遘大風？（一）
　　　（3）其遘大風？（二）

（2）☒其㞢妣辛，叀龏？
（3）叀小宰？茲用。
（4）庚寅卜：王賓妣辛㞢？
（5）☒賓☒辛☒？

3602 （1）〔不〕以雨？
　　　（2）〔不雨〕？

3603 （1）（三）
　　　（2）（三）

3604 （1）臺𥁰受又？
　　　（2）□受又？

3605 ☒〔貞〕〔註357〕：☒自☒南☒？
　　　（三）

3606 ☒〔卜〕：戊辰☒〔辇〕〔註358〕
　　　不☒？

3607 （1）☒田省，亡□？
　　　（2）☒〔亡〕𢦏？不雨？

3608 （1）辛☒？
　　　（2）于來壬子酒田敝☒？

3619 ☒今日眾☒？

3620 （字跡殘泐）

3621 （1）（一）
　　　（2）（一）

3622 ☒雨？

3623 （一）

3624 吉。

3625 （三）

3626 ☒不☒？（一）

3627 □午貞：□辇□大甲、〔父〕丁？

3628 ☒圍〔註360〕☒？

3629 （1）丙寅☒？
　　　（2）丙寅卜：大庚歲，万万于
　　　　　毓祖乙☒？
　　　（3）☒來日☒歲于大庚？

3630 吉。

3631 茲用。

3632 ☒泉？

3614 （1）叀☑？
　　　（2）（一）

3615 （1）丁亥卜：☑？
　　　（2）弜田，其每？

3616 （1）辛☑？
　　　（2）日☑？

3617 （1）〔庚〕☑？
　　　（2）〔茲〕用。

3618 （1）癸亥貞：旬亡囚？
　　　（2）癸酉貞：旬亡囚？

3640 （1）羌四？
　　　（2）茲用。

3641 〔丁〕卯卜：又設〔明，既〕
　　　〔註362〕☑？

3642 （1）甲☑？
　　　（2）（一）

3643 丙辰☑？

3644 （三）

3645 ☑王〔叀〕☑？

3646 □酉卜：𦥑□，□若？

3647 （字跡殘泐）

3648 （1）己☑？
　　　（2）☑卜：☑〔牛〕？

3649 （一）

3650 吉。

3651 ☑牢☑？

3652 （三）

3653 癸☑？

3654 （1）〔一羊〕，雨？
　　　（2）二羊，〔雨〕？

3655 （1）☑麃戈叔方，不雉眾？
　　　（2）吉。

3656 叀☑？吉。

3657 叀☑王☑？

3633 （1）弜又？
　　　（2）三羌、卯牢？
　　　（3）☑〔羌〕☑牢？

3634 （1）〔癸酉〕貞：旬亡囚？
　　　（2）癸未貞：旬亡囚？

3635 ☑〔貞〕：〔旬〕〔註361〕☑？（一）

3636 辛☑？

3637 叀又□𦥑戈叔方☑戌？

3638 ☑囚？

3639 （三）

3662 ☑雨？

3663 （1）壬〔戌〕□，貞：〔王其〕
　　　田牢亡戈？卒〔兒〕。
　　　（2）〔戊〕辰卜，貞：王其田□，
　　　亡戈？

3664 （1）庚辰☑帝于☑九☑？
　　　（2）其奠于土？

3665 （1）癸☑？
　　　（2）癸卯〔貞〕：〔旬〕☑？
　　　（3）癸丑〔貞〕：〔旬〕☑？

3666 ☑于父甲告衛，又戈？以王卒？

3667 （1）己未貞：弜𠂤☑？（三）
　　　（2）甲子奠河？（二）
　　　（3）☑？

3668 ☑禘高☑？茲用。

3669 （1）辛未貞：大☑？（一）
　　　（2）（一）
　　　（3）（一）

3670 （1）☑〔彡〕歲☑？
　　　（2）☑二〔羌〕二〔牛〕☑？

3671 ☑用〔註363〕☑？

3672 （1）己卯貞：王又☑自上甲，
　　　𥄂，至于☑？
　　　（2）☑一牢？

3658 （1）（二）
　　　（2）其雨？

3659 〔丁〕丑卜：翌日戊王其田，湄
　　　☑？大吉。用。

3660 （1）（三）
　　　（2）己酉貞：☑？（三）
　　　（3）☑〔叀〕甲寅☑？（三）

3661 （1）〔貞〕：☒其〔奠〕☑于☑？
　　　（2）□□卜：又四〔方〕☑？

3675 （1）癸酉☑？
　　　（2）弜又？　（二）
　　　（3）三牢？

3676 （1）☑小丁〔歲〕☑？
　　　（2）☑于大神日酌？
　　　（3）☑小酌？
　　　（4）☑罙☑？

3677 （1）己亥卜：☑？
　　　（2）弜祝？吉。

3678 ☑雨？

3679 癸〔丑〕貞：旬亡田？（三）

3680 （1）癸〔酉〕☑辇☑？〔註365〕
　　　（2）〔癸〕未卜：☑〔辇〕
　　　　　　〔註366〕于河？

3681 （一）

3682 （1）癸☑？
　　　（2）□〔亥〕貞：☑？

3683 （三）

3684 〔叀〕黃☑？

3685 □〔辰〕卜：☑〔雨〕？

3686 （1）（三）
　　　（2）（三）

3687 （1）丙戌卜：☑？
　　　（2）□□卜：☑南□□？

3688 己巳卜：其又歲于☑？

3689 （1）〔叀〕〔註368〕☑乙☑？

3673 （1）癸丑貞：多宁其☑，又弓
　　　　　歲于父丁牢又一牛？
　　　（2）其三牛？
　　　（3）癸丑貞：王又歲于祖乙？
　　　（4）于父丁又歲？
　　　（5）☑〔貞〕：☑至☑？

3674 （1）弜用？
　　　（2）弜弓？
　　　（3）☑〔卯〕☑牢？

3690 〔又歲〕☑？

3691 （1）吉。
　　　（2）吉。

3692 其☑？（二）

3693 其冓雨？

3694 ☑〔貞〕：☑？

3695 茲用。（一）

3696 （1）〔戊〕☑？
　　　（2）☑其犯〔註364〕☑？

3697 （字跡殘泐）

3698 ☑酌彡☑？

3699 〔其雨〕〔註367〕☑？

3700 〔喜母〕？

3701 吉。

3702 癸酉□：旬〔亡〕□？

3703 辇于☑？

3704 吉。

3705 乙酉，其蒦☑王☑？吉。

3706 （1）雀〔受〕又？
　　　（2）戈又田？
　　　（3）戈弗疛車？（一）

3707 壬□。

3708 （1）（二）
　　　（2）（二）
　　　（3）辛丑☑？

3709 （1）〔庚〕☑？

（2）叀今乙未？

（3）☑？

（4）☑〔牢〕？

3710 （1）戊戌☑？

（2）弜又？

3711 （1）☑？

（2）叀舊冊？茲用。

3712 （1）甲戌卜：翊〔日乙〕☑其
　　　　迺于向，亡戈？

（2）于梌〔亡〕戈？

（3）☑〔喪〕☑？

3713 甲☑其☑？

3714 （二）

3715 （一）

3716 □〔申〕貞：☑莘☑？

3717 （字跡殘泐）

3718 ☑〔王獸〕☑？

3719 （三）

3720 父辛？

3721 （1）王〔不〕☑？

（2）壬王其迺☑？

3722 （1）己巳卜：叀庚午酌？

（2）叀庚辰酌？

（3）□寅卜：☑？

3723 □〔亥〕貞：☑以子方奠于并？
在父丁宗彝。〔註370〕

3724 （1）乙亥卜：☑〔餗〕迺又祖
　　　　□？（一）

（2）（一）

（3）〔不易〕日？

（4）癸未卜：☑〔酌餗〕☑？
　　　　　（一）

3737 （1）☑？

（2）（二）

（3）（二）

（4）（二）

（2）叙桒。

（3）三牢？

（5）乙未☑？

3725 （1）□□貞：□亡囚？

（2）癸巳貞：旬亡囚？

（3）□卯貞：旬亡囚？

（4）□□貞：旬亡囚？

（5）〔癸〕亥〔貞〕：旬亡囚？

3726 （1）丙寅貞：叀虎〔註369〕取
　　　　万，召王□？

（2）丙寅貞：叀虎二子□人？

3727 □□卜：羽日祖乙☑？吉。

3728 （1）☑？

（2）〔辛〕亥□：☑父辛？

3729 弜田，其每？

3730 （1）亞☑？

（2）茲用。

（3）□〔卯〕卜：自〔上甲〕六
　　　　☑〔隹小宰〕？

3731 （1）于西倉☑？

（2）叀壬酌品？

（3）叀癸酌品？

3732 （1）于庚☑？

（2）丙辰☑𣈋☑？

3733 ☑翊日☑？

3734 丙子卜：〔其〕☑？

3735 壬寅☑甲雨？（一）

3736 （1）丁巳□：其□于〔父〕丁？

（2）戊午卜：不雨？

3749 叀庚又雨？

3750 癸未☑又□？

3751 （1）☑𠦪，湄☑？

（2）☑？

3738 ☑牢，卯六〔牛〕〔註371〕☑？

3739 （1）庚☑？
　　 （2）〔羌〕十？
　　 （3）〔羌〕十又五？

3740 （1）癸丑卜，貞：旬亡☒？
　　 （2）癸亥卜，貞：旬亡☒？
　　 （3）癸酉卜，貞：旬亡☒？
　　 （4）癸未卜，貞：旬亡☒？
　　 （5）癸巳卜，貞：旬亡☒？
　　 （6）□卯□，□：旬□☒？

3741 （1）卯☑？
　　 （2）□丑酢？

3742 丙辰□：☑丁巳☑其☑？

3743 （1）其☑大☑
　　 （2）其✎，又彳？
　　 （3）三牢上甲？
　　 （4）五牢？

3744 （1）□寅□：今夕亡至☒？
　　 （2）丁卯□：今夕亡至☒？（一）
　　 （3）戊辰卜：今夕亡至☒？（一）
　　 （4）己巳卜：今夕亡至☒？

3745 （1）癸丑貞：旬亡☒？
　　 （2）癸亥貞：旬亡☒？
　　 （3）癸酉貞：旬亡☒？
　　 （4）□□□：〔旬〕□〔☒〕？

3746 ☑貞：又☑？

3747 二〔牛〕？

3748 （1）（一）
　　 （2）弜以大示？（一）
　　 （3）（一）

3764 （1）丁卯卜：王令取勹羌，兹立中？〔註373〕在祖丁宗□。
　　 （2）☑取☑用？

3765 （1）大吉。
　　 （2）吉。

3766 □巳☑又歲☑祖甲龏☑？

3767 ☑亡☑？

3752 辛，其興子□？

3753 （1）乙☑？
　　 （2）兹用。

3754 （三）

3755 ☑亡☒？

3756 ☑三牢？（三）

3757 （四）

3758 ☑牛？

3759 （1）丁巳☑？
　　 （2）弜田，其每？
　　 （3）王其田✎，湄日亡戈？
　　 （4）其立犬田，湄日亡戈？
　　 （5）王叀省田，亡戈？
　　 （6）☑？

3760 （1）〔辛〕☑？
　　 （2）亡咎，其雨？

3761 （1）〔癸〕丑〔貞〕：□〔亡〕□？
　　 （2）癸巳貞：旬亡☒？
　　 （3）癸卯貞：旬亡☒？
　　 （4）□□□：旬□☒？

3762 （1）庚☑？
　　 （2）☑壹？

3763 （1）丁酉□：✿□祀，〔註372〕在□丁宗卜。
　　 （2）戊戌卜：✿羽祀？在大戊。
　　 （3）庚子：✿羽祀？在大庚宗卜。
　　 （3）（一）
　　 （4）（一）

3784 乙丑☑？

3785 （1）（三）
　　 （2）☑？

3786 （1）☑？
　　 （2）乙丑貞：王戰祖乙？

3768 （1）☒告〔麥〕？
　　　（2）□卅〔鬯〕？

3769 大□。

3770 （1）癸亥卜：〔弜〕舞，雨？（一）
　　　（2）壬申☒乙亥☒？　（二）

3771 ☒其☒？

3772 ☒田，亡戋？

3773 （二）

3774 （二）

3775 ☒其☒？

3776 甲戌卜：其又歲于羲甲？

3777 （1）翊日☒𠨗，亡〔戋〕？
　　　（2）王其田□，亡戋？

3778 （1）己亥卜：父甲杏勾□？
　　　（2）弜勾？
　　　（3）己亥卜：父甲杏二牢？
　　　（4）☒牢☒用？

3779 （1）其☒牢？
　　　（2）𡘋年于河，叀今辛酉酚？
　　　　　吉。

3780 ☒〔貞〕：☒〔囚〕？

3781 弜□？

3782 庚申卜：五羌、五牢于大乙？

3783 （1）丙〔午〕☒？（一）
　　　（2）（一）

3797 （1）辛□令□？
　　　（2）辛巳卜，貞：王叀𥄕〔註374〕
　　　　　令以束尹？

3798 （1）乙巳貞：〔王〕其以□人田
　　　　　𣥂〔註375〕，又☒？
　　　（2）□子□：王☒眾☒其☒？

3799 辛不雨？

3800 茲用。

3801 （二）

3802 （二）

（3）〔弜〕獸？

3787 乙丑貞：其罜〔風〕☒？

3788 吉。

3789 （三）

3790 ☒福☒祖☒？

3791 ☒〔聶〕☒？

3792 □〔未〕卜：翊日〔戊〕王☒？
　　　〔吉〕。

3793 （1）辛卯卜，貞：王其田，☒？
　　　（2）□辰卜，□：王其〔田〕，
　　　　　亡𤞢？

3794 （1）弜又？　（一）
　　　（2）丁巳卜：歲〔至〕于大戊？
　　　　　茲用歲☒。　（一）
　　　（3）弜至？
　　　（4）己未卜：其又歲于雍己？
　　　　　茲用十牢。
　　　（5）弜又？
　　　（6）□〔未〕卜：雍己□，叀
　　　　　牡？茲用。

3795 （1）王其〔省〕田，不〔菁〕
　　　　　雨？
　　　（2）其遘〔雨〕？

3796 ☒弗☒正？

3818 （1）〔辛〕☒？
　　　（2）壬寅☒其☒亡𤞢？

3819 （字跡殘泐）

3820 己☒？

3821 ☒貞：戊亡☒？

3822 （1）其☒？
　　　（2）☒小示𡘋，叀羊？

3823 （1）☒祖酚？在大宗☒。
　　　（2）☒〔至〕小示，其〔利征〕
　　　　　☒

3803　（二）

3804　☒在☒？

3805　□□貞：□伐□土☒牢？（二）

3806　吉。

3807　（字跡殘泐）

3808　（1）（一）
　　　（2）（一）
　　　（3）庚〔辰〕卜：〔至〕☒？（一）
　　　（4）弜至歲？（一）

3809　（1）癸☒？
　　　（2）不冓□？

3810　丁卯☒？

3811　（1）茲用。
　　　（2）☒牡？茲用。

3812　弜〔商〕？

3813　（二）

3814　（1）（一）
　　　（2）（一）

3815　（一）

3816　☒柰？

3817　☒丁易日？

3836　（1）（三）
　　　（2）（三）

3837　（1）茲用。（一）
　　　（2）茲□。（一）
　　　（3）（一）
　　　（4）癸亥☒？
　　　（5）乙丑卜：令☒？（一）
　　　（6）（一）
　　　（7）弜令？（一）

3838　☒玉〔註377〕☒？

3839　☒貞：☒臾☒？

3840　☒又史？

3841　（1）奏河？（二）
　　　（2）奏于東一牛？（二）

3824　（1）其征，用羌？
　　　（2）弜用？

3825　（1）不雨？（一）
　　　（2）不□？

3826　☒五示五〔羊〕〔註376〕☒？

3827　其〔雨〕？

3828　（1）于來丙申酚，王受〔又〕？
　　　（2）叀辛酚，王受又？
　　　（3）叀乙酚，王受又？
　　　（4）叀丁酚，王受又？
　　　（5）叀戊酚，王受又？

3829　（1）☒亡戈？㞢？
　　　（2）☒雨？

3830　☒貞：王其田，亡戈？

3831　☒高祖歲牢☒？

3832　戊辰卜：王〔往〕☒？

3833　□〔戌〕卜：翊日乙王其田，☒？

3834　辛□卜：☒易日？（二）

3835　（1）不受年？
　　　（2）〔危〕見莫〔隹〕秭？
　　　（3）乙卯卜：叀生，王迋立？
　　　（4）□卯□：□孑☒王☒？

3853　（1）己巳卜：王其弓羌，〔卯〕☒？
　　　（2）牢又一牛，王受又？
　　　（3）☒〔又〕？

3854　（1）丁☒歲☒？
　　　（2）其又耂？

3855　（1）癸□貞：□亡囚？
　　　（2）癸亥貞：旬亡囚？
　　　（3）癸酉貞：旬亡囚？
　　　（4）癸未貞：旬亡囚？
　　　（5）癸巳貞：旬亡囚？

3856　丁卯〔貞〕：☒？

3842　〔丁酉〕☑？

3843　（一）

3844　☑祖乙☑？

3845　丙☑？（三）

3846　（1）王其田，亡𢦏？
　　　（2）☑田省，□𢦏？

3847　（1）甲子貞：帚鼠亡囚？（一）
　　　（2）（一）

3848　☑典〔註378〕☑？

3849　（字跡殘泐）

3850　☑苗〔註379〕☑？

3851　□□卜：☑？

3852　（1）乙卯□：來乙□酌，☑于
　　　　☑？
　　　（2）乙□□：弜〔聶〕，丁卯酌
　　　　品？

3857　大吉。

3858　茲用。（一）

3859　癸〔未〕貞：〔旬亡囚〕？

3860　癸☑？

3861　☑貞：征〔酓〕☑？

3862　（一）

3863　（1）戊〔辰〕☑？
　　　（2）〔叀〕父☑〔平〕☑？

3864　其☑？

3865　（1）弘吉。
　　　（2）吉。
　　　（3）吉。

3866　□巳☑？

3867　（一）

3868　（二）

3869　（一）

3870　辛〔酉貞〕：☑？

3871　（二）

3872　茲用。

3873　☑雨？

3874　丙其□〔雨〕？

3875　（1）乙〔未〕☑？
　　　（2）〔弜〕賓？

3876　弜又？

3877　〔茲〕用。

3878　〔弜〕☑？

3879　☑〔牢〕？

3880　（1）甲申〔卜〕：☑？
　　　（2）〔叙〕〔註382〕𡊄。

3881　（三）

3882　☑貞：☑？

3883　☑雨？

3893　（1）丙〔申〕今〔日〕☑？
　　　（2）其雨？
　　　（3）今☑征☑？

3894　吉。

3895　〔癸〕亥貞：旬□囚？

3896　（1）〔父〕甲☑又☑？
　　　（2）□禓？
　　　（3）其禓祖丁升，又正？王受
　　　　又？

3897　（1）丙戌卜：王☑？
　　　（2）□矢☑牽☑𗏌〔註380〕鬲王
　　　　☑？

3898　☑咸牽〔註381〕河？

3899　辛☑〔亡〕☑？

3900　壬午〔貞〕：☑？（二）

3901　己未卜：☑〔其〕〔註383〕沉？

3902　〔癸〕☑旬☑？

3903　（三）

3884　（字跡殘泐）

3885　〔癸〕□〔貞〕：旬□囚？

3886　〔辛〕亥□？

3887　（字跡殘泐）

3888　（字跡殘泐）

3889　吉。

3890　自大乙〔至〕于父丁？

3891　（1）弜□？
　　　（2）□〔牢〕？
　　　（3）五牢？

3892　（1）乙不雨？
　　　（2）□雨？

3911　（1）癸未卜，□：□亡囚？
　　　（2）癸巳卜，貞：旬亡囚？
　　　（3）癸卯卜，貞：旬亡囚？
　　　（4）□□卜，□：〔旬〕□囚？

3912　□子□沚或盈？

3913　□〔眾〕㕦〔伐〕〔註386〕□？

3914　□卯貞：□匚于□？

3915　乙父？

3916　□〔大〕〔註387〕宗□？

3917　（一）

3918　（1）□貞：其〔奉〕禾□
　　　（2）□〔奉〕□？

3919　□雨？

3920　（1）□〔省〕□戋？
　　　（2）□〔戰〕□戋？

3921　（三）

3922　（1）二百？
　　　（2）□？

3923　（1）戊□？
　　　（2）□？

3924　茲用。

3925　□〔于〕𤔌□〔辛〕又四□五牛？
　　　〔註388〕

3926　（三）

3904　（字跡殘泐）

3905　辛卯□？（一）

3906　□子貞：又□？

3907　（1）（一）
　　　（2）茲用。（一）

3908　（1）（一）
　　　（2）乙□？
　　　（3）□餗？

3909　（1）□一牢？
　　　（2）□牢？

3910　（1）（三）
　　　（2）〔癸酉〕〔註384〕□？

3929　（二）

3930　□卯□？

3931　〔庚〕〔註385〕□？

3932　（三）

3933　其雨？（一）

3934　（一）

3935　□〔戍〕□？

3936　（一）

3937　五牛？

3938　□于秝□？

3939　□癸未雨，至甲雨，□至丙雨？

3940　□貞：其□于河？

3941　（1）弜又羌？
　　　（2）□〔酚〕□雨？

3942　□田□？

3943　（字跡殘泐）

3944　□高祖□？

3945　（一）

3946　（字跡殘泐）

3947　（1）乙亥□：在大□又𢀛□三
　　　〔羌〕□？
　　　（2）□亥卜：□伐五示□二牢
　　　□〔羌〕，〔雨〕？

3948　（二）

3927 （一）

3928 （1）丁☒？
　　　（2）〔不〕雨？

3952 ☒貞：〔旬〕☒？

3953 〔癸〕酉☒其☒？

3954 癸卯貞：☒？

3955 叀☒酚？

3956 （1）吉。
　　　（2）吉。
　　　（3）☒叀父〔庚〕☒？

3957 ☒或𠛱☒？

3958 ☒貞：畐歲二牢？茲用。

3959 （1）不〔雨〕？
　　　（2）〔其〕雨？

3960 其召于公？

3961 庚申〔卜〕：㞢于祖乙一牛？

3962 （1）弜田，其每？
　　　（2）☒叀田☒，亡□？

3963 （1）乎食于〔商〕☒？
　　　（2）乙☒？

3964 ☒又一牛？

3965 ☒〔一小〕宰☒？

3966 （1）□□貞：□亡□？
　　　（2）癸巳貞：□亡囚？
　　　（3）癸卯貞：旬亡囚？

3967 （1）癸〔巳〕☒酚☒？
　　　（2）☒貞：☒五牢？

3968 （1）弜☒？
　　　（2）☒來日☒？

3969 ☒己父☒叀□自☒戠□攺？

3970 癸卯☒甲辰☒大☒？

3971 □亥☒？

3972 茲用。（三）

3973 （1）丁丑☒甲〔申于〕☒？

3949 大吉。

3950 （字跡殘泐）

3951 （二）

3975 ☒多☒？

3976 □□貞：示〔壬〕☒？

3977 （1）不雨？
　　　（2）☒雨？

3978 （1）弗〔希〕？（一）
　　　（2）己亥貞：☒？（一）
　　　（3）☒廿牛？

3979 吉。

3980 ☒于☒？

3981 □酉〔貞〕：☒？

3982 （一）

3983 （1）☒其☒二牛？
　　　（2）☒〔今日〕☒〔伐〕☒？

3984 ☒〔又〕伐☒？

3985 〔吉〕。

3986 〔庚〕☒？（一）

3987 ☒〔牢〕？茲□。

3988 ☒卯☒？

3989 庚申〔卜〕：☒？

3990 ☒貞：☒？

3991 （三）

3992 （字跡殘泐）

3993 吉。

3994 （字跡殘泐）

3995 ☒十〔牢〕☒王〔受〕□？

3996 叀又☒又麋？吉。

3997 （1）（一）
　　　（2）（一）

3998 ☒七☒？

3999 （二）

4000 叀𥁕☒，亡戈？

（2）☑〔牛〕？

3974　吉。

4003　□寅☑？

4004　（1）十人又五？
　　　（2）☑〔牢〕？

4005　（一）

4006　（1）☑告☑？（三）
　　　（2）☑雨？

4007　〔叀〕☑〔田〕省，亡〔𢦏〕？

4008　☑其田叀☑？吉。

4009　☑小乙☑☑？

4010　☑于京☑？

4011　戊☑癸雨？（一）

4012　（1）（三）
　　　（2）（三）
　　　（3）癸亥貞：旬亡𡆪？
　　　（4）☑𡆪？

4013　（1）癸□貞：〔旬〕□□？
　　　（2）癸丑貞：旬亡𡆪？
　　　（3）癸亥貞：旬亡𡆪？
　　　（4）□酉☑？

4014　（1）（三）
　　　（2）（三）
　　　（3）癸□貞：〔旬〕亡𡆪？（三）

4015　（1）☑〔于〕☑祖☑？
　　　（2）弜告？
　　　（3）自祖乙告祖丁、小乙、父丁？

4016　（1）（三）
　　　（2）（三）

4017　（1）（一）
　　　（2）壬辰貞：☑？（一）
　　　（3）☑雨？

4001　（一）

4002　（1）大吉。
　　　（2）吉。

4018　（1）吉。
　　　（2）吉。

4019　（三）

4020　（1）庚寅卜：其又〔妣辛〕☑？
　　　（2）☑牛一？

4021　（1）庚雨？
　　　（2）辛雨？
　　　（3）壬雨？

4022　（1）弜田，其每？
　　　（2）王叀宮田省，亡𢦏？
　　　（3）叀盂田省，亡𢦏？

4023　（1）王其又妣戊、妌，𠬞〔註389〕羊，王受又？
　　　（2）𠬞小宰，王受又？
　　　（3）叀妣戊、妌小宰，王受又？

4024　（1）辛未雨？
　　　（2）☑雨？

4025　（1）方出，至于茲〔𠂤〕？〔註390〕
　　　（2）不至？
　　　（3）☑〔𢦏〕☑〔𠂤〕？

4026　（1）〔庚〕☑？
　　　（2）庚寅卜：多子族于召？

4027　（1）癸☑乙☑？（三）
　　　（2）庚寅卜：盧乡甲午？（四）
　　　（3）□□卜：☑餗？

4028　（1）（三）
　　　（2）（三）

4029　☑多馬☑弜令☑眾☑？

4030　大吉。

4031　壬寅卜：其征羽日☑？（一）

4032 （1）（一）
　　　（2）（一）
　　　（3）☐岳，于來辛酉酌？
　　　（4）弜〔罘〕？
　　　（5）弜☐？
　　　（6）（一）

4033 （1）癸酉卜：王其田牧離，叀
　　　　乙〔雨〕？吉。
　　　（2）叀戈田牧離，弗每？亡戈？
　　　　永王？吉。
　　　（3）叀〔麥〕田，坒？亡戈？
　　　　吉。

4034 大吉。

4035 ☐其征幽☐？

4036 ☐又？

4037 （1）己卯☐又☐歲☐乙☐？
　　　　　（一）
　　　（2）☐辰☐又彡☐上甲☐？

4038 ☐父☐？

4039 （1）戊寅☐：又☐？
　　　（2）〔甲〕申卜：☐ㄓ辛酉？

4040 乙亥貞：王其☐？

4041 〔叀〕☐〔今〕☐？

4042 〔妾殳〕☐〔殼〕☐？

4043 己亥☐：先又大☐廿〔牢〕？

4044 （1）丁☐？
　　　（2）☐王亡☐〔羽〕？〔註391〕
　　　（3）〔戊〕☐？

4045 （1）吉。
　　　（2）☐奉麀田，湄☐戈？不雨？

4046 吉。
　　　（2）丁巳卜，貞：王叀丁巳令
　　　　彘、立伐？
　　　（3）☐☐卜，☐：☐申☐立☐？

4047 （1）丙辰貞：奉自上甲？
　　　（2）（二）
　　　（3）（二）

4048 （1）丁〔巳〕☐，貞：☐叀☐
　　　　〔令彘〕☐☐？
　　　（2）庚申卜，貞：其告祖乙牛
　　　　于☐丁牛？
　　　（3）庚申卜，貞：王叀乙令彘
　　　　罘立？（三）
　　　（4）庚申卜，貞：王叀丁令彘
　　　　罘立？（三）
　　　（5）戊寅卜，貞：王亡囚？（三）
　　　（6）祀？
　　　（7）其疒？

4049 （1）己巳貞：商于蒿奠？
　　　（2）己巳貞：商于宠奠？
　　　（3）辛未貞：其告商于祖乙帆？
　　　（4）辛未貞：夕告商于祖乙？
　　　（5）☐丑☐：令☐侯☐？

4050 ☐囗三，☐大乙十，☐〔大戊〕
　　　☐？

4051 丙午貞：戊申步？

4052 ☐貞：王〔令〕☐☐王殳舟☐？

4053 （1）（二）
　　　（2）乙〔酉〕☐自上甲六☐彡？
　　　　（二）
　　　（3）乙酉卜：叀甲午酌，彡？
　　　　（二）

4054 （1）丁巳卜，貞：王令立伐？
　　　　在商。〔註392〕

4067 （1）癸丑貞：旬亡囚？（二）
　　　（2）癸亥貞：旬亡囚？

4055　（1）（一）
　　　（2）（一）
　　　（3）甲午卜：彳☒？茲〔不用〕。

4056　□寅貞：其〔告〕于上甲三牛？

4057　（1）（二）
　　　（2）（二）
　　　（3）（二）
　　　（4）癸未貞：旬亡囧？（二）

4058　（1）（一）
　　　（2）（一）
　　　（3）癸未卜：弜佩？

4059　大吉。茲用。

4060　（1）于乙？
　　　（2）☒王其☒舟☒〔叀〕莫？

4061　（1）牢？茲用。
　　　（2）三牢？

4062　☒〔夒〕☒〔羌〕〔註394〕☒？

4063　（1）癸〔未〕□，貞：〔旬亡〕囧？
　　　（2）癸巳卜，貞：旬亡囧？
　　　（3）癸卯卜，貞：旬亡囧？
　　　（4）癸丑卜，貞：旬亡囧？

4064　（1）（三）
　　　（2）（三）

4065　□申卜：河剢王賓，王受〔又〕？吉。

4066　（1）☒？
　　　（2）☒〔若〕咎于□，母閼□彳〔註395〕興，于之受〔又〕？

4079　（1）癸亥貞：旬亡囧？
　　　（2）癸酉貞：旬亡囧？

4080　☒祀☒☒？

4081　丙寅☒叀丁彭彳☒？

4082　（二）

4067（右欄缺）

（3）癸酉貞：旬亡囧？（二）
（4）癸未貞：〔旬亡〕囧？
（5）癸巳貞：旬亡囧？
（6）□〔卯〕□：囧？

4068　☒二牢？

4069　☒其田，湄日亡戈？

4070　（1）（一）
　　　（2）（一）

4071　□〔辰〕〔註393〕卜：其又歲于〔高〕☒？

4072　☒貞：□亡囧？

4073　（1）壬午卜，貞：☒？
　　　（2）乙酉卜，貞：王其田，亡戈？
　　　（3）戊子卜，貞：王其田，亡戈？
　　　（4）□卯卜，貞：王其田，亡戈？
　　　（5）☒，亡戈？

4074　（1）弘吉。
　　　（2）吉。
　　　（3）其五☒？〔吉〕。

4075　（1）丙寅貞：今□〔夒〕☒甾伐☒？茲用。
　　　（2）☒牽于☒？

4076　☒貞：☒其賓彳？

4077　（1）大吉。
　　　（2）不〔雨〕？

4078　□〔巳〕卜：父戊歲，叀且改，王受又＝？吉。

4102　☒〔召〕于公☒羊？

4103　（1）辛亥貞：〔王〕米□〔正召〕☒？
　　　（2）癸丑貞：王正召方，受又？
　　　（3）乙卯貞：王正召☒？（一）

4083　（1）辛卯☒？（三）
　　　（2）〔辛〕卯☒？

4084　大吉。

4085　☒貞：☒？

4086　茲用。（一）

4087　貞：□〔亡〕□？

4088　☒貞：甲申☒貴十☒〔受〕禾？

4089　壬寅〔卜〕：☒壬辇〔叀〕☒？

4090　（1）丁酉貞：王☒？
　　　（2）☒未☒沚方？

4091　（1）癸酉卜：☒？
　　　（2）叙摯。
　　　（3）☒〔其〕又弓☒上甲又☒〔受〕又？

4092　（1）吉☒不□？
　　　（2）☒遘〔小〕雨？

4093　□未卜：其□多万□父庚？

4094　癸☒旬☒？

4095　☒〔嵩侯〕☒？

4096　（二字，字跡殘泐）

4097　☒〔凶〕？

4098　（1）（二）
　　　（2）（二）

4099　（二）

4100　（1）貞：酚，辇禾？
　　　（2）辛卯貞：酚弓歲妣壬？

4101　（1）癸〔卯〕☒？
　　　（2）☒〔叀〕☒〔侯〕☒？
　　　　　　　　　〔註396〕

4123　☒大雨？

4124　辛☒？

4125　☒于☒？大吉。

4126　（1）（一）
　　　（2）（一）
　　　（3）☒〔叀〕☒？

4127

　　　（4）丙辰貞：王正召方，受又？
　　　（5）其正？
　　　（6）☒〔王〕☒？（一）

4104　叀喪☒？吉。

4105　☒氃貴三〔牢〕？（一）

4106　乙〔雨〕？

4107　☒聂黍☒杏？

4108　（1）☒貴☒四？
　　　（2）☒以☒？

4109　☒祖☒？

4110　（1）甲☒夒☒〔禾〕☒？
　　　（2）☒河☒牢？

4111　大吉。

4112　（三）

4113　（1）乙☒貴☒于☒？（三）
　　　（2）□□卜：☒于祖乙☒牛？

4114　吉。

4115　大吉。

4116　（一）

4117　□亥卜：☒？（一）

4118　（一）

4119　甲寅☒？

4120　（1）癸〔丑〕□：今日☒不雨？
　　　（二）
　　　（2）（二）
　　　（3）（二）

4121　（字跡殘泐）

4122　牢又一牛用，王受又？

4147　（1）壬戌☒？（一）
　　　（2）癸亥貞：甲☒？

4148　（一）

4149　〔上甲〕☒？

4150　（1）戊申〔卜〕：今日雨？
　　　（2）（一）
　　　（3）（一）

（1）（一）
（2）（一）

4128　（一）

4129　（1）☒貞：其☒？茲用。
　　　（2）乙亥〔酻〕☒？

4130　（一）

4131　☒〔王〕其☒？

4132　☒牛☒？

4133　吉。

4134　（1）庚辰〔卜〕：☒？
　　　（2）☒弜☒〔每〕？

4135　（1）壬午☒于☒？
　　　（2）☒？

4136　〔叀〕牛？

4137　〔茲〕□？

4138　□申貞：其屰☒？

4139　〔丁〕☒〔卜〕☒？〔註397〕

4140　（1）叀☒？
　　　（2）☒田〔希〕牢虎，亡戈？

4141　大吉。

4142　（三）

4143　☒〔貞〕☒？

4144　大吉。

4145　□〔巳〕□：〔旬〕☒？

4146　□〔王〕盟☒一，父☒？〔註399〕

4168　☒〔酻〕☒？

4169　（1）于☒？吉。
　　　（2）☒田，卑？

4170　乙未☒其申☒易日？

4171　吉。

4172　☒〔中〕人？

4173　〔辛〕☒？

4174　（一）

4175　（1）癸卯貞：旬亡囚？
　　　（2）☒亡〔囚〕？

4151　（二）

4152　（1）☒亡☒？
　　　（2）☒十☒？

4153　☒〔牢〕？

4154　茲用。

4155　☒亥☒令？在祖乙宗卜。

4156　（1）〔雨〕？
　　　（2）雨？（三）

4157　（二）

4158　（一）

4159　☒貞：☒亡□？（三）

4160　□□卜：☒？

4161　乙☒〔才〕☒？

4162　（1）□□〔貞〕：□亡□？
　　　（2）癸未貞：旬亡囚？
　　　（3）癸巳貞：旬亡囚？
　　　（4）癸卯貞：旬亡囚？
　　　（5）癸丑貞：旬亡囚？
　　　（6）□亥□：旬亡囚？

4163　（1）華。
　　　（2）華。

4164　☒〔酉〕令沚戈〔註398〕☒？

4165　☒田，亡戈？

4166　☒〔歲〕☒？

4167　（三）

4182　（二）

4183　☒貞：王〔比〕沚或〔在〕☒〔茲〕
　　　不□？

4184　吉。

4185　（三）

4186　（一）

4187　三☒？

4188　（1）甲子卜：乙丑易日？（二）
　　　（2）丁卯卜：易日？（二）
　　　（3）戊辰〔卜〕：己巳易日？

4176 ☑大牢？

4177 （1）丙辰☑，亼貞：（一）
　　（2）☑？

4178 （1）辛☑三〔百〕☑？
　　（2）☑五牢？
　　（3）乙巳禱孚羊自大乙
　　（4）俎、卯三牢，又自？〔註400〕
　　（5）其五牢，又自？
　　（6）☑〔俎〕即☑？

4179 于丁巳☑？（三）

4180 （1）□□〔貞〕：□亡〔囚〕？
　　（2）癸卯貞：旬亡囚？
　　（3）〔癸〕丑〔貞〕：旬□囚？

4181 □子卜：翊日乙丑☑〔餗〕大乙，亡〔尤〕？

4198 伐十又五？

4199 （三）

4200 （1）戍☑？
　　（2）☑〔戍〕逐，其雙王眾？

4201 （三）

4202 ☑令☑？

4203 弜叔？

4204 戍〔子〕☑？

4205 （三）

4206 ☑甲？（二）

4207 （1）（二）
　　（2）丁雨？

4208 茲□。

4209 ☑〔旬亡〕□？

4210 （字跡殘泐）

4211 〔己〕☑？

4212 （1）甲☑？
　　（2）（一）

4213 牛☑？

4189 癸酉。

4190 （1）弜田，其每？
　　（2）☑叀田□，亡戈？

4191 □戌卜：☑好戊癸？（一）

4192 （刻畫，不可辨識）〔註401〕

4193 〔癸〕〔註402〕亥☑？

4194 ☑？〔註403〕

4195 ☑年〔于〕☑？

4196 （1）叀阤〔斅〕，宰？
　　（2）☑卜：往☑〔阤〕〔註404〕☑？

4197 （1）戍永☑于〔饔〕☑立，又☑？
　　（2）☑乎☑畐☑？

4229 不☑？

4230 丁☑？

4231 癸☑？

4232 己巳貞：弜正？

4233 （1）又□既□，弜☑？（二）
　　（2）㡀大示宰龍？（二）
　　（3）率小示宰龍？
　　（4）叀辛酉酚宰？（二）
　　（5）叀乙丑酚宰？（二）
　　（6）☑〔宰〕？

4234 （字跡殘泐）

4235 戉？（一）

4236 ☑〔㡀〕？

4237 〔吉〕。

4238 ☑王☑？

4239 （字跡殘泐）

4240 （1）叀□十犬☑羊十☑？大吉。
　　（2）叀今日己酚？大吉。

4214 大吉。

4215 □卯卜：不易日？（二）

4216 □辰☑？

4217 （字跡殘泐）

4218 五☑？

4219 吉。

4220 （一）

4221 ☑〔羌〕☑？

4222 （二）

4223 （一）

4224 ☑于☑？

4225 （一）

4226 （字跡殘泐）

4227 （字跡殘泐）

4228 ☑歲☑？

4247 （字跡殘斷）〔註405〕

4248 ☑〔五〕在喬，囚。

4249 （1）丙寅貞：☑于〔罟〕小宰
　　　　☑？
　　（2）丙寅貞：袞三小宰、卯三
　　　　牛于罟？
　　（3）☑？

4250 ☑卯貞：☑？

4251 ☑〔坠〕田于〔京〕？

4252 癸☑？

4253 （1）今☑？
　　（2）☑雨？

4254 （字跡殘泐）

4255 〔吉〕。

4256 不雨？

4257 ☑用〔二牛〕？

4258 （1）甲☑？
　　（2）☑王☑？

4259 ☑〔聂黍〕☑？

（3）于來日己酚？大吉。

（4）叀入自夕畐酚？

（5）☑夊王夕☑〔酚〕？

4241 （1）辛〔未〕☑〔叀〕☑？（一）
　　（2）辛☑于☑？

4242 （1）乙亥☑？
　　（2）又伐廿、十牢，又囚？
　　（3）☑伐□〔牢〕？

4243 〔父〕己歲，又☑？

4244 （1）今☑？
　　（2）☑雨？

4245 （字跡殘泐）

4246 （1）庚子☑？（一）
　　（2）□未卜：☑來乙☑？

4271 □卯〔卜〕：□夕〔雨〕？

4272 （一）

4273 （字跡殘泐）

4274 （字跡殘泐）

4275 （「形刻畫，不成字）

4276 ☑羊☑？

4277 ☑王☑？

4278 ☑〔今〕日☑？

4279 （1）癸□貞：旬亡囚？
　　（2）癸丑貞：旬亡囚？

4280 ☑？（一）

4281 （1）其叟于虞，王弗每？
　　（2）☑叟☑？

4282 ☑〔囚〕？

4283 （字跡殘泐）

4284 辰田。

4285 （1）𢁒☑？吉。
　　（2）弜？

4260 （字跡殘泐）

4261 戊☒？

4262 ☒〔霝〕，又☒？

4263 （字跡殘泐）

4264 ☒其又☒？

4265 （字跡殘泐）

4266 ☒沝〔註406〕☒？（二）

4267 □〔戌〕☒？

4268 ☒〔禱〕〔註407〕☒？

4269 （二）

4270 〔癸〕☒？

4291 于盂亡戈？

4292 大吉。

4293 □〔卯〕貞：□剛☒？

4294 （1）☒易〔日〕？
　　 （2）□〔未〕卜：☒？

4295 （1）〔乙〕□〔貞〕：☒于☒十
　　　　 □？
　　 （2）□丑貞：ナ于祖乙廿牛？

4296 （1）〔辛〕☒貞：☒？（三）
　　 （2）〔丙〕〔註409〕寅☒？
　　 （3）（三）

4297 （字跡殘泐）

4298 ☒〔歲于〕☒？

4299 ☒其桒☒？

4300 ☒告☒？（一）

4301 甲辰卜：翌日乙王其迺于壴，
　　 亡戈？吉。

4302 （1）☒亡□？
　　 （2）癸卯？

4303 辛酉？（二）

4304 （1）己酉□：☒乙卯☒？

（3）其薪大乙又？

4286 （1）甲☒？
　　 （2）乙酉卜：又歲于祖乙，不
　　　　 雨？（一）
　　 （3）（一）

4287 □卯卜：〔叀〕☒〔禱孚〕☒？

4288 辛☒桒〔禾〕☒？

4289 不雨？（一）

4290 （1）☒？
　　 （2）袞☒？

4306 （二）

4307 （1）☒田☒？
　　 （2）☒卜☒？

4308 弘吉。

4309 （1）□□貞：□亡□？
　　 （2）癸酉貞：旬亡囚？（三）
　　 （2）癸未〔貞〕：旬亡囚？

4310 （1）甲午卜：徣〔註408〕古𤔔
　　　　 奴？十月。（一）
　　 （2）甲午卜：徝亡𤔔奴？（二）

4311 叟乞骨□。

4312 （1）癸未☒？
　　 （2）〔癸〕☒？

4313 （1）辛☒？
　　 （2）庚戌☒于☒？（三）（三）

4314 （1）□寅卜：ナ〔註410〕歸，若？
　　 （2）隹豕、戊豕。

4315 （1）庚☒？
　　 （2）辛雨？

4316 □巳卜：☒于夒？

4317 □□卜，貞：竹來，以召〔方〕
　　 ☒〔巂〕于大乙？

（2）乙卯不叙？（二）

（3）壬午卜：高〔註411〕卷，雨？
（二）

（4）癸巳貞：大戊〔註412〕彡囗
其桒餗？（二）

4305　乙亥卜：又卜丙？（一）

（4）戊子卜：兌辛酚？

（5）囗卯卜：囗五囗十牢囗？

（6）囗辰囗：囗用上甲？

（7）癸囗貞：酚〔翌〕日乙亥
囗彳？

4319　（1）癸巳貞：旬亡囚？

（2）癸卯貞：旬亡囚？

（3）癸丑貞：旬亡囚？

4320　（1）弜囗？

（2）又歲于姚庚？

（3）弜又？茲用。

4321　（1）甲戌貞：其又歲囗〔羌〕？
〔註414〕茲用。乙亥囗。

（2）弜又？

（3）二牢？

（4）三牢？

（5）五牢？

（6）囗？

4322　（1）（二）

（2）（二）

4323　（1）王其又囗上甲，叀牢用，
囗？

（2）囗牢用，王受又？

（3）王其又于上甲，叀五牢用，
王受又？

（4）囗〔牢〕囗？

4324　（1）（二）

（2）叀霝奓，先酚，雨？（三）

4325　（1）囗？

（2）囗東單工？

4318　（1）壬囗囗：酚囗囗伐十囗十
牢于囗？

（2）丙子卜：酚彳歲伐十五、
十牢、勾大丁？

（3）丁亥卜：酚彳歲于庚寅？

4326　戊申囗王其田囗？

4327　（1）王囗？

（2）叀成田，亡巛〔註413〕？
坒？

（3）囗其田？

4328　（1）癸〔亥〕囗，貞：旬亡囚？

（2）癸酉卜，貞：旬亡囚？

（3）囗：旬囗〔囚〕？

4329　囗亡囗？

4330　（1）癸未囗王囗？

（2）乙酉？（二）

（3）乙酉？（二）

（4）丁亥貞：囗大囗？

（5）丁亥貞：今龜王令眾　鯬
虎？

4331　（1）乙未貞：于大甲桒？

（2）乙未貞：其桒，自上甲十
示又三牛，小示羊？

（3）乙未貞：于〔父〕丁桒？

4332　囗王其囗？吉。

4333　囗又于罤十囗〔告〕？

4334　（1）囗〔每〕囗？吉。

（2）弜田徥，其每？

（3）又大雨？吉。

（4）亡大雨？

（5）及，茲夕又大雨？〔吉〕。

（6）弗及，茲夕又大雨？吉？

4335　（1）甲囗王囗卷〔我〕？

（2）弗卷？

（3）甲子卜：王中我？

（4）弗卷？

（3）▨于▨▨？

（4）乙卯卜：其□于▨□羌
用，刚？

（5）弜巳用羌？

4337　（1）乙皿？〔註415〕

（2）丙皿丁？〔註416〕吉。

（3）▨丁？吉。

（4）吉。

4338　（1）▨貞希鬼，于▨〔註418〕
告？

（2）▨其莘商？

4339　弘吉。

4340　▨其又▨〔羌〕？

4341　▨貞：酌羽甲子▨？

4342　（1）于▨？吉。

（2）于宮〔亡〕戈？吉。

4343　（1）奠其莘庬，叀舊庬大京武
丁▨？弘吉。

（2）▨？

4344　□寅卜：□祖乙□二牢？

4345　大吉。

4346　（1）（三）

（2）（三）

4347　（1）于毓祖乙又▨？

（2）一牢？

（3）二牢？

（4）三牢？

（5）□牢？

4348　（1）▨卜：▨雨？（二）

（2）（二）

4349　己亥卜：庚子又大征，不風？

4350　（1）戊〔子〕□：〔庚〕▨？

4360　（1）弜▨人？

（2）庚午貞：其▨人，自大
乙？

（3）壬申貞：人，自大乙酌？

（4）▨？

4336　（1）癸亥▨？

（2）弜陟？

（3）□子▨？

（2）辛卯卜：癸巳雨不？（一）
〔註417〕

（3）壬辰卜：甲午不雨？

（4）□□卜：▨？

4351　（1）祖丁召，叀颩？（一）

（2）祖□召，其壴？（一）

4352　（1）〔矢〕▨？

（2）八七六五。〔註419〕

4353　大吉。

4354　癸亥旬。

4355　（1）丙戌貞：丁亥〔王〕又匚
▨？

（2）▨〔叀〕▨戌射？

4356　（1）癸未卜，貞：旬亡囚？

（2）癸巳卜，貞：旬亡囚？

4357　（1）于乙▨，亡戈？毕？

（2）乙丑卜：王其田雞，叀戊
▨？

（3）戊不雨？

（4）其雨？

（5）□戊王其田雞，其鼎▨，
毕？

4358　（1）叙〔燊〕。

（2）▨？

（3）辛不雨？

（4）▨申雨？

4359　（1）▨？

（2）其莘雨？

（5）癸〔亥〕▨？（三）

4370　（1）癸□貞：□〔亡〕□？

（2）癸□貞：旬亡囚？

（3）▨？

4361　在☒〔敕〕☒？

4362　（1）己卯卜：奉雨于上甲？
　　　（2）己卯卜：于南單立岳，
　　　　　　雨？（三）

4363　戊申貞：王其田，亡𢦔？（一）

4364　（1）☒貞：〔旬〕亡囚？
　　　（2）癸☒卜，貞：旬亡囚？
　　　（3）☒？
　　　（4）癸☒卜，貞：☒亡☒？
　　　（5）☒亥卜，貞：旬亡囚？

4365　（1）三〔牢〕？
　　　（2）二牢？
　　　（3）☒牢？

4366　（1）辛亥貞：王令𢀳以子方
　　　　　　奠并？在父丁宗〔𤔵〕。
　　　（2）☒貞：多☒又☒父丁☒
　　　　　　牛？（一）
　　　（3）☒卯征多宁☒聂邑☒
　　　　　　〔在〕父丁宗。叙？
　　　　　　允叙。（一）

4367　（1）壬☒〔其〕☒？
　　　（2）三牛？

4368　（1）雨？
　　　（2）示壬凷？
　　　（3）☒？

4369　（1）（三）
　　　（2）（三）
　　　（3）弜☒？（三）
　　　（4）（三）

4385　☒酉卜：今日乙〔酉〕〔註420〕
　　　☒？（一）

4386　（1）☒卯卜：☒？
　　　（2）（一）

4371

4372　（1）☒貞：☒王〔又〕☒歲于
　　　　　　☒乙牢？
　　　（2）☒牢？

4373　（一）

4374　（1）庚子〔卜〕：☒？
　　　（2）〔弜〕☒？
　　　（3）☒受又？

4375　（1）弗𢆶糜？
　　　（2）弗𢆶？
　　　（3）不雨？吉。
　　　（4）其雨？
　　　（5）☒風？
　　　（6）其雨？
　　　（7）不雨？

4376　癸丑貞：旬亡囚？

4377　（五）

4378　（1）☒？
　　　（2）丁未卜：☒？

4379　☒丑貞：☒征多宁☒？（一）

4380　乙卯☒？

4381　☒〔弜〕☒鬼☒上甲☒？

4382　（1）癸☒？（二）
　　　（2）☒酉☒？

4383　（三）

4384　吉。

4397　（1）河〔賓〕五？（二）
　　　（2）河賓十？（二）
　　　（3）河賓十又五？（二）（二）
　　　（4）岳賓，羑酚？（二）

4387 （1）（一）
　　　（2）大甲羌□羌□？
　　　（3）□〔寅〕□？

4388 □二母，叀甲申酚？吉。

4389 （1）癸丑貞：□亡囚？
　　　（2）癸□貞：□亡囚？（二）
　　　（3）癸酉貞：旬亡囚？（二）
　　　（4）癸未貞：旬亡囚？（二）
　　　（5）癸巳貞：旬亡囚？（二）
　　　（6）癸卯貞：旬亡囚？（二）

4390 （1）庚辰貞：今日庚不雨，至
　　　　　□？（一）
　　　（2）其雨？（一）
　　　（3）其雨？（一）

4391 癸□貞：□〔亡〕□？

4392 癸□貞：□亡□？（三）

4393 （1）□歲□王□？大吉。
　　　（2）三牢，王受又？大吉。

4394 （1）□？（一）
　　　（2）其雨？（一）
　　　（3）□于□？

4395 （1）癸□？
　　　（2）叙燹。

4396 （1）叙□？
　　　（2）其用，在父甲，王受又？
　　　（3）至于祖丁，王受又？吉。
　　　（4）叀今日甲用，王受又？
　　　（5）□用□又？

4402 □王受又？

4403 乙〔未〕？

4404 （1）甲午貞：其〔钊〕□□父
　　　　　丁百〔小宰〕？（三）
　　　（2）甲午貞：其钊呂于父丁百
　　　　　〔小宰〕？（三）

4405 □貞：□𢦔？

（5）丁丑貞：叀辛巳酚河？（二）
（6）于辛卯酚？（二）
（7）□子貞：岳夒眔河□？

4398 （1）〔癸〕□〔貞〕囚？
　　　（2）癸亥卜，貞：旬亡囚？
　　　（3）癸酉卜，貞：旬亡囚？
　　　（4）〔癸〕未□，□：旬□囚？

4399 （1）乙□丙辰□？（一）
　　　（2）辛卯卜：壬辰大雨？（一）
　　　（3）癸巳卜：乙未雨？不雨。
　　　　　（一）
　　　（4）己酉卜：庚戌雨？允雨。
　　　　　（一）
　　　（5）□□卜：□？（一）
　　　（6）（一）
　　　（7）（一）

4400 （1）□其□于□？
　　　（2）癸丑卜：甲寅又宅土，夒
　　　　　牢，雨？
　　　（3）〔乙〕卯卜：□岳□？
　　　（4）〔乙〕卯卜：其歸□又雨？
　　　（5）乙卯其𤉲目，雨？
　　　（6）己未卜：今日雨，至于夕
　　　　　雨？

4401 （1）癸巳貞：旬亡囚？（一）
　　　（2）癸卯貞：旬亡囚？

4416 （1）〔戊〕戌□，貞：王其田向，
　　　　　亡𢦔？
　　　（2）〔辛〕丑卜，貞：王其田
　　　　　〔椂〕，亡𢦔？

4417 （1）不□？（一）
　　　（2）其雨？（一）
　　　（3）（一）

4406　（1）（三）
　　　（2）（三）
　　　（3）（三）
　　　（4）（三）
　　　（5）（三）
　　　（6）（三）

4407　（1）癸〔酉〕貞：〔旬〕亡囚？
　　　（2）癸未貞：旬亡囚？
　　　（3）〔癸〕巳貞：旬〔亡〕囚？

4408　（1）□□〔貞〕：□亡〔囚〕？
　　　（2）癸未貞：旬亡囚？
　　　（3）癸巳貞：旬亡囚？
　　　（4）癸卯貞：旬亡囚？
　　　（5）癸丑貞：旬亡囚？

4409　（1）癸巳貞：旬亡囚？
　　　（2）癸卯貞：旬〔亡〕囚？

4410　（1）（二）
　　　（2）□貞：□？

4411　□其□酒牽，又□？

4412　（1）辛丑〔卜〕：□？
　　　（2）〔即〕于岳，又大雨？

4413　（1）其〔講〕□？
　　　（2）于辛？

4414　（1）〔不易〕□？
　　　（2）丙寅卜：西酢帀？
　　　（3）西不酢帀？
　　　（4）乙巳卜：易日乙亥？

4415　（1）叀甲戌用，又正？王受又？
　　　（2）叀乙亥用，又正？王受又？

4429　（1）□？
　　　（2）丙申卜：王方𧥫盉？〔註421〕

4430　□□貞：□亡〔囚〕？（二）

4431　（1）叀□？
　　　（2）叀小宰？

4432　甲子卜：弜至采用？（三）

4418　（1）□□貞：□〔亡〕□？
　　　（2）癸亥貞：旬亡囚？（二）
　　　（3）癸酉貞：旬亡囚？（二）
　　　（4）癸卯□：□？（二）
　　　（5）癸丑貞：旬亡囚？（二）
　　　（6）□□〔貞〕：□？

4419　（1）叀入自□征往□，颿入亡□，不□？
　　　（2）□入□雨？

4420　（1）叀幽牛？
　　　（2）□〔召〕□若？

4421　（1）五□？
　　　（2）子至？
　　　（3）□？

4422　（1）至〔寅〕？
　　　（2）其剿〔于〕河？

4423　丁□？

4424　（1）于□乙□？
　　　（2）弜罘？
　　　（3）□貞□〔商〕□用？

4425　（1）□〔其〕□叀□？
　　　（2）叀小宰？

4426　癸卯貞：旬亡囚？（二）

4427　（1）甲戌□：□小乙□講□？
　　　（2）其講雨？

4428　壬子□？

4450　（1）□？
　　　（2）叀辛卯酢，又大雨？
　　　（3）叀辛丑酢，又雨？

4451　（1）庚□？
　　　（2）弜田，其每？吉。
　　　（3）王叀𡄦田，亡戈？

4433　（三）

4434　二牢？

4435　癸雨？

4436　茲用？（一）

4437　王乞〔酻〕☒？吉。

4438　☒十犬☒？

4439　吉。

4440　（一）

4441　□〔酉〕☒？

4442　大吉。

4443　☒㿱☒？

4444　茲用。（二）

4445　癸酉☒？

4446　吉。

4447　（1）□□卜，□：☒其☒來□
　　　　《《《？
　　　（2）乙卯□，貞：王☒往□，
　　　　亡□？

4448　（1）（二）
　　　（2）（二）
　　　（3）（二）

4449　（1）大吉。
　　　（2）吉。
　　　（3）叀〔往〕☒？

4458　（1）（二）
　　　（2）戊寅□：己不〔雨〕？
　　　（3）（二）

4459　壬不大風？

4460　（1）〔戊〕□貞：叔多宁□罃□
　　　　上甲？
　　　（2）甲子貞：又〔伐〕上甲〔羌〕
　　　　一？

4461　甲☒？

4462　于己□焚龠，卑？又兇？

4463　大吉。

4452　（4）叀穆田，亡𢦏？

4452　（1）于盂亡𢦏？
　　　（2）于向亡𢦏？
　　　（3）不雨？
　　　（4）其雨？
　　　（5）翊日辛王其迍于向，亡𢦏？
　　　（6）于喪亡𢦏？
　　　（7）□〔盂〕□𢦏？

4453　（1）☒王在升☒受□？
　　　（2）☒乡日父己遘又，[註422]
　　　　王受又？
　　　（3）□叒。☒又。

4454　☒貞：☒囚？

4455　（1）祒，其至上甲，王〔受〕
　　　　□？
　　　（2）弜？
　　　（3）〔祒〕大乙、〔上甲〕，其五
　　　　牛，王受又？

4456　（1）（二）
　　　（2）（二）
　　　（3）□〔巳〕卜，貞：王告，
　　　　其☒？

4457　☒〔喪〕田省，不〔冓〕□？

　　　（4）戊午□，貞：王其田，亡
　　　　□？
　　　（5）辛酉卜，貞：王其田，亡
　　　𢦏？

4477　（1）戊□〔貞〕：☒？
　　　（2）己酉貞：庚亡囚？（一）

4478　（1）（一）
　　　（2）（一）

4479　（1）五牛？
　　　（2）罃，卯牢？

4480　（1）庚辰卜：其于〔罝〕奈？
　　　（一）

4464　◿貞：◿？

4465　（1）（二）
　　　（2）（二）
　　　（3）（二）
　　　（4）弜禺□？（二）
　　　（5）庚辰◿？（二）
　　　（6）庚辰◿？（二）
　　　（7）◿？

4466　（字跡殘泐）

4467　吉。

4468　吉。

4469　〔其〕雨？

4470　（字跡殘泐）

4471　茲用。大吉。

4472　□用。（二）

4473　（字跡殘泐）〔註423〕

4474　壬辰卜，貞：王其田，亡𢦒？
　　　（一）

4475　◿貞：又歲于大乙冓□？茲用。
　　　乙巳歲三牢。

4476　（1）乙◿？（一）
　　　（2）戊申卜，貞：◿？（一）
　　　（3）辛亥卜，貞：王其田，亡
　　　　　𢦒？

4490　（1）叀奚焚，亡戈？𢦏？
　　　（2）叀𤞷焚，亡戈？𢦏？
　　　（3）叀𡈼〔註424〕焚，亡戈？
　　　　　𢦏？

4491　戊寅◿？

4492　茲用。

4493　□卜：其◿？

4494　（1）□□貞：□亡囚？
　　　（2）〔癸〕卯貞：旬亡囚？

4495　吉。

4496　□□卜：◿？

4497　（二）

4481　（2）辛巳肜◿？

4481　（1）癸亥貞：旬亡囚？
　　　（2）癸酉貞：旬亡囚？
　　　（3）〔癸〕亥〔貞〕：旬亡〔囚〕？

4482　吉。

4483　（1）□□卜：今日王其田，不
　　　　　□？
　　　（2）◿其◿？

4484　不□〔其田〕？

4485　（1）（二）
　　　（2）（二）

4486　（1）（一）
　　　（2）（一）

4487　（1）癸◿〔羌〕◿一〔牢〕◿？
　　　（2）二牢？

4488　（1）（一）
　　　（2）（一）
　　　（3）（一）

4489　丁未貞：王令𡥈奴眾伐，在河西
　　　𠃕？

4512　（1）癸卯卜：臺◿？（三）
　　　（2）癸◿丁〔未〕◿受□？允
　　　　　受〔又〕。

4513　（1）不其◿？
〔註425〕（2）戊寅卜：于癸舞，雨不？
　　　　　三月。（一）
　　　（3）辛巳卜：取岳，從？不從？
　　　　　（六）
　　　（4）乙酉卜：于丙𥄉岳，從用，
　　　　　不雨？（三）
　　　（5）乙未卜：其雨丁不？四月。
　　　　　（一）
　　　（6）乙未卜：翊丁不其雨？允

4498　今戌☒不〔受〕☐？

4499　吉。

4500　（1）（二）
　　　（2）☒。

4501　（二）

4502　（二）

4503　☐丑☒？（二）

4504　大吉。

4505　（1）〔叀〕☒？
　　　（2）☒▷䈹☒于☒叀〔牛〕？

4506　吉。

4507　甲辰貞：令☐☐亡囚？

4508　（一）

4509　（1）☒子酚？（三）
　　　（2）庚☒？

4510　（1）甲午卜：父甲夕歲，叀☒，
　　　　　王受又？
　　　（2）☐牛？

4511　（1）辛未卜：☒？
　　　（2）壬申山鹿？（一）
　　　（3）壬申卜：其鹿？（一）
　　　（22）（二）
　　　（23）己未卜：☐大豕☒卒？
　　　　　（三）

4514　（1）甲☒不？
　　　（2）子妾不葬？（三）

　　　不。（一）
　　　（7）乙未卜：丙〔出〕舞？（二）
　　　（8）乙未卜：于丁出舞？（二）
　　　（9）丙申卜：入岳？（二）
　　　（10）辛丑卜：䇂㷉从，甲辰
　　　　　小雨？四月。（四）
　　　（11）丁未卜：今昷昷冎、亳？
　　　　　（三）
　　　（12）癸丑卜：又小卜辛？（一）
　　　（13）癸丑卜：又小卜辛羊、豕？
　　　　　四月。（二）
　　　（14）癸丑又小卜辛羊、豕？
　　　　　（一）
　　　（15）正日又小卜辛羊、豕？
　　　　　（一）
　　　（16）叀今日用小卜辛羊、豕？
　　　　　（一）
　　　（17）叀豕？（一）
　　　（18）（一）
　　　（19）（一）
　　　（20）以一人☒？（二）
　　　（21）☐不？（二）

　　　（7）弜伐歸？（五）
　　　（8）壬子卜，貞：步，自亡囚？
　　　　　（五）
　　　（9）山囚？（五）
　　　（10）壬子卜：卪日羽癸丑？
　　　（11）　㘿　。

（3）其葬？（三）

（4）告？（三）

（5）癸亥貞：王在𤫊，亡囚？
（七）

（6）在𤫊？（七）

（7）乙酉卜：王入商？（七）

（8）〔庚〕☒？（七）

（9）庚寅卜：王入？（七）

（10）弜□？（七）

（11）辛卯卜：王入？（七）

（12）弜入？（七）

（13）乙未卜：王入今三〔月〕？
（七）

（14）于四月入？（七）

（15）壬寅雨？

（16）廿◇。

4515　乙未來。

4516　（1）丁酉卜：今生十月王𢆷俑，
受又？（五）

（2）弗受又？（五）

（3）乙亥卜：王𢆷俑今十月，
受又？（五）

（4）弗受又？（五）

（5）己亥□侯☒徹王伐歸，若？

（6）庚子卜：伐歸，受又？八
月。（五）

4527　（三）

4528　（1）☒雨？

（2）〔乙〕亥卜：高祖夒夤廿牛？

（3）☒雨☒〔牛〕□又五？

4529　（1）于售北對？

（2）于南陽西𢦔？

4530　（1）庚午貞：翌甲☒酚人方☒
人方于上甲☒？（三）

（2）弜〔畐〕？（三）

（3）其夤？（三）

4517　（1）辛酉卜：又祖乙卅牢？（二）

（2）辛酉卜：又祖乙廿牢？（二）

（3）辛酉☒又祖☒？（二）

（4）甲子卜：酚，大戊钔？（三）

（5）甲子卜：酚，卜丙钔？（四）

（6）甲子卜：酚，丁中〔註426〕
钔？（五）

（7）癸未卜，犬：酚，钔父甲？
（一）（二）（三）

（8）甲申□：多尹〔註427〕☒若
上甲？（一）（二）

4518　（與 4513 版相綴，詳前。）

4519　又□？大吉。

4520　☒〔酉〕旬☒？

4521　☒衛〔來〕？

4522　（字跡殘泐）

4523　五牢，王受又？

4524　（1）己酉☒束☒？（三）

（2）□戌卜：☒帝？

（3）亡巷？

4525　☒王其田〔麥〕〔註428〕，更又
狐，畢？

4526　☒又口？〔註429〕

4541　（1）壬戌☒〔雨〕？（一）

（2）□子卜：又史〔豕〕三〔羌〕？
茲用。

4542　丁巳卜：☒王其〔田〕☒？

4543　（1）弜☒？（一）

（2）甲子卜：叙鏊，弜方夤？
（一）

4544　（1）丁丑卜：其告，祭訴至？

（2）☒至？

4545　□卯貞：〔其告龍〕☒？

（4）□小宰？

（5）庚午貞：上甲袞一小宰？

（6）☒二牛？（三）

（7）庚午貞：上甲袞三小宰？

（8）袞三小宰？（三）

4531 癸〔巳〕□：王🐾☒自上甲？

4532 （1）不雨？

（2）其雨？

4533 （1）甲辰☒雨？

（2）☒卯☒？

4534 （1）叀入日☒？吉。

（2）叀入自酉？大吉。

4535 （1）吉。

（2）吉。

4536 （1）☒戋？吉。

（2）于桼亡戋？

4537 不？

4538 （1）☒于☒？

（2）壬辰貞：甲午又伐于〔祖乙〕羌三？

4539 （1）弱□？

（2）賓叔？

（3）弱賓？

（4）弱〔酉〕？

4540 □〔辰〕貞：其☒？（一）

4556 辛丑卜:翊日壬王其戊田于〔吳〕☒，亡戋？卑？吉。

4557 庚午。

4558 （1）丁亥卜：王其⚡虢〔註430〕于□，王其賓，若？受又＝？大吉。

（2）叙馐。吉。

4559 辛酉。

4560 （三）

4561 （1）☒〔王其〕射狐☒？

（2）弗卑？

4546 （1）（一）

（2）（一）

4547 （1）叀壬出舟？

（2）叀癸出舟？

（3）□□出舟？

4548 其薪大乙☒？

4549 （1）（三）

（2）（三）

4550 ☒貞：王其田〔🦌〕☒？

4551 （1）癸未卜，貞：旬亡囚？

（2）癸巳卜，貞：旬亡囚？

（3）癸卯卜，貞：旬亡囚？

（4）癸丑卜，貞：旬亡囚？

4552 ☒〔羌〕，卯三牢，王受又？

4553 （1）己卯卜：〔又〕⚡？

（2）己卯卜：□□？

（3）弱賓☒？

4554 （1）弱□？

（2）丁亥卜：祖乙☒廌用？

（3）叀⚡廌用？

（4）叀茲冊用？

4555 （1）☒貞：〔旬〕亡〔囚〕？

（2）☒貞：旬亡囚？

（15）（二）

4567 （1）大吉。

（2）其雨盂？吉。

（3）其雨喪？

4568 （1）不☒？（一）

（2）亡戋？

（3）□□卜：☒雨？

4569 （1）吉。

（2）吉。

4570 （1）（一）

（2）（一）

4562　（1）弜田，其〔每〕？
　　　（2）叀壬省田，亡戈？永王？
　　　（3）叀今日辛省田，弗每？

4563　甲申卜：妣丙歲一小宰，王受
　　　又？吉。

4564　☑亡囚？在臺卜。

4565　焦又囚？

4566　（1）（二）
　　　（2）（一）
　　　（3）癸卯卜：又大甲？（一）
　　　（4）癸卯卜：又上甲？
　　　（5）辛亥卜：臺發𠂤？（二）
　　　（6）辛〔允〕臺十月？（二）
　　　（7）辛亥卜，貞：王𠂤在𤞤偁？
　　　　　（二）
　　　（8）癸丑□？
　　　（9）癸亥貞：亡囚？（一）
　　　（10）癸☑？
　　　（11）癸酉巫帝在汉？（一）
　　　（12）〔癸〕☑？
　　　（13）癸巳貞：旬亡囚？（一）
　　　（14）甲午卜：王入�羽乙？
　　　　　（一）

4577　何酉。（一）

4578　今日乙王其田，亡戈？吉。

4579　（1）其牽年，□雨，叀豚？吉。
　　　　　（二）（二）
　　　（2）叀羊？（二）

4580　（1）戊遘大雨？
　　　（2）其遘大雨？吉。

4581　（1）乙不□？
　　　（2）今丁卯雨
　　　（3）☑〔癸〕☑〔冨〕☑其雨
　　　　　乙☑？

4582　（1）辛卯☑？吉。茲用。
　　　（2）其至日？
　　　（3）𢆶賣，〔弜〕至日彡？吉。
　　　　　茲用。

（3）（一）
（4）乙酉卜：其賣于河三牛？

4571　（1）□午卜:祖𪊺叀□受〔又〕？
　　　（2）（獸形）

4572　（1）丁巳卜：祖丁召□？
　　　（2）戊午□卜。
　　　（3）☑召豐，叀東〔保〕用？
　　　（4）叀叀東〔保〕□？
　　　（5）父甲〔𪊺〕☑？

4573　（1）辛未卜：來乙亥又大乙五
　　　　　牢？（三）
　　　（2）辛☑乙亥□七牢？
　　　（3）丙子卜：□又大☑？（三）

4574　牛。

4575　（1）☑馬〔註431〕☑？
　　　（2）貯？（三）
　　　（3）貞。

4576　（1）☑冨□二牢？
　　　（2）三牢？茲用。
　　　（3）丙子卜：冨杏三牢？
　　　（4）五牢？

　　　（6）壬申貞：王又钔祖丁，叀
　　　　　先？

4584　（1）弜☑其☑？
　　　（2）王叀東𠬝犬比，亡戈？
　　　（3）叀盖犬比，亡戈？
　　　（4）☑〔犬〕☑？

4585　（1）牢？茲用。
　　　（2）☑〔比〕〔註432〕白東，𡆥？

4586　（1）（一）
　　　（2）辛酉〔卜〕：牽〔禾〕
　　　　　　〔註433〕☑？

4587　☑〔壴〕伐河☑？

4588　（1）（二）
　　　（2）庚☑？

茲用。

（4）其至日？

（5）褱賁☒卯大乙☒？大吉。
茲用。

4583　（1）辛☒？

（2）庚午☒？（一）

（3）庚午〔註434〕王又☒？

（4）（一）

　　　　☒？又父乙豚？

附3　（1）钔眔于祖丁牛，妣癸☒
豕？

（2）钔祖癸豕、祖乙魗、祖戊
豕豕？

（3）乍疫父乙豕、妣壬豚、兄
乙豚，化□，兄甲豚、父
庚犬？

（4）钔牧于妣乙☒豕、妣癸
魗、妣丁☒、妣乙☒☒？

（5）乍妣丁☒？

附4　司。〔註439〕

附5　（1）☒钔父甲羊，又钔父庚
羊？

（2）☒钔于父乙羊，于又妣壬
豚？

（3）钔父乙羊，钔母壬五豚，
兄乙犬？

附6　（1）貞。

（2）（二）

附7　（1）（一）

（2）（一）

附8　（1）□巳卜：其☒？（一）

（2）牢□□牛？吉。（一）

附9　（1）丙申卜：其☒祖丁☒？茲
用。（一）

（2）弜又？（一）

附10　☒王其☒？吉。

4589　叀大牢？

附1　（1）祖庚豚、父乙豚、子豚？

（2）钔麀、丙鼎犬、丁豚？

（3）钔臣父乙豚、子豚、母壬
豚？

附2　（1）钔吳日丙豕，又殳〔註435〕
丁妣☒〔註436〕？又妣戊

附11　（1）（一）

（2）（一）

附12　（1）辛☒入☒王☒？（二）

（2）辛酉卜：在入，戊〔註437〕
又☒？（二）

（3）□酉卜：☒家□☒？

附13　☒〔父〕丁牛一？

附14　丙辰卜：王于來丁言〔註438〕祖
丁？

附15　☒尤？八月。

附16　（1）☒貞：今夕其雨？（一）

（2）戊辰貞：今☒？（二）

附17　（刻畫，不成字）

附18　□子子卜：☒鍥丁？

附19　（1）貞：勿商徵？六月。

（2）☒辰☒？

附20　己酉卜：☒？

附21　貞：勿比望☒？

附22　（1）〔貞〕：小臣娩妱？

（2）☒殼〔註440〕貞：寅〔註441〕
☒？

附23　☒〔王固〕☒來〔告〕〔註442〕
☒？

【釋文暨校案結束】

附錄三：本論文相關圖版

附圖一

H38:4
2089

H36:9
2086

H36:7
2083

H36:8
2084

H38:5
2087

H38:1
2091

H38:8
2092

H38:7
2090

H38:6
2088

H37:2+3
2085

323

《說文解字》人與自然類部首之文化詮釋

附圖二

附一

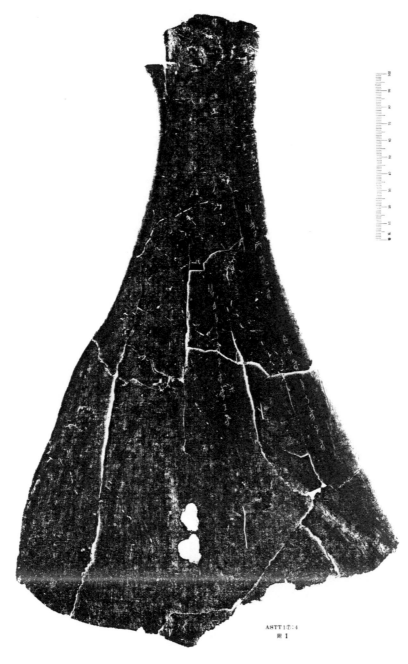

ASTT 1⑦：4
附 1

823

附圖三

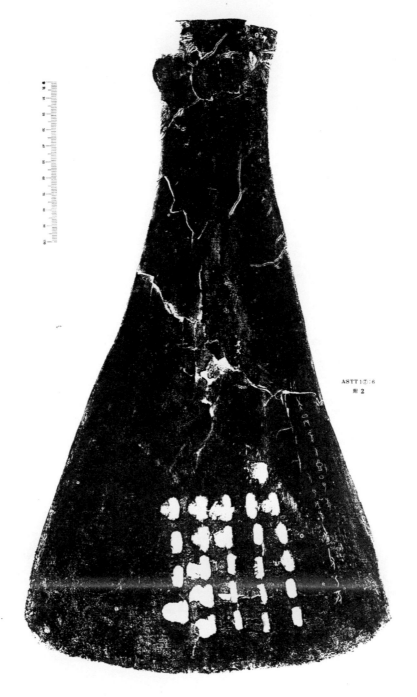

附二

ASTT 1⑦:6
附 2

824

《説文解字》人與自然類部首之文化詮釋

附圖四

附三

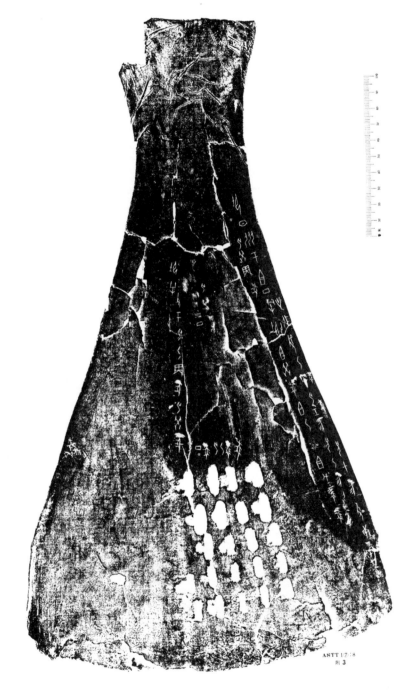

ASTT 17:8
圖 3

825

附圖五

H17:56
608

91

附圖六

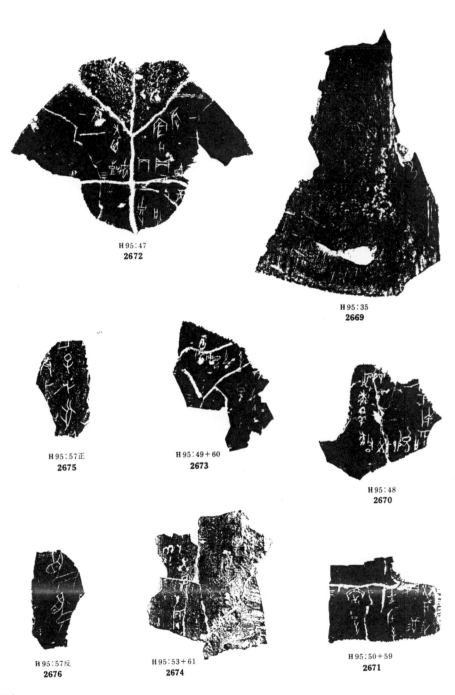

H 95：47
2672

H 95：35
2669

H 95：57正
2675

H 95：49＋60
2673

H 95：48
2670

H 95：57反
2676

H 95：53＋61
2674

H 95：50＋59
2671

553

附圖七

T 53(4A):146
4517

800

附圖八

H 103：18＋20
2707

570

附圖九

591

H103：77＋78正
2739

附圖十

H57:290
2419

H57:288
2420

474